Zum Buch:

Eigentlich hätte Isabel den Winterurlaub auf Hawaii verbringen sollen, nach dem Betrug ihres Freundes spaziert sie jetzt stattdessen mit ihrer Leonbergerhündin Mari am winterlichen Strand von St. Peter-Ording entlang. Den Blick in die Weite gerichtet und herzlich von der Familie ihrer Nachbarin aufgenommen, erkennt Isabel bald, wie wohl sie sich in Nordfriesland fühlt. Sie hilft bei den Vorbereitungen für das große Weihnachtsfest im Haubarg, kostet Friesentorte und genießt den unbeschwerten Flirt mit dem Architekten Nils. Doch ihre wundervolle Zeit im Norden wird nach den Feiertagen enden und sie muss zurück nach Rosenheim.

Zur Autorin:

Tanja Janz wollte schon als Kind Bücher schreiben und malte ihre ersten Geschichten auf ein Blatt Papier. Heute ist sie Schriftstellerin und lebt mit ihrer Familie und zwei Katzen im Ruhrgebiet. Neben der Schreiberei und der Liebe zum heimischen Fußballverein schwärmt sie für St. Peter-Ording, den einzigartigen Ort an der Nordseeküste.

Lieferbare Titel:

Strandperlen
Krabbe mit Rettungsring
Friesenherzen und Winterzauber
Mit dir auf Düne sieben
Strandrosensommer
Dünenwinter und Lichterglanz
Das Muschelhaus am Deich
Dünentraumsommer
Wintermeer und Dünenzauber
Leuchtturmträume

Tanja Janz

Friesenwinterzauber

Ein St.-Peter-Ording-Roman

HarperCollins

2. Auflage 2021
Originalausgabe

Umschlaggestaltung von bürosüd
Umschlagabbildung außen von www.buerosued.de
unter Verwendung von Shutterstock
Umschlagabbildung innen von KUZIN & KOLLING,
Büro für Gestaltung, Hamburg
Gesetzt aus der Stempel Garamond
von GGP Media GmbH, Pößneck
Druck und Bindung von GGP Media GmbH, Pößneck
Printed in Germany
ISBN 978-3-7499-0156-2
www.harpercollins.de

Klimaneutral
Druckprodukt
ClimatePartner.com/15109-2009-1001

MIX
Papier
FSC FSC® C014496

Für Christiane,
auf deren Insel der Schnee bloß
in den Höhenlagen fällt.

Prolog

1987

Ulrike blieb stehen, stützte sich mit einer Hand an der kalten Wand ab und blickte aus dem halb beschlagenen Flurfenster. Es war kurz nach zehn an diesem Dezembermorgen. Ein eisiger Wind fegte durch die Münchener Leopoldstraße und wirbelte wild tanzende Schneeflocken durch die Luft. Das alles nahm Ulrike wahr, während sie die unterschiedlichsten Gefühle zu begreifen versuchte, die sie durchströmten.

Sie schloss die oberen Knöpfe ihrer Jacke und lief hastig die Treppe hinunter. Im Erdgeschoss drückte sie die schwere Holztür auf, dann hielt sie einen Moment atemlos inne.

Eine Windböe blies ihr ein paar Flocken ins Gesicht. Sie wischte mit einer Hand über ihre glühenden Wangen und zog ihren selbst gestrickten Wollschal weiter über das Kinn. Eine Frau kam mit ihrem Pudel vorbei. Ihre Schritte knirschten auf dem schneebedeckten Weg. Der Hund trug ein warmes Jäckchen, auf dem Fell seines Köpfchens lagen einige Schneeflocken, die fast wie Puderzucker wirkten. Sie hinterließen Fuß- und Pfötchenspuren auf der frischen Schneedecke.

Ulrike atmete tief ein.

Ein Auto fuhr im Schritttempo auf der Straße entlang, während gegenüber ein älterer Mann in einem grauen Kittel den Schnee mit einem Schieber vom Bürgersteig räumte. Auf seinem Kopf saß eine dunkelblaue Strickmütze, auf der sich ebenfalls eine zarte Schneeschicht gebildet hatte.

Eigentlich machte alles den Anschein eines ganz normalen Wintermorgens, doch für Ulrike war es der denkwürdigste Tag ihres Lebens.

Sie blinzelte zum Himmel hoch. Aus der grauen Wolkendecke fielen die Eiskristalle nun dicht an dicht. Fast malerisch wie aus einem Federkissen. Ulrike lächelte. Bald war Weihnachten, und das schönste Geschenk hatte sie einige Minuten zuvor bekommen.

»Servus. Dürfte ich mal?«

Ulrike zuckte zusammen. Sie war so in Gedanken versunken gewesen, dass sie die Frau, die vor ihr stand, erst jetzt bemerkte. Unter ihrem Mantel wölbte sich deutlich ihr Bauch.

»Selbstverständlich.« Ulrike machte einen Schritt zurück und hielt der Frau die schwere Eingangstür auf.

»Das ist sehr nett. Danke schön.« Sie lächelte Ulrike an.

»Keine Ursache«, erwiderte sie freundlich und zog ihren Schal etwas tiefer, sodass ihr Mund frei war. Mit Blick auf den Bauch der Frau fragte sie freundlich: »Wann ist es denn so weit?«

»In knapp drei Wochen, wenn alles klappt.« Sie streichelte mit einer Hand über die Wölbung unter ihrem Mantel.

»Wissen Sie schon, was es wird?«

Sie wiegte den Kopf hin und her. »Ein Christkindchen vielleicht. Aber auf jeden Fall eine Eule.«

»Eine Eule?«, wiederholte Ulrike verwundert.

»Mein Kind ist absolut nachtaktiv und schläft dafür am Tag«, erklärte die Frau und zwinkerte ihr amüsiert zu.

»Da kommt ja einiges auf Sie zu«, erwiderte Ulrike lächelnd.

»Das befürchte ich auch.«

»Alles Gute für Sie und das Baby. Und schöne Weihnachten!«

Nachdem Ulrike sich von der Frau verabschiedet hatte, lief sie durch den knöchelhohen Schnee den Bürgersteig entlang. Zum Glück trug sie warme Winterstiefel, die sie vorsorglich imprägniert hatte. Das ersparte ihr nicht nur nasse Füße, sondern sicherlich auch eine Erkältung. Trotzdem ging sie in ein nahe gelegenes Café, um sich aufzuwärmen.

Nachdem sie ihre Jacke ausgezogen und über einen Stuhl gelegt hatte, vertiefte Ulrike sich in die Speisekarte. Eigentlich war sie viel zu aufgeregt, um etwas herunterzubekommen. Doch sie hatte noch nicht gefrühstückt, und eine Tasse Kaffee konnte nicht schaden. *Halt. Stopp. Keinen Kaffee. Lieber einen Kräutertee. Ohne Zucker.* Sie musste nun vernünftig sein.

Schließlich bestellte sie bei einer jungen Frau ein kleines Frühstück mit Tee und einem Glas frisch gepressten Orangensaft. Dann lehnte sie sich zurück und beobachtete durch die großen Fensterscheiben das Schneetreiben und die vorbeieilenden Passanten auf der Leopoldstraße. Sie konnte es immer noch nicht fassen! Es war eine gute Idee gewesen herzukommen.

Sie brauchte etwas Zeit, um sich zu sammeln und alles zu durchdenken. Und vor allem benötigte sie einen guten Plan, damit alles möglichst perfekt ablief. Dann würde sie ins Auto steigen und zu ihm fahren.

Es erschien ihr noch immer so unwirklich. Sie hatte ja im Traum nicht damit gerechnet. Glücklicherweise war heute ihr freier Tag, und sie musste sich nicht beeilen. Sie wollte sich die Zeit nehmen, die nötig war. Schließlich hing davon ihre weitere Zukunft mit Benedikt ab – und die ihres gemeinsamen Kindes. Wie er wohl reagieren würde, wenn er es erfuhr? Dass er Kinder mochte, wusste sie.

Die Bedienung kam und brachte das Frühstück. Gedankenverloren schnitt Ulrike eine Semmel auf und dachte an den letzten Sommer zurück, an den Tag, an dem sie ihre Arbeit im Bayerischen Hof am Promenadenplatz angetreten hatte. Zu dem Zeitpunkt hätte sie nie gedacht, dass derart weitreichende Veränderungen sie erwarteten.

Das Grand Hotel in der nordwestlichen Altstadt von München war bekannt dafür, dass dort Prominente und sogar Staatsgäste ein und aus gingen. Als Ulrike sich jetzt erinnerte, musste sie den Kopf schütteln. Richtig nervös war sie an ihrem ersten Tag gewesen. Immer darauf bedacht, alles richtig zu machen. Die Arbeit war ihr wichtig gewesen, und irgendwie hatte sie es noch nicht ganz begriffen, dass sie es tatsächlich geschafft hatte, in solch einem renommierten Haus eine Anstellung zu bekommen.

Davor hatte sie so lange von dem Leben in München geträumt. Deshalb hatte sie die einmalige Chance im Grand Hotel unter keinen Umständen vermasseln wollen.

Sie konnte sich noch genau an den Augenblick erinnern, als sie ihn zum ersten Mal gesehen hatte. Das heißt, eigentlich hatte er sie zuerst entdeckt. Sie war viel zu sehr mit ihrer Arbeit am Frühstücksbüfett beschäftigt gewesen, als dass sie seine interessierten Blicke bemerkt hätte. Erst als er sie angesprochen und gefragt hatte, ob er noch einen Kaffee bekommen könne, hatte sie ihn wahrgenommen.

Beim Zubereiten des Getränks hatte sie sich überrascht gefragt, warum er ihr nicht gleich aufgefallen war. Attraktiv sah er in seinem hellen Anzug aus. Unter dem Sakko trug er ganz unkonventionell ein dunkelblaues T-Shirt und am Handgelenk eine goldene Uhr, die ziemlich teuer aussah. Seine klaren hellblauen Augen stachen förmlich hervor und harmonierten mit seinem gebräunten Teint. Er erinnerte sie optisch ein wenig an den Schauspieler Don Johnson, für den sie eine geheime Schwäche hegte.

Ulrike brachte ihm seinen Kaffee. »Bitte schön.«

»Danke sehr.«

»Haben Sie noch einen Wunsch?«, erkundigte sie sich höflich.

Als er die Augenbrauen hochzog, umspielte ein leichtes Lächeln seine Mundwinkel. »Oh ja.«

Ulrike sah ihn fragend an. »Was kann ich Ihnen noch Gutes tun?«

»Sie könnten mir verraten, wann Sie Feierabend haben.«

»Bitte?«, entgegnete sie nach einem Moment des Schweigens irritiert.

»Ich würde Sie gerne zum Essen einladen«, erwiderte er geradeheraus.

Einen Augenblick lang verschlug es Ulrike die Sprache. Sie war sich nicht sicher, was sie von der direkten Frage halten sollte. Durfte sie sich überhaupt mit ihm treffen? Immerhin war er ein Gast, und sie würde Gefahr laufen, ihren Ruf aufs Spiel zu setzen. »Ich weiß nicht …«, sagte sie unsicher.

Er sah sie einfach an und lächelte. »Im *Adria* in Schwabing gibt es leckere Pizza und Nudeln. Sie mögen doch italienisches Essen?«

Sie nickte. »Schon …«

»Wie wäre es dann mit heute Abend um acht?«, fragte er unbeirrt.

Lachend schüttelte sie den Kopf und verschränkte die Arme vor der Brust. Seine forsche Art hatte gleichzeitig etwas Charmantes. »Habe ich denn eine Wahl?«

Er zwinkerte ihr zu. »Nein.«

»Sie sind ziemlich hartnäckig«, stellte sie fest.

Er zuckte mit den Achseln. »Berufskrankheit.«

»Was machen Sie denn beruflich?«, rutschte es ihr heraus.

»Ich bin Rechtsanwalt.«

»Oh.« Das beeindruckte sie. Von einem Rechtsanwalt war sie noch nie zum Essen eingeladen worden.

Die Arme vor der Brust verschränkt, lehnte er sich nun zurück. »Ist das ein Ja?«

Sie nahm sich kurz Zeit zum Abwägen. Rechtsanwälte waren im Allgemeinen seriös, und der hier gefiel ihr dazu auch noch überaus gut. Sie würde sich bestimmt später in den Hintern beißen, wenn sie die Einladung ablehnte.

»Also gut«, stimmte sie dann zu und warf ihre Bedenken über Bord. »Um acht im *Adria*.«

Und so hatte ihre leidenschaftliche Romanze mit dem Anwalt Benedikt Obermair aus Inning am Ammersee begonnen. Ihre Wohnorte lagen rund vierzig Kilometer voneinander entfernt, doch durch ihre Berufe hatten sie beide wenig Zeit und trafen sich deshalb nicht so oft, wie sie es sich gewünscht hätten. Benedikt war häufig wegen Gerichtsprozessen überall in Deutschland unterwegs, während Ulrike nur selten ein freies Wochenende hatte. Außerdem hatte sie kein eigenes Auto und war darauf angewiesen, dass ihr jemand eins lieh. Mit Zügen fuhr sie nicht besonders gern. Und deshalb sahen sie und Benedikt sich vor allem dann, wenn er in München war. Das war die praktischste Lösung für beide.

Er konnte ihr immer vorab sagen, wann er wieder in der Stadt sein würde. Und so freute Ulrike sich nach jedem Abschied auf das nächste Treffen. Einmal hatte sie ihn in der Kanzlei angerufen, doch da war sie nur bis zu seiner Sekretärin gekommen, weil er in einem Klientengespräch gesteckt hatte. Danach hatte sie es nicht noch einmal probiert, weil es ihr nicht passend erschienen war. Seine private Telefonnummer hatte sie nicht.

»Ich bin am besten in der Kanzlei zu erreichen«, hatte er mal gesagt. »Zu Hause bin ich nur zum Schlafen.«

Ulrike trank den Rest ihres Orangensaftes, zahlte und verließ das Lokal. Sie ging zu dem alten Opel Ascona einer Freundin, den sie sich geliehen und in einem Parkhaus abgestellt hatte. Von dort aus fuhr sie in die Altstadt Münchens zum Postamt am Max-Joseph-Platz. Sie hatte zwar die Nummer von Benedikts Kanzlei, doch nicht die dazugehörige Adresse. In der Poststelle gab es etliche Telefonzellen, doch sie nahm zielstrebig Kurs auf den Raum, in dem sämtliche Telefonbücher und Gelbe Seiten von Deutschland in alphabetischer Reihenfolge hingen.

Es dauerte nicht lange, und sie hatte das richtige Branchenbuch gefunden. Unter den Einträgen der ortsansässigen Rechtsanwälte fand sie die Adresse von Benedikts Kanzlei. Vorfreudig notierte sie sich den Straßennamen und die Hausnummer. Ihr Plan stand fest: Sie würde jetzt zu Benedikt fahren, um ihm die freudige Nachricht persönlich zu überbringen. Es konnte unter keinen Umständen bis zu ihrem nächsten Treffen warten, wenngleich sie in zwei Tagen verabredet waren. Außerdem musste ihre Freundin den ganzen Tag arbeiten und hatte ihr den Wagen bis in die Abendstunden zur Verfügung gestellt. Das passte!

An der nächsten Tankstelle machte sie kurz halt. Leise vor sich hin pfeifend, füllte sie Sprit für zehn D-Mark nach und kaufte eine Straßenfaltkarte von der Region Ammersee. Anschließend fuhr sie gut gelaunt auf der A96 Richtung Inning.

Die Scheibenwischer leisteten Höchstarbeit. Zu Ulrikes Bedauern konnte sie durch den starken Schneefall nicht besonders schnell fahren. Wäre es nach ihr gegangen, wäre sie am liebsten zu Benedikt geflogen.

Aus dem Radio erklang *Solang' man Träume noch leben kann* von der *Münchener Freiheit*. Das musste ein gutes Vorzeichen sein! Kein anderes Lied hätte in diesem Moment besser gepasst. Ulrike drehte die Lautstärke hoch und sang mit. Ihr Herz schien vor Glück fast zu zerspringen.

Sie konnte es kaum erwarten, Benedikt endlich um den Hals zu fallen und ihm von ihrem Baby zu erzählen. Was es wohl werden würde? Eine wunderschöne Tochter oder ein süßer Junge? Oder gar Zwillinge? Das hatte ihr die Frauenärztin nicht verraten können. Ulrike seufzte. Eigentlich war es völlig egal. Hauptsache, gesund und munter. Ach, sie würden ein wunderbares Leben zusammen haben und eine glückliche Familie werden. In Gedanken sah sie sich mit ihm und ihrem Baby schon in einem großen Haus direkt am See und mit einem großen Garten. Was für ein Glück sie doch hatte ... Sie konnte es kaum fassen.

* * *

Obwohl die Ortschaft Inning nicht besonders groß war, musste sie eine Weile suchen, bis sie die richtige Adresse gefunden hatte. Sie parkte den Ascona auf der gegenüberliegenden Straßenseite der Kanzlei und schaute zum Eingang hinüber. Sie zögerte.

Mit einem Mal erschien es ihr trotz der schönen Nachricht unangemessen, einfach in die Kanzlei reinzuspazieren und Benedikt von seiner Arbeit abzuhalten. Deswegen beschloss sie, besser im Auto zu warten, bis Benedikt aus der Kanzlei kommen würde. Es war Mittagszeit. Benedikt hatte ihr mal erzählt, dass er seine Pausen oft in einem Restaurant verbrachte und meistens neben dem Essen Akten las. Bestimmt machte er bald Mittagspause.

Sie rieb ihre Hände aneinander und behielt dabei den Eingang der Kanzlei fest im Blick. Da sie den Motor ausgeschaltet hatte, wich die Heizungswärme den kalten Temperaturen. Wenigstens hatte es aufgehört zu schneien, und die Wolkendecke war vereinzelt aufgebrochen, sodass ein paar Sonnenstrahlen den Tag erhellten.

Plötzlich nahm sie eine Bewegung wahr. Die Tür wurde geöffnet.

Ulrike reckte gespannt den Hals. Eine Frau mit einem Mädchen und einem Jungen an der Hand trat aus dem Haus. Hinter ihnen fiel die Tür ins Schloss. Nachdem sie die Treppenstufen hinabgestiegen waren, blieben sie auf dem Bürgersteig stehen. Die Frau zog dem Mädchen Handschuhe an, während der Junge mit seinen Händen einen Schneeball formte. Wahrscheinlich war sie eine von Benedikts Klientinnen.

Ulrike wusste, dass er oft Scheidungsprozesse führte. Die arme Frau, dachte sie. Wie tapfer sie die Kinder anlächelte. Eine Trennung mit zwei Kindern musste schrecklich sein. Bestimmt hatte sie in Wirklichkeit großen Kummer, verbarg ihn aber, um das Mädchen und den Jungen zu schützen.

Die Tür öffnete sich abermals, und nun kam Benedikt aus dem Haus. Ulrike fasste an den Türinnengriff, wollte aber mit dem Aussteigen noch warten. Sicherlich würden Benedikt und die Frau noch ein paar Worte wechseln, bevor sie ihrer Wege gingen.

Sie beobachtete, wie Benedikt auf die Frau und die Kinder zuging. Er sprach mit ihr und nahm dann zu Ulrikes Überraschung das kleine Mädchen auf den Arm. Vielleicht waren es Verwandte von ihm? Sie meinte, er habe ihr mal von einem Bruder und einer Schwester erzählt. Ja, so musste es sein. Die Frau war bestimmt seine Schwester.

Benedikt lachte das Mädchen und den Jungen an. Er wird sicher ein wunderbarer Vater, dachte Ulrike.

Dann gab er der Frau einen zärtlichen Kuss auf die Lippen.

Ulrike zog die Hand vom Türgriff zurück und schlug sie sich vor den Mund. Wie erstarrt sah sie, wie Benedikt nach der Hand der Frau griff und sie mit den Kindern zu seinem Mercedes führte, der auf einem Parkplatz neben dem Haus abgestellt war. Zuerst stiegen die Kinder hinten ein, bald darauf fuhr der Mercedes mit Benedikt am Steuer und der Frau auf dem Beifahrersitz davon.

Sie konnte sich nicht rühren und keinen klaren Gedanken fassen. Ihre Augen waren immer noch auf den Punkt gerichtet, wo das Auto aus ihrem Sichtfeld verschwunden war.

Sie schluckte und spürte, wie sich ihr Magen zusammenzog. Ihre Hand tastete wieder nach dem Griff. Als sie die Autotür aufdrückte, schlug ihr klirrende Kälte entgegen. Die Temperaturen kamen ihr um einiges niedriger vor als in München.

Sie lehnte sich gegen den Opel und stützte eine Hand seitlich auf der Motorhaube ab, um Halt zu finden. Die frostigen Wintertemperaturen klärten zunehmend ihre Sinne. In ihrem Kopf ratterte es. Was hatte sie da gerade gesehen? Eine glückliche Familie mit zwei Kindern. So wie sie es sich in ihren Träumen mit ihm ausgemalt hatte. Doch es war seine Familie. Sie war bloß ein Abenteuer für ihn gewesen. Er hatte ihr verschwiegen, in Wirklichkeit verheiratet und Vater von zwei Kindern zu sein.

Die nüchterne Erkenntnis traf sie mit voller Wucht. Trotz der Kälte begann sie zu schwitzen. Was sollte nun aus ihr und dem Baby werden?

1. Kapitel

Isabel knotete das Band in ihrem Nacken zusammen und betrachtete sich im Spiegel. In dem kalten Licht der Neonröhre sah sie blass aus, ihr hellblondes Haar wirkte glanzlos und aschig. Sogar der Bikini erschien ihr wie ein Fremdkörper an ihr. Auf frisch gebräunter Haut sahen das kräftige Pink und das leuchtende Gelb bestimmt toll aus. Wer sich bloß die unvorteilhafte Beleuchtung in diesem Geschäft ausgedacht hatte? Ein Verkaufsargument lieferten die ungünstigen Lichtverhältnisse jedenfalls nicht. Aber unabhängig davon hatte sie eigentlich keinen Grund, sich zu beschweren. Für ihre vierunddreißig Jahre war sie verdammt gut in Schuss und konnte leicht mit jüngeren Frauen mithalten. Irgendwann hatte sie angefangen, wann immer es möglich war auf das Auto zu verzichten. Stattdessen war sie auf das Fahrrad umgestiegen. Hinzu kamen ausgiebige Spaziergänge mit ihrem Hund Mari und regelmäßiges Schwimmtraining. Das zahlte sich am Ende aus.

Sie schob den Vorhang beiseite, lugte aus der Umkleidekabine und hielt Ausschau nach Kati. Die Meinung ihrer Freundin war ihr wichtig, denn sie konnte sich darauf verlassen, dass Kati immer ehrlich zu ihr war und ihr nie aus falsch verstandener Freundschaft zum Kauf eines Bikinis raten würde, der in Wirklichkeit eine Katastrophe war. Da, sie entdeckte Kati in der Nähe des Schaufensters an einem Tisch, auf dem Fleecejacken übereinandergestapelt lagen. Kati hielt gerade eine Jacke mit ausgestreckten Armen vor sich und begutachtete sie. Als sie endlich in ihre Richtung schaute, winkte Isabel sie zu sich. »Komm rein!«

Kurz darauf zog sie Kati am Arm in die Kabine. »Und? Was meinst du?«

»Brrr.« Kati schüttelte sich und rieb sich mit beiden Händen die Oberarme. »Mir wird vom bloßen Ansehen schon ganz kalt.«

»Stell dir vor, die Sonne scheint, es sind achtundzwanzig Grad, und die Wellen rauschen sanft im Hintergrund«, forderte Isabel sie auf.

Ihre Freundin verzog den Mund. »So viel Fantasie habe ich nicht. Mitten im Dezember und mit Dauerschneefall … Da reicht meine Vorstellungskraft eher für einen heißen Glühwein.« Wie um das Gesagte zu unterstreichen, zog sie ihren Schal höher.

Isabel winkte ab. »Jetzt sag schon! Soll ich den nehmen? Oder nicht?«

Kati musterte sie noch einmal von oben bis unten und nickte dann. »Scheint zu passen.«

Isabel verdrehte die Augen. »Danke. Du bist wirklich eine große Hilfe.«

»Ach, der Bikini ist echt klasse. Ich würde ihn kaufen.« Kati lachte. »Im Sommer.«

Isabel blickte mit zufriedener Miene in den Spiegel. »Meinst du, er wird ihm gefallen?«

»Meinem Bruder?« Kati zuckte die Schultern. »Ich glaube, Jens gefällt alles, was du trägst. Wir machen uns über Klamotten immer viel zu viele Gedanken, aber seien wir ehrlich: Die meisten Männer sind da doch eher unkritisch. Meinem Bruder würde eine neue Frisur noch nicht einmal auffallen, das darf man nicht persönlich nehmen. Aber dafür hat er einfach keinen Blick.«

»Dafür hat er andere Talente«, verteidigte Isabel ihn. Sie dachte an Jens. Gerade jetzt rettete er vermutlich wieder einmal einem Menschen das Leben. Er liebte seine Arbeit als Notarzt, obwohl es bei seinen Einsätzen oft um Leben und Tod ging. Doch gerade dieser Umstand motivierte ihn. »Jedes Leben, das ich rette, wäre ohne mein Eingreifen vermutlich vorbei gewesen. Danach weiß ich immer, dass es sich lohnt, jeden Tag zum Dienst zu erscheinen. Auch wenn nicht jedes Mal am Ende ein Happy End steht. Aber die Menschen, bei denen es funktioniert, geben meiner Arbeit einen Sinn. Ich kann mir nicht vorstellen, was anderes zu tun«, hatte er ihr einmal erzählt.

Vor über einem halben Jahr hatte sie Jens durch seine Schwester kennengelernt. Und Kati davor im Hallenbad, wo sie beide regelmäßig ihre Bahnen gezogen hatten. Irgendwann waren sie ins Gespräch gekommen und hatten sich außerhalb der Badeanstalt verabredet. So war eins zum anderen gekommen.

»Wie dem auch sei. Es kann ja nicht jeder so ein Glück

haben wie du und mein Bruder. Weihnachten auf Hawaii … wow! Ich werde lieber noch mal einen Blick auf die Fleecejacken werfen. Die Aussicht auf sanftes Wellenrauschen ist in Rosenheim eher gering. Und ich kann schon fast den Schneepflug hören …« Damit verließ sie die Umkleidekabine.

Seufzend zog Isabel ihr Handy aus der Umhängetasche. Sie warf sich in Pose und machte ein Foto für Jens von ihrem Spiegelbild.

Dann tippte sie eine Nachricht auf ihrem Handy.

Mein lieber Schatz,
während du halb Rosenheim rettest, habe ich wenigstens einen Bikini für unseren Urlaub gefunden. Ich freue mich schon so sehr auf Hawaii und kann es kaum erwarten, bis wir im Flieger sitzen.
Bis später und Kuss,
Isa

Zufrieden zog Isabel sich anschließend an und verließ die Kabine. Kati wartete bereits an der Kasse auf sie. In der rechten Hand hielt sie eine Papiertüte, auf der das Logo des Geschäfts prangte.

»Eine Fleecejacke?«, fragte Isabel und legte den Bikini auf die Theke des Kassenbereichs.

Kati nickte. »Zwei sogar. In Natur und Hellblau. Schön kuschelig und als Doppelpack im Sonderangebot. Da musste ich zuschlagen.«

»Hast du ein Glück.« Isabel bezahlte amüsiert.

Nachdem beide Frauen den Laden verlassen hatten, setzte Kati eine Wollmütze auf und vergrub die Hände tief in ihren Manteltaschen. »Hast du noch Zeit für eine Brotzeit im Gasthaus?«

»Hm.« Isabel blickte auf ihr Handy. »Okay, eine Brotzeit ist noch drin. Dann muss ich aber zurück zu Mari. Du weißt doch, sie ist nicht gern lange allein.« Sie hakte sich bei Kati ein, und schon liefen sie in die Richtung des Lokals.

»Kein Wunder. Du nimmst sie ja sogar mit zur Arbeit.«

»Mari ist ja auch meine unentbehrlichste Arbeitskollegin.«

»Das stimmt.« Kati lachte.

»Danke übrigens, dass du sie so lange nimmst, wenn Jens und ich im Urlaub sind.«

Sie hatten den kurzen Weg schon zurückgelegt, und Kati drückte die Tür zum Gasthaus auf. »Na klar. Sie ist wirklich ein besonders lieber Hund, und ich freue mich schon richtig darauf. Dann habe ich endlich Gesellschaft im Homeoffice. Ich glaube, ich habe noch nie einen so freundlichen Hund wie Mari gekannt.«

Sie steuerten auf einen Tisch in Fensternähe zu und setzten sich.

»Ein bisschen Muffensausen habe ich ehrlich gesagt schon.« Isabel verzog den Mund, als sie ihre Jacke über den Stuhl hängte.

»Ach, mache dir keine Sorgen«, winkte Kati ab und griff nach der Speisekarte. »Ich werde Mari nach Strich und Faden verwöhnen.«

»Nicht deswegen.« Isabel warf ebenfalls einen Blick in die Karte.

Kati sah sie prüfend an. »Sondern?«

»Na ja.« Sie zog die Schultern hoch. »Mari und ich waren noch nie getrennt, seit sie als Baby zu mir gekommen ist. Ich habe sie immer überall mit hingenommen. Es ist das erste Mal, dass sie woanders schläft. Dann auch noch so lange! Und Hawaii ist ja auch nicht gerade um die Ecke.«

Kati lachte. »Mütter und ihre Kinder.«

»Kein Witz! Es fühlt sich tatsächlich ein bisschen so an.«

»Ach, Isa.« Sie legte eine Hand auf ihre und zwinkerte ihr zu. »Ihr könnt ja jeden Tag telefonieren, wenn du auf Hawaii bist.«

»Ich hatte eigentlich eher an Skype oder ein Zoom-Meeting gedacht, damit Mari mich auch sehen kann«, antwortete Isabel ernsthaft.

»Von mir aus auch das. Aber mache dir bitte keine unnötigen Sorgen. Dein Hund ist bei mir in den besten Händen, und es wird ihm an nichts fehlen.«

»Das weiß ich doch.«

Als sich ein Kellner ihrem Tisch näherte, winkten sie ihn heran und bestellten. Kati hatte sich für ein LKW (Leberkäse mit Kartoffelsalat, warm) und eine Spezi entschieden. Für Isabel sollte es ein Bayerischer Wurstsalat und ein Wasser sein.

»Bist du eigentlich schon aufgeregt wegen deiner neuen Stelle?«, erkundigte Kati sich.

»Und wie! Es ist vielleicht alles ein bisschen viel. Hawaii ist ja das eine. Das andere ist: Ich kann es noch gar nicht glauben, dass ich die Leitung der ergotherapeutischen Abteilung im Gesundheitszentrum übernehme. Das ist für mich ein wichtiger Schritt nach vorn.«

»Ich finde, dass das Gesundheitszentrum mit dir einen guten Fang gemacht hat. Ich kenne niemanden in und im Umkreis von Rosenheim, der eine Hundetherapie anbietet. Das ist dein Alleinstellungsmerkmal.«

»Das stimmt schon. Aber die meiste Zeit werde ich wohl eher mit organisatorischer Arbeit, das heißt Bürotätigkeiten, zu tun haben. Die Therapiestunden mit Mari werden vermutlich eher am Rande stattfinden. Wenn überhaupt ...« Sie senkte den Blick.

»Ach, das wäre aber schade, wenn das deswegen flachfallen würde. Es hat dir doch immer so viel Spaß gemacht!«

»Stimmt schon. Doch man kann nicht alles haben im Leben, oder?« Insgeheim bedauerte Isabel die Aussicht darauf sehr, ihre Hundetherapie, die sie mit vollem Herzblut ausübte, nicht mehr als Schwerpunkttätigkeit ausführen zu können. Mehr, als sie zugab. »Das Angebot konnte ich einfach nicht ablehnen. Hauptsache, ich kann Mari mit zur Arbeit nehmen.« Sie holte das Handy aus ihrer Tasche und legte es auf den Tisch.

»Sag mal, wartest du auf einen Anruf?«, wollte Kati wissen.

Isabel zuckte die Schulter. »Vielleicht meldet sich Jens.«

Die Kellnerin brachte ihre Brotzeit.

»Wohl bekomm's.« Kati prostete Isabel mit ihrer Spezi zu.

Isabel erhob ihr Glas. »Guten Appetit.«

Kati probierte ihren Leberkäse. »Lecker!«

Noch einmal schaute sie auf ihr Handy. »Weißt du eigentlich, dass dein Bruder der erste Mann ist, mit dem ich mir eine gemeinsame Wohnung, Hochzeit und Familie vorstellen kann?«

»Das klingt gut und irgendwie auch ernst. Ich hätte dich gern als Schwägerin.« Katis Augen glänzten.

»Wie gut, dass wir uns damals kennengelernt haben. So habe ich eine beste Freundin und meinen Traummann gefunden.« Isabel stocherte nachdenklich mit der Gabel in ihrem Wurstsalat herum. »Weißt du eigentlich, dass Jens mich nach dem Urlaub mit zu euren Eltern nehmen will?«

»Nach Starnberg? Das klingt wirklich ernst!«

Isabel nickte und seufzte. »Ich bin wirklich glücklich wie noch nie zuvor in meinem Leben. Alles läuft wie am Schnürchen. Fast ein wenig beängstigend.«

»Also, wenn du auf Hawaii einen hübschen Surfer kennenlernen solltest, dann gib ihm meine Nummer. Ich tausche gerne den bayerischen Winter gegen Dauersommer mit Blumenkränzen und Aloha ein.«

»Ich werde dran denken«, versprach Isabel und nahm eine Gabel von dem Wurstsalat. Das Display des Handys blieb immer noch unbeleuchtet. »Ich weiß gar nicht, wie lange Jens heute Dienst hat«, sagte sie mehr zu sich selbst.

»Heute Dienst?« Kati runzelte die Stirn. »Soweit ich weiß, hat er heute frei.«

»Nein, da vertust du dich.«

Kati schüttelte den Kopf. »Er war vorhin noch bei mir, um mir was am PC zu zeigen. Etwa eine Viertelstunde bevor wir uns zum Shoppen getroffen haben.«

»Wirklich?«, fragte sie erstaunt. »Das ist aber sehr merkwürdig. Mir hat er gestern noch gesagt, dass er heute Notdienst hat.«

»Vielleicht hat sich unverhofft was beim Dienstplan geändert«, überlegte Kati. »Er ist ganz spontan bei mir vorbeigekommen.«

»Das hätte er mir doch gesagt … Wirklich extrem seltsam das Ganze.«

»Er wollte bestimmt nicht unsere Verabredung durchkreuzen und hat deswegen nichts gesagt.«

»Das könnte natürlich sein.« Isabel checkte ihr Handy erneut nach neuen Nachrichten, auch wenn ihr diese durch einen Signalton angezeigt worden wären. »Aber wieso liest und beantwortet er meine Nachricht dann nicht, wenn er frei hat?«

Kati verzog den Mund. »Er liegt bestimmt nicht faul auf dem Sofa herum. Ich tippe darauf, dass er zum Sport ins Fitnessstudio gefahren ist und sein Handy im Spind eingeschlossen hat«, mutmaßte sie. »Du kennst doch meinen Bruder. Er muss immer in Bewegung sein, und das Krafttraining braucht er als Ausgleich zum Job.«

Sie lächelte. »Du hast wahrscheinlich recht. Bestimmt

arbeitet er hart an seinem Strandbody. In zwei Wochen genießen wir ja schon Cocktails auf Hawaii.«

* * *

Isabel schloss im Hausflur ihren Briefkasten auf und entnahm ihm drei Umschläge und einen Werbekatalog für Tierbedarf. Mit einem zweiten Schlüssel öffnete sie den Postkasten über ihrem. Er gehörte Frau Osterfeld, ihrer Nachbarin.

Beide hatten in dem Altbau Dachwohnungen gemietet. Isabels Wohnung war sogar eine Maisonette. Irgendwann hatte Frau Osterfeld sie gefragt, ob es ihr etwas ausmachen würde, ihre Post mit hochzubringen, wenn sie ohnehin vor den Briefkästen stand. »Sie können die Briefe einfach auf meiner Fußmatte ablegen. An manchen Tagen fehlt mir einfach die Kraft, um die vielen Treppen zu steigen. Da streiken meine Beine«, hatte die alten Dame erklärt.

Für Isabel war es eine Ehrensache gewesen, ihrer Nachbarin diesen Gefallen zu tun. Seitdem sie in dem Haus wohnte, hatte sie auch das wöchentliche Flurputzen für sie beide übernommen. Frau Osterfeld sollte sich in ihrem Alter ausruhen und nicht ihre Kraft fürs Treppenschrubben vergeuden, fand sie. Es reichte schon, dass sie ihre Einkäufe bis in den vierten Stock tragen und ihren Haushalt allein machen musste. Das war in ihrem hohen Alter bestimmt nicht einfach.

Isabel stieg die Treppe zu ihrer Wohnung hoch und legte zwei Briefe und das Gemeindeblatt der evangelischen Kirche auf der Fußmatte ihrer Nachbarin ab. Dann ging sie drei Schritte und schloss ihre Wohnungstür auf.

Mari erwartete sie bereits schwanzwedelnd und begrüßte sie derart stürmisch, als hätten sie sich seit Ewigkeiten nicht mehr gesehen.

»Ja, du bist ja die Beste!« Lachend kraulte sie die Leonbergerhündin hinter den Ohren. »War dir langweilig?«

Daraufhin präsentierte Mari ihren Bauch, damit Isabel dort weiterkraulen konnte.

Nach einem Augenblick erhob Isabel sich lächelnd. »Ich weiß da was Besseres.«

Sie ging in die Küche, und Mari folgte ihr. Nachdem Isabel die Tüte mit dem Bikini auf der Arbeitsfläche abgestellt und ihre Tasche sowie die Post danebengelegt hatte, griff sie schnell in eine Box und holte ein paar Leckerlis hervor.

Wie erwartet stürzte Mari sich voller Begeisterung auf den Snack. Während ihr Hund schmatzte, schaute Isabel abermals auf ihr Handy. Noch immer nichts von Jens. Er hatte ihre Nachricht noch nicht einmal gelesen.

Vermutlich nutzt er die Gelegenheit für ein extralanges Training, dachte Isabel und rang ihre Enttäuschung nieder. Vielleicht war er auch schon fertig und saß noch auf einen Eiweißshake mit einem Kumpel an der Theke. Sie wollte es ihm gönnen, schließlich würde er auf Hawaii keine Gelegenheit haben, seine Freunde zu treffen.

Isabel schaute zu Mari, die vor ihr saß und sie erwartungsvoll anblickte. »Dann gehen wir beide jetzt eine Runde durch den Wald. Was meinst du?«

Der Keferwald lag nicht weit von ihrer Wohnung entfernt. Sie liebte die Spaziergänge mit Mari in dem beschaulichen kleinen Stadtwäldchen. Im Frühjahr und im Sommer waren neben anderen Hundebesitzern und Spaziergängern auch viele Jogger und Radfahrer hier unterwegs. Nun war es in dem verschneiten Waldstück ganz ruhig und menschenleer. Gelegentlich rieselte Schnee von den Ästen der Tannen auf den Boden, oder es knackte im Unterholz. Ansonsten war es bis auf das Geräusch ihres Atems und dem des herumtollenden Hundes ruhig.

Mari liebte Schnee und ließ es sich nicht nehmen, sich darin ausgiebig zu wälzen. Isabel formte einen Schneeball und warf ihn weit von sich. Übermütig bellend preschte Mari hinterher.

Es machte sie einfach glücklich, wenn ihre Hündin solch einen Spaß hatte. Tief atmete sie die Winterluft ein und genoss den Moment.

Fast kam es Isabel unwirklich vor, als sich plötzlich ihr Handy bemerkbar machte und der Klingelton die Stille des Waldes zerriss. Sie holte das Telefon aus ihrer Tasche hervor und lächelte, als sie sah, wer sie sprechen wollte. »Hallo, Jens!«

»Servus, Isabel«, erwiderte er mit tiefer Stimme. »Wo steckst du denn?«

Sie lachte. »Also, das könnte ich auch dich fragen. Ich dachte, du hättest heute Dienst. Aber Kati meinte, du warst bei ihr.«

»Das stimmt. Danach bin ich ins Fitnessstudio gefahren. Ich habe mich in der Woche vertan. Nächsten Samstag habe ich Dienst.«

Amüsiert schüttelte sie den Kopf. »So was in der Art haben wir uns schon gedacht. Hast du das Foto gesehen, das ich dir geschickt habe?«

»Ja«, antwortete er zerstreut, aber sie wollte nicht nachfragen.

»Den Bikini habe ich extra für Hawaii gekauft. Wie findest du ihn?«

»Du kannst eh alles tragen«, sagte er ausweichend.

»Na, das hört sich aber nicht sehr begeistert an.«

»Wo bist du eigentlich?«, überging er ihre Bemerkung.

»Im Wäldchen. Mit Mari.«

»Wo denn genau?«

»In der Nähe der Schranke. Aber wieso willst du das wissen?«

»Ich stehe vor deiner Haustür.« Er machte eine kurze Pause und atmete hörbar ein: »Ich laufe dir entgegen. Warte an der Schranke auf mich, ja?«

»Okay«, stimmte Isabel zu, doch er hatte bereits aufgelegt.

Wenige Minuten darauf stand sie schon an der Schranke und vertrieb sich die Zeit mit Mari beim Stöckchen- und

Schneeballwerfen. Es dauerte nicht lange, dann erschien Jens. Isabel fiel sofort sein angespannter Gesichtsausdruck auf. Er wirkte, als käme er geradewegs von einer besonders anstrengenden Schicht.

Mari sprang an ihm hoch und begrüßte ihn überschwänglich. Erleichtert stellte Isabel fest, dass er lächelte, während er Mari streichelte.

»Hallo, Jens.« Sie ging auf ihn zu und wollte ihn in den Arm nehmen, doch in dem Moment beugte er sich wieder zu der Leonbergerhündin runter.

»Hi, Isabel«, sagte er bloß, ohne sie dabei anzusehen, und warf für Mari einen Ast.

Seltsam, sonst war Jens viel verbindlicher. Er war ihrer Umarmung noch nie ausgewichen. Als er sich wieder aufgerichtet hatte, sah Isabel ihn aufmerksam an. »Ist irgendwas?«, fragte sie ohne Umschweife.

Jens presste die Lippen aufeinander, versenkte die Hände in den Taschen seiner Winterjacke und wich ihrem Blick wieder aus. Er nickte schuldbewusst. »Ich muss dir was sagen.«

Isabel legte den Kopf schräg und schaute ihn forschend an. Urplötzlich hatte sie eine Ahnung, warum er auf ihren neuen Bikini so zögerlich reagiert hatte. »Oh, nein!«, rief sie. »Sag jetzt bitte nicht, dass der Urlaub ins Wasser fällt, weil ihr beim Notdienst Personalmangel habt!«

»So ungefähr«, bestätigte er ihre Vermutung.

»Das darf doch nicht wahr sein! Ich habe mich so auf den Urlaub gefreut.« Isabel fuhr sich mit einer Hand durchs

Haar. »Kann denn kein anderer für dich einspringen? Du bist doch nicht der einzige Notarzt in ganz Rosenheim.«

Jens hob die Hände und wirkte jetzt sehr schuldbewusst. »Ganz so ist es nicht. Ich werde in den Urlaub fliegen. Aber nicht mit dir.«

Isabel verstand die Welt nicht mehr. »Was soll das heißen?«, fragte sie irritiert.

»Es sind da in letzter Zeit Dinge passiert, mit denen ich nicht gerechnet habe«, begann er seine Erklärung.

»Was denn für Dinge?« Isabel spürte, wie langsam Panik in ihr hochstieg. Sie konnte förmlich fühlen, wie sich die Luft um sie herum für einen bevorstehenden Knall zusammenzog. Als sie weitersprach, erkannte sie die eigene Stimme kaum wieder. »Ich verstehe nicht, wovon du sprichst.«

»Wir haben uns in letzter Zeit sehr wenig gesehen. Ich musste oft arbeiten, wenn du freihattest und umgekehrt. Irgendwie haben sich daraus neue Umstände entwickelt, die sich dann verselbstständigt haben …«

»Wovon redest du eigentlich?«, fragte sie nun mit leicht wütendem Unterton.

Jens senkte abermals den Blick. »Ich habe jemanden kennengelernt.«

Isabel fühlte sich, als würde ihr der Boden unter den Füßen fortgerissen. Ihr wurde kalt.

2. Kapitel

»Er hat einfach so, ganz aus heiterem Himmel, mit mir Schluss gemacht!« Isabel schnäuzte sich geräuschvoll in ein Taschentuch und warf es in den Abfalleimer, der auf dem Boden vor dem Sofa stand und in dem sich bereits die anderen benutzten Tücher aus der Packung türmten. Mari lag neben ihr und drückte ihre feuchte Nase tröstend an ihre Hand. Traurig tätschelte sie den Kopf der Hündin, die sie aus treuen Augen anblickte, und sagte ins Telefon: »Ich kann es immer noch nicht glauben. Dabei ist nie ein böses Wort zwischen uns gefallen.«

Sie hob den Telefonhörer an das andere Ohr und zog die Beine dicht an den Oberkörper heran. »Und er hat dir wirklich nichts davon gesagt, Kati?«

»Kein Sterbenswörtchen! Das schwöre ich!«

»Keinerlei Andeutung?«

»Nein. Ich bin genauso überrumpelt von der Nachricht wie du«, erklärte Kati fassungslos und betroffen.

»Wenn ich bloß wüsste, wer diese andere Frau ist, von der er gesprochen hat … Und vor allem, wo und wann er sie kennengelernt hat … Ich verstehe überhaupt nicht, wie mir das alles entgehen konnte, aber ich habe wirklich nichts gemerkt, Kati.«

»Das kann ich bestimmt rauskriegen. Vielleicht ist es ja eine neue Kollegin? Ich werde dir alles erzählen, sobald ich mehr weiß«, versprach ihre Freundin.

»Meinst du, dadurch hätte er automatisch mehr Zeit mit ihr verbracht als mit mir?«

Kati seufzte schwer. »Ist nur so ein Gedanke. Könnte aber sein. Du weißt ja, wie lang seine Schichten sein können.«

Isabel schwieg kurz. »Ja, das klingt logisch. Vermutlich ist es so ...« Als ihr wieder die Tränen in die Augen stiegen, nahm sie sich schnell ein weiteres Taschentuch und putzte sich die Nase. »Aber was soll ich bloß tun, wenn es wirklich so ist? Gegen eine Ärztin habe ich doch überhaupt keine Chance.«

»Ach, so was will ich gar nicht hören! Außerdem wissen wir noch nichts über die andere. Das sind ja bisher alles reine Spekulationen.«

»Ich fühle mich gerade wie ein kaputtes Telefon, das in den Müll wandert und durch ein neues ersetzt wird.« Isabel streckte ihre Beine wieder aus und beobachtete seufzend, wie Mari ihr Köpfchen auf ihre Oberschenkel legte und sie aus großen Augen ansah.

»Ich würde mich an deiner Stelle genauso fühlen. Pass mal auf, ich werde jetzt versuchen, Jens zu erreichen, um mit ihm zu reden. Danach melde ich mich wieder bei dir. Okay?«

»Okay. Danke, Kati ... Ich weiß gar nicht, was ich ohne dich tun würde.«

»Dafür sind beste Freundinnen doch da.«

Nachdem sie das Gespräch beendet hatte, legte sie den Kopf in den Nacken und starrte an die Decke. Sie konnte es immer noch nicht fassen, was passiert war. Das Ende ihrer Beziehung mit Jens war ohne jegliche Vorwarnung und mit der Wucht eines Wasserfalls auf sie eingestürzt. Ob es besser gewesen wäre, wenn sie sich nie auf ihn eingelassen hätte?

Für Jens hatte sie all ihre Prinzipien über Bord geworden und ihr Herz geöffnet. Sogar ihren sehnlichen Wunsch nach einer Familie hatte sie zugelassen, die sie als Kind so schmerzlich vermisst hatte. Ihre Mutter hatte sie nach der Geburt in die Obhut eines Kinderheims gegeben und war damals einfach verschwunden, ohne ihren vollen Namen zu hinterlassen. Bis heute kannte Isabel bloß den Nachnamen ihrer leiblichen Mutter: Poertgen.

Sie wusste nicht, wer ihre Eltern waren. Sie besaß bloß die Hälfte eines alten Fotos, auf dem ihre Mutter abgebildet war, und die Notiz auf einem Zettel, auf dem ihre Mutter den Wunsch geäußert hatte, dass sie Isabel heißen sollte. Das hatten ihr die Erzieher des Kinderheims gegeben.

Langsam stand sie auf, holte das Portemonnaie aus ihrer Tasche und zog die Fotohälfte heraus. Wenn ihre Mutter Teil ihres Lebens gewesen wäre, hätte sie sie jetzt bestimmt getröstet. Dann wäre alles anders gewesen …

Auf dem Schnappschuss saß ihre Mutter auf einer Parkbank und lachte in die Kamera. Sie trug einen farbenfrohen Sommeroverall, und in ihrem Haar steckte eine Sonnenbrille mit verspiegelten Gläsern. Isabel schätzte die Frau auf dem Foto auf Mitte zwanzig. Sie sah nett aus und war ihr trotz allem nicht fremd. Sicher lag es daran, dass sie dieses Bild in ihrem Leben so oft betrachtet und nach Ähnlichkeiten zwischen ihr und ihrer Mutter gesucht hatte. Es stellte sich jedes Mal eine gewisse Vertrautheit ein, wenn sie das Bild anschaute. Das blonde Haar und die kleine Stupsnase hatte sie definitiv von ihrer Mutter geerbt.

Isabel seufzte. Wie gerne hätte sie ihre Mutter kennengelernt! Hätte sie einen Wunsch frei, würde sie damit ihre Sehnsucht stillen, sie wenigstens einmal zu sehen. Doch das würde höchstwahrscheinlich nie geschehen. Wie auch? Ohne irgendeinen Anhaltspunkt gingen die Chancen gegen null, ihre Mutter ausfindig zu machen. Wahrscheinlich war es genau das, was sie damals hatte bezwecken wollen. Und bestimmt hatte sie ihr Baby aus guten Gründen zurückgelassen.

Schwermütig steckte Isabel das Foto zurück in die Geldbörse und machte sich einen Kräutertee.

Sie fühlte sich ungeliebt und spürte eine große Leere, die sie seit ihrer Beziehung mit Jens nicht mehr in dieser Stärke wahrgenommen hatte. Mit ihm hatte ihr Leben eine positive Wendung genommen und einen tieferen Sinn bekommen. Jetzt war alles wie vorher.

Sie schaute von der Wohnküche aus auf ihre Hündin, die auf dem Sofa eingeschlafen war und leise grunzende Schlaflaute von sich gab. Hatte sie gerade noch nichts als Leere gefühlt, durchströmte sie in diesem Augenblick doch eine große Dankbarkeit dafür, dass das Schicksal sie und Mari zusammengeführt hatte. Es war doch nicht alles wie zuvor. Und sie konnte sich kaum mehr ein Leben ohne Mari vorstellen. Immerhin liebt mich diese wunderbare Hündin, dachte Isabel und hob den Kopf.

Ruhig ging sie mit der Tasse Tee zum Wohnzimmerfenster und blickte hinaus. Starker Schneefall hatte eingesetzt. Es dämmerte bereits, und die Straßenlaternen erleuchteten die Straße. Ein Nachbar von gegenüber fegte den Eingangsbereich und den Bürgersteig frei. Auf der Stufe, die zum Hauseingang führte, stand ein Eimer – vermutlich voll Streusalz. Isabel wusste, dass ihr Vermieter, der im Parterre wohnte, für ein paar Tage verreist war. Normalerweise war er der Erste, der sich bei solch einem Wetter den Schneeschieber schnappte und den Gehweg vor dem Haus räumte. Für sie hatte Jens das ein paarmal übernommen. Jens … Er würde ihr fehlen, als Partner an ihrer Seite, zum Reden und im Bett …

Sie musste sich unbedingt ablenken, sonst würde sie noch verrückt werden. Wer wusste schon, wann Kati ihn erreichen und sich wieder bei ihr melden würde.

Kurz entschlossen zog sie sich wieder an, verstaute ihr Handy in einer Jackentasche und verließ mit Mari die Wohnung. Sie holte den Schneeschieber, der im Keller an einem Haken an der Wand hing, und nahm den Eimer voll Streusplitt aus der Ecke mit.

Als sie die Haustür öffnete, sah sie, dass tatsächlich viel Arbeit auf sie wartete. Sehr gut. Das war genau das Richtige. Die Schneedecke schloss schon mit der Stufe vor der Haustür ab.

Höflich nickte Isabel dem Nachbarn auf der gegenüberliegenden Straßenseite zu und begann mit dem Schippen. Mari tollte währenddessen durch den Schnee und schnappte nach einzelnen Flocken, die vor ihrer Nase niederschwebten.

Isabel brauchte knapp eine halbe Stunde, um den Weg und die Hofeinfahrt zu räumen und zu streuen. Dabei geriet sie trotz der niedrigen Temperaturen gehörig ins Schwitzen und spürte, wie gut ihr die Bewegung tat.

Als Mari und sie wieder in ihre Wohnung zurückkamen, hatte Isabel rote Hände vor Kälte. An Handschuhe hatte sie nicht gedacht.

Mit klammen Fingern zog sie ihre Jacke und Winterstiefel aus, legte das Handy auf den Wohnzimmertisch und fütterte ihren Hund. Danach hielt sie ihre Hände unter lauwarmes Wasser. Die Wärme und das Rauschen hatten etwas Beruhigendes.

Wann Kati sich wohl melden würde? Mittlerweile war sich Isabel gar nicht mehr sicher, ob sie überhaupt hören wollte, was ihre Freundin ihr berichten würde. Was sie zum jetzigen Zeitpunkt wusste, reichte ihr eigentlich schon. Ihr Glück mit Jens war zu Ende. Vielleicht war es sogar gut, wenn sie nicht alle Details erfuhr, um besser abschließen zu können. Hoffnung auf einen Neubeginn hatte sie kaum. Das passierte meistens nur in Hollywoodfilmen, aber in der Realität kaum.

Isabel hielt ihre Hände länger als nötig unter den Wasserstrahl und griff dann zu einer Seife, die herrlich nach Lavendel duftete. Plötzlich ertönte aus dem Wohnzimmer der Klingelton ihres Handys. Sie drehte das Wasser ab, trocknete ihre Hände und verließ das Bad.

Auf dem Display lachte sie ein Foto von Kati an. Isabel schluckte, ihr Herzschlag beschleunigte sich. Fast wollte sie kneifen, nahm den Anruf dann allerdings doch an. »Hallo, Kati.«

»Hi, Isa.« Katis Stimme klang sanft und mitfühlend.

Isabels Kehle fühlte sich trocken an. Sie räusperte sich und fragte dann mutig: »Hast du Jens erreicht?«

»Hm.«

»Was hat er denn gesagt?« Isabel setzte sich auf das Sofa und kniff die Augen zusammen, wie um sich zu wappnen.

»Das würde ich dir lieber persönlich sagen. Kann ich hochkommen?«

Sie schlug die Augen wieder auf. »Wo bist du denn?«

»Ich sitze im Auto vor deiner Haustür.«

»Was? Warum klingelst du denn nicht?« Isabel hastete zum Fenster. Sie erkannte den Wagen ihrer Freundin im Schein der Straßenleuchten. »Ich sehe dich.«

»Ich wollte erst fragen, ob es dir passt ... Und ich habe Pizza von Cortina dabei.«

»Komm hoch.« Nachdem sie zur Wohnungstür geeilt war, drückte Isabel auf den Summer. Kurz darauf hallten schon Katis Schritte durch den Flur und näherten sich.

»Einmal Pizza Biancaneve für dich und eine Tarantella

für mich.« Kati putzte sich die Schuhe auf der Fußmatte ab.

Dankbar nahm Isabel ihr die Pizzakartons ab. Als ihr der Duft der warmen Pizza in die Nase stieg, merkte sie erst, dass sie hungrig war. »Hereinspaziert!«

»Danke.« Kati begrüßte Mari und hängte ihren Schal und den Wintermantel an die Garderobe, bevor sie ins Wohnzimmer ging. »Ich dachte, du hast vielleicht Hunger. Pizza geht ja immer.«

»Das stimmt.« Mit einer Handbewegung bot sie ihrer Freundin einen Platz an, bevor sie die Kartons auf den Wohnzimmertisch stellte und schnell Teller und Besteck aus dem Küchenschrank holte. Mari machte es sich inzwischen auf ihrem Hundebett bequem.

»Möchtest du einen Teller, oder isst du aus dem Karton?«

»Aus dem Karton.« Kati setzte sich auf die Couch, während Isabel die Teller zurückräumte.

Isabel reichte ihr das Besteck und klappte den Deckel eines Kartons auf. Die Pizzen waren in Dreiecke geschnitten. Froh, sich darauf konzentrieren zu können, nahm sie ein dampfendes Stück auf die Hand und biss hinein. Sie wollte nicht nach Jens fragen, sondern lieber abwarten, bis Kati das Thema anschnitt.

Nach einer Weile blickte Kati sie kopfschüttelnd an. »Dass du jetzt einfach essen kannst. Ich dachte, du bestürmst mich mit Fragen. Willst du denn gar nicht wissen, was Jens gesagt hat?«

»Doch.« Isabel verzog den Mund beim Kauen. »Will ich. Und auch irgendwie nicht.«

»Kann ich verstehen.« Kati setzte sich aufrechter hin. »Also, er hat mir leider die Geschichte bestätigt, die er dir erzählt hat. Er hat tatsächlich jemanden kennengelernt.«

Isabel nickte. Und obwohl sie dies bereits wusste, spürte sie einen Stich in ihrem Herzen. »Ist sie Ärztin?«, fragte sie leise.

Kati schüttelte den Kopf. »Keine Ärztin.«

»Was dann? Krankenschwester oder Sanitäterin?«

»Weder noch.« Kati winkte ab. »Er hat sie gar nicht auf der Arbeit kennengelernt.«

Beklommen ließ sie das Stück Pizza sinken. »Sondern?«

»Im Sportstudio. Da ist sie Fitnesstrainerin.«

Isabel musste husten. Sofort ratterte es in ihrem Kopf, und ihre Fantasie verselbstständigte sich. Die meisten Trainerinnen hatten nicht nur eine Bombenfigur, sondern sahen auch hübsch aus. Wieder fühlte Isabel sich wie ein kaputtes Gerät, das einfach ausgedient hatte, weil es ein neues Modell gab. »Hat er gesagt, wie lange das schon mit der anderen läuft?«

Kati verzog den Mund. »Noch nicht so lange. Kennengelernt hat er sie vor ungefähr zwei Monaten, als sie in dem Studio angefangen hat. Seitdem hat er sie regelmäßig gesehen, wenn er beim Training war. Sie hat oft gearbeitet, wenn er beim Training war, und so sind sie sich immer wieder über den Weg gelaufen.«

Isabel schüttelte den Kopf. »Er musste sich noch nicht einmal mit ihr verabreden.«

»Nein. Er brauchte nur zum Sport zu gehen, um sie zu sehen.« Kati blickte auf ihre Pizza, die sie noch nicht angerührt hatte.

»Weißt du, wie sie heißt?« Die Frage war heraus, bevor Isabel entscheiden konnte, ob sie das wirklich wissen wollte.

»Sie heißt Carina.«

»Und seit wann ist er mit dieser … Carina zusammen?«

»Das hat er mir nicht genau gesagt. Aber dafür eine andere Sache … Ich fürchte, das wird dir gar nicht gefallen.« Kati griff zu einem Pizzadreieck und biss ein großes Stück ab.

Bitter lachte Isabel auf. »Was soll jetzt noch groß kommen, was mich schocken könnte? Kriegt sie etwa ein Kind von ihm, oder hat er ihr einen Heiratsantrag gemacht?«

Kati schluckte den Rest Pizza hinunter. »Jens und Carina fliegen zusammen nach Hawaii.«

Isabel riss ungläubig die Augen auf. »Was?« Dann fiel es ihr wieder ein. Er hatte ihr ja gesagt, dass er ohne sie nach Hawaii reisen würde …

Ratlos zuckte ihre Freundin die Achseln. »Genauso habe ich auch reagiert, als mein Bruder es mir gesagt hat.«

»Aber das kann er doch nicht machen!«, rief Isabel entrüstet. »Das war doch … unser Urlaub.«

»Ich verstehe meinen Bruder im Moment auch nicht. Diese Carina scheint sein Gehirn völlig vernebelt zu haben. Ansonsten wäre er nie auf so eine Idee gekommen.«

Isabel rang um Fassung. »Wie kann er nur! So was hätte ich ihm nie zugetraut.«

»Hast du eigentlich eine Reiserücktrittsversicherung abgeschlossen?«

Sie schüttelte den Kopf. »Jens hat den Urlaub auf seinen Namen gebucht. Ich hatte vor, ihm nächste Woche meinen Anteil zu überweisen.«

»Na, wenigstens hast du keine finanziellen Einbußen durch seine Eskapaden. Das wäre noch ärgerlicher gewesen.«

»Ach!« Sie winkte ab. »Das Geld ist mir doch völlig egal. Jens fährt mit dieser Carina in *unseren* Urlaub. Dabei kennt er sie erst seit ein paar Wochen, und wir … Ach, Kati, weißt du, ich dachte halt, wir hätten etwas Besonderes.« Ihre Trauer wich blankem Entsetzen und einer übermächtigen Ohnmacht. Sie fühlte sich wie in einem Albtraum.

»Ich weiß, Isa …« Kati steckte sich das nächste Pizzastück in den Mund und sah Isabel so schuldbewusst an, als hätte sie den Kummer verursacht, nicht ihr Bruder.

»Was soll ich denn jetzt machen?«, fragte Isabel leise und starrte ratlos auf die Pizza vor ihr, die mittlerweile nicht mehr dampfte.

»Ich weiß es nicht«, sagte Kati, während sie kaute. »Aber auf keinen Fall Trübsal blasen oder die Schuld bei dir suchen. Mein Bruder benimmt sich gerade wie der letzte Honk.«

»Das ist einfacher gesagt als getan. Ich … Ich liebe Jens doch … Trotz allem«, brachte Isabel unter Tränen hervor, die sie jetzt nicht mehr zurückhalten konnte. »Es fühlt sich nur an, als wäre er jetzt jemand anders … Und ich hoffe einfach, dass er wieder normal wird … Auch wenn dann erst mal alles auf null stünde … Meine Gefühle kann ich nicht so einfach abstellen. Selbst wenn ich es wollte.«

»Ach, Isa …« Kati nahm sie in den Arm. »Jens hat dich gar nicht verdient.«

»Ich dachte wirklich, dass er der Richtige wäre.«

Kati blieb noch lange und tröstete sie.

»Soll ich sicher nicht über Nacht bleiben?«, fragte sie Stunden später, nachdem sie es sich im Wohnzimmer bequem gemacht und sich eine große Packung Eis geteilt hatten.

Am liebsten hätte sie das Angebot angenommen. Doch sie spürte, dass es falsch gewesen wäre. »Danke, das ist wirklich superlieb von dir, aber nicht nötig. Ich muss jetzt ein bisschen alleine sein, um das alles zu verarbeiten, glaube ich.«

»Okay … Wenn was ist, dann ruf mich an!« Kati zog den Reißverschluss ihres Wintermantels hoch. »Egal um welche Uhrzeit. Ich bin für dich da!«

»Mache ich«, versprach Isabel dankbar. Sie umarmten sich noch einmal, dann ging Kati die Treppen im Hausflur runter.

* * *

Isabel räumte Katis leeren Pizzakarton in den Müll und legte das unbenutzte Besteck zurück in die Schublade. Ihre

Pizzareste stellte sie samt Karton in den Backofen. Vielleicht bekam sie später noch Hunger, dann konnte sie sie noch einmal aufbacken oder zur Not auch kalt essen. Im Moment war ihr der Appetit vergangen, was auch am Eis liegen konnte.

Sie schaltete den Fernseher ein und zappte zum ersten Programm, wo gleich die *Tagesschau* beginnen würde. Die Tatsache, dass die Nachrichten wie jeden Tag um die gleiche Uhrzeit über die Mattscheibe flackerten, empfand sie heute als etwas Tröstliches. Die Welt drehte sich weiter, auch wenn sie für Isabel gerade stillzustehen schien.

Sie setzte sich wieder auf das Sofa und verfolgte mit leerem Blick einen Werbespot.

Jens nahm seine neue Flamme einfach mit nach Hawaii. Das konnte sie nicht begreifen. Nein, das wollte sie einfach nicht verstehen. Am liebsten würde sie sich den gesamten Winter über verkriechen. Weihnachten und Silvester verschlafen und erst wieder wach werden, wenn der Albtraum vorbei war.

Ihr Blick fiel auf Mari, die mit einem Auge zu schlafen schien und das andere auf sie gerichtet hielt. Wenigstens stand sie treu an ihrer Seite und spendete ihr ein wenig Trost. Schwer seufzte Isabel auf.

Bevor sie endgültig in ihrem Liebeskummer versinken konnte, klingelte es an der Tür. Mit schweren Gliedern erhob Isabel sich. Das war bestimmt Kati.

Mari dackelte hinter ihr her. An der Garderobe entdeckte Isabel den Wollschal ihrer Freundin. Natürlich. Das war typisch. Dinge vergessen war eine von Katis Spezialitäten. Besonders gerne ließ sie ihre EC-Karte im Bezahlgerät stecken, was ihr meistens erst auffiel, wenn sie in einem anderen Geschäft an der Kasse stand und die Karte nicht im Portemonnaie fand. Lächelnd nahm Isabel den Schal vom Haken und betätigte den Summer neben der Tür.

Mari setzte sich artig neben sie. Im selben Moment klopfte es. Überrascht öffnete Isabel die Tür.

»Ach, guten Abend«, sagte sie verwundert, als sie sich plötzlich ihrer Nachbarin Frau Osterfeld gegenüberfand. Sie trug einen geblümten Bademantel über einem blauen Jogginganzug, und ihre Haare waren auf Lockenwickler aufgedreht. In der Hand hielt die ältere Dame einen Briefumschlag.

»Guten Abend. Ich hoffe, ich störe Sie nicht?«, fragte Frau Osterfeld mit unsicherem Blick.

»Nein, gar nicht. Ich hoffe, mit Ihrer Post ist alles in Ordnung?« Isabel deutete auf den Umschlag.

»Alles bestens. Ich wollte nur gerne kurz mit Ihnen sprechen. Oder soll ich vielleicht lieber morgen wiederkommen? Es ist ja schon spät …« Sie wollte sich schon abwenden, aber Isabel hielt sie zurück.

»Nein, kommen Sie doch rein. Im Hausflur ist es so kalt.« Froh über die Ablenkung, zog Isabel die Tür weit auf und ließ ihre Nachbarin in die Wohnung eintreten.

»Setzen Sie sich doch bitte!« Sie deutete auf die Couch im Wohnzimmer und warf Katis Schal über einen Stuhl.

»Danke.«

Als Frau Osterfeld Platz nahm, ließ Mari sich wieder auf ihr Hundebett plumpsen.

»Möchten Sie vielleicht einen Kaffee? Oder lieber einen Tee? Ich habe einen leckeren Bratapfel-Früchtetee.«

Dankbar lächelte die ältere Dame. »Ja, gerne. Bratapfel hört sich gut an.«

Nachdenklich erhitzte Isabel Wasser im Kocher und bereitete dann zwei Tassen Tee vor. Was wollte Frau Osterfeld wohl besprechen? Dass ihr etwas auf der Seele lag, hatte Isabel sofort erkannt. Sie wollte jedoch nicht direkt fragen.

Höflich stellte sie eine Teetasse vor Frau Osterfeld auf den Tisch.

»Ich weiß gar nicht, wo ich anfangen soll«, begann diese schließlich.

Isabel setzte sich mit ihrer Tasse Tee auf einen Sessel und nickte ihrer Nachbarin aufmunternd zu. »Sie machen es aber ganz schön spannend.«

»Ein bisschen spannend ist die Angelegenheit wirklich.« Frau Osterfeld blickte wieder auf den Brief in ihrer Hand. »Ich hätte wirklich bis morgen warten sollen, aber ich bin so aufgeregt und überrascht, dass ich noch heute Abend zu Ihnen kommen musste. Ansonsten hätte ich vermutlich kein Auge in der Nacht zutun können, weil ich immer daran hätte denken müssen.«

»Das hört sich wirklich dringend an.« Isabel lächelte Frau Osterfeld an, deren Wangen sich beim Reden leicht gerötet hatten, während sie den Umschlag mehrmals in Händen gedreht und gewendet hatte. »Von wem ist denn der Brief?«

»Von meiner Schwester. Sie hat mich zu Weihnachten eingeladen«, erzählte sie nun mit leuchtenden Augen.

»Das ist ja wunderbar! Werden Sie die Einladung annehmen?«

Die ältere Dame senkte verlegen den Blick. »Das würde ich liebend gerne. Ich möchte so gerne noch einmal nach St. Peter-Ording reisen, wo ich geboren wurde.«

»Den Ort kenne ich gar nicht. Wo liegt St. Peter-Ording denn? Hört sich nach Bergen an.«

Frau Osterfeld lachte. »Mitnichten. St. Peter-Ording liegt auf der Halbinsel Eiderstedt, direkt an der Nordsee. Da ist weit und breit noch nicht einmal ein kleiner Hügel zu sehen – außer dem Deich vielleicht.«

»Ach, Sie kommen von der Nordsee? Wirklich? Das wusste ich ja gar nicht. Ich habe immer gedacht, Sie seien eine waschechte Bayerin.«

Erfreut sah Frau Osterfeld auf. »Ein waschechter Bayer war mein Mann. Aus Liebe zu ihm habe ich damals Nordfriesland verlassen und bin zu ihm nach Rosenheim gezogen. Das ist nun fast ein halbes Jahrhundert her! Und vor sieben Jahren ist er gestorben. Das war noch ein paar Jahre bevor Sie hier eingezogen sind.« Erneut senkte sie den Bick. »Seit seinem Tod lebe ich alleine. Kinder habe ich keine, und von seiner Verwandtschaft lebt auch niemand mehr …« Frau Osterfeld nahm einen Schluck von ihrem Tee. »Meine Familie ist in St. Peter-Ording geblieben. Meine Schwester Jule habe ich seit einer Ewigkeit nicht gesehen.«

»Aber dann ist es doch umso schöner, dass Sie eine

Einladung von ihr bekommen haben.« Trotz ihres eigenen Kummers konnte Isabel nicht anders, als sich über Frau Osterfelds Glück zu freuen.

»Das stimmt schon, nur gibt es leider einen kleinen Haken an der Geschichte.«

Interessiert sah Isabel sie an und trank ebenfalls einen Schluck Tee. »Wieso denn?«

Frau Osterfeld druckste zunächst ein wenig herum, bis sie mit der Sprache herausrückte: »Ich möchte unbedingt zu meiner Schwester reisen, doch ich traue mir die weite Reise an die Küste alleine nicht mehr zu. Manchmal bin ich schon etwas tüdelig und froh, wenn ich den Weg zum und vom Supermarkt wieder nach Hause schaffe.« Ihre Augen schimmerten bewegt. »Es wäre mein größter Wunsch, Jule noch einmal sehen zu können.«

»Das müssen Sie unbedingt«, fand Isabel. »Wenn ich Ihnen bei der Reise irgendwie behilflich sein kann, dann sagen Sie es nur.« Vielleicht könnte sie für ihre Nachbarin eine Mitfahrgelegenheit im Internet organisieren.

»Ach, wenn Sie mir das schon so nett anbieten …« Frau Osterfeld stellte die Tasse auf dem Tisch ab und straffte die Schultern. »Ich weiß, dass das wahrscheinlich völlig verrückt klingt und bestimmt auch zu viel verlangt ist. Bestimmt haben Sie auch gar keine Zeit, aber ich frage jetzt trotzdem rundheraus: Könnten Sie sich vorstellen, mich nach St. Peter-Ording zu begleiten?«

Isabel blickte ihre Nachbarin ungläubig an. »Ich soll Sie an die Nordsee begleiten?«

»Ich werde selbstverständlich alle Kosten für Sie und den Hund übernehmen«, erklärte Frau Osterfeld hastig und sah sie dabei bittend an.

»Das kommt jetzt in der Tat etwas überraschend«, gab Isabel zu. Sie schaute zu Mari, die tief und fest in ihrem Hundebettchen schlief.

Frau Osterfeld seufzte schwer. »Na, ich wollte es wenigstens versuchen. Sicherlich haben Sie in der Weihnachtszeit schon etwas anderes vor – wie die meisten Leute.« Ihre Schultern sanken nach vorne, und ihr Gesicht nahm einen mutlosen Ausdruck an. Sie wirkte mit einem Mal sehr klein und zerbrechlich – fast hoffnungslos.

»Nein, nein, das ist es nicht.« Isabel rang mit sich und ihren Gefühlen. »Wann soll die Reise denn stattfinden?«

Sofort trat wieder der hoffnungsvolle Glanz in die Augen der älteren Dame. »Am liebsten ganz bald. In der nächsten Woche vielleicht.«

»In der nächsten Woche schon …«, überlegte Isabel laut. Jens würde demnächst mit seiner neuen Flamme in den Urlaub fliegen, und sie müsste in der Zeit dann mit Mari vor dem Fernseher hocken und die Speisekarte des Lieferservices rauf und runter bestellen … Besonders verlockend war die Aussicht nicht.

Wie könnte sie außerdem der alten Dame ihren sehnlichsten Wunsch so kurz vor Weihnachten abschlagen? Das brachte sie nicht übers Herz. Ablenkung ist ja auch die beste Medizin gegen Liebeskummer, dachte sie. Auf

Urlaub war sie ja ohnehin eingerichtet, nur brauchte sie den Bikini sicherlich nicht am Wintermeer.

Sie war noch nie an der Nordsee gewesen, und St. Peter-Ording klang in ihren Ohren durchaus verheißungsvoll. Verheißungsvoller allemal, als in ihrer Dachgeschosswohnung zu versauern. »Also, gut! Dann fahren wir zusammen zu Ihrer Schwester nach St. Peter-Ording!«, entschied Isabel spontan. »Ich habe eh Urlaub.«

Frau Osterfeld blinzelte erfreut. »Wirklich?«, fragte sie vorsichtig und presste dabei den Briefumschlag an ihr Herz. »Wollen Sie nicht noch einmal eine Nacht darüber schlafen?«

»Nein, wirklich!«, bestätigte Isabel mit fester Stimme. »Wir werden bestimmt eine wunderschöne Zeit in St. Peter-Ording haben«, sagte sie entschlossen. Und ich werde keinen weiteren Gedanken mehr an Jens verschwenden, fügte sie in Gedanken hinzu. Und von Männern generell erst einmal Abstand halten. »Ich war noch nie im Winter an einem Strand. Es ist doch höchste Zeit, das zu ändern!«

3. Kapitel

»Ich habe dir alles ganz genau aufgeschrieben.« Isabel übergab Kati ein Blatt Papier und wandte sich schon ab, um eine große Reisetasche in den Kofferraum zu hieven. Es war nach acht Uhr am Abend. Die Schneewolken hatten sich verzogen und kälteren Temperaturen sowie einem klaren Nachthimmel Platz gemacht, von dem die Sterne leuchteten wie kleine Glitzersteinchen. Isabel fand, das war ein gutes Omen.

Ihre Freundin blickte zunächst den Zettel und dann sie skeptisch an. »Ob das gut geht?«

»Es ist wirklich kinderleicht! Und wenn du doch noch Fragen haben solltest, kannst du mich jederzeit auf dem Handy erreichen.« Schwungvoll nahm sie Kati eine Schultertasche ab, die sie aus ihrer Wohnung zum Auto getragen hatte. Seit Isabel die Reise zugesagt hatte, fühlte sie eine ungewohnte Energie in sich. Die wollte sie nutzen.

»Okay, aber auf deine Verantwortung. Bei meinem nicht vorhandenen grünen Daumen gehen selbst die unempfindlichsten Kakteen ein.« Kati beugte sich zu Mari, die neben ihr stand, und kraulte ihr zum Abschied die Ohren.

»Du machst das schon. Und danke nochmals für deinen Blumengieß-Service.« Sie packte die Tasche auf die bereits eingeladene und drückte Kati dann einen Schlüsselbund in die Hand. »Hier.«

»Bedanke dich lieber erst, wenn du wieder nach Hause gekommen bist und ich sie nicht alle umgebracht habe.«

»Der eckige Schlüssel ist für die Haustür, der runde für die Wohnungstür. Mit dem kleinen kannst du meinen Postkasten aufschließen, und der klobige ist für den Keller«, erklärte Isabel konzentriert und überging geflissentlich den Einwand ihrer Freundin.

»Schade.« Kati wuschelte durch Maris dickes Winterfell.

»Also wirklich!« Isabel klappte mit Schwung die Kofferraumtür zu. »Eine kleine Auszeit nach dem ganzen Affentanz mit deinem Bruder könntest du mir ruhig gönnen.«

»Das meine ich doch gar nicht.«

»Was denn?«

Fast wirkte sie ein wenig kleinlaut, als Kati zugab: »Ich hatte mich schon darauf gefreut, eine Weile Frauchen für Mari zu spielen. Das wäre mal was Neues gewesen. Wann kommst du denn zurück?«

Isabel zuckte mit den Schultern. »So genau habe ich das mit Frau Osterfeld nicht festgelegt. Vielleicht nach einer Woche. Eventuell aber auch erst nach zehn Tagen. Das werden wir spontan entscheiden. Immerhin fahren wir gute tausend Kilometer bis an die Küste, das muss sich schon lohnen, finde ich. Außerdem habe ich eh Urlaub, und für Mari ist die Nordsee bestimmt eine schöne Abwechslung.« Und für mich auch, fügte sie in Gedanken hinzu.

»Absolut«, pflichtete Kati ihr bei. »Ich finde es sowieso

toll, dass du deiner Nachbarin diesen Gefallen tust. Das bedeutet ihr vermutlich viel mehr, als du glaubst.«

Isabel winkte ab. »Ich habe mich wirklich gefreut, dass sie mich gefragt hat. Hier würde mir sonst nur die Decke auf den Kopf fallen, und ich würde dir ständig in den Ohren liegen wegen deinem Bruder. Nein, nein, ihre Bitte kam genau zur richtigen Zeit. Und jetzt kann ich es kaum erwarten, endlich Meeresluft zu riechen! Es ist eine absolute Win-win-Situation. Sie kommt zu ihrer Familie und ich doch noch in den Urlaub.«

»Wann geht es denn los?«

»In einer guten halben Stunde, so gegen neun, helfe ich Frau Osterfeld mit ihrem Gepäck und dann: Ab die Fahrt!«

»Dann fahr bloß vorsichtig.«

Isabel nickte. »Nachts ist die Autobahn ja meistens frei. Wir werden bestimmt gut durchkommen.«

»Melde dich aber trotzdem, wenn du im hohen Norden angekommen bist, ja?«

Isabel umarmte Kati zum Abschied. »Das mache ich.«

* * *

Wenig später fuhren Isabel, Mari und Frau Osterfeld in Isabels klapprigem Fiat Richtung Norden. Auf der Autobahn herrschte wie erwartet wenig Verkehr. Isabel hatte damit gerechnet, dass ihre Nachbarin die meiste Zeit schlafen würde. Doch weit gefehlt. Die alte Dame schien im Reisefieber und dadurch putzmunter zu sein. Sie erzählte Isabel viel aus vergangenen Zeiten, wie sie damals ihren Mann kennengelernt hatte, der ursprünglich zur Erholung nach St. Peter-Ording gekommen war und nicht damit gerechnet hatte, dort seine zukünftige Frau zu treffen.

Sie legten drei Pausen an Raststätten ein. Mari erkundete jedes Mal schnüffelnd die kleinen Wiesen der Rasthöfe und freute sich über frisches Wasser und ein paar Snacks. Frau Osterfeld hatte auch vorgesorgt und einen großen Picknickkorb mit allerhand Leckereien für die lange Fahrt vorbereitet. »Wer weiß, was die an den Raststätten für teures Geld verkaufen. So weiß ich wenigstens, was ich esse und trinke«, hatte sie gesagt, während sie Kaffee aus einer Thermoskanne in einen Becher goss.

Als Isabel mit ihrem Wagen schließlich das Ortsschild von St. Peter-Ording passierte, war es nach sieben Uhr am nächsten Morgen. Das Küstenörtchen lag still und friedlich vor ihnen, eingebettet in frostige Wiesen, über denen dicker Nebel hing.

Aus vereinzelten Schornsteinen der Häuser quoll Rauch. Die Morgensonne schickte erste Strahlen von einem eisblauen Himmel, und die Luft war so klar, dass man weit in die Ferne blicken konnte.

»Hier liegt gar kein Schnee«, stellte Isabel erstaunt fest.

»Wir sind ja auch nicht in Bayern«, erwiderte Frau Osterfeld lachend. »Weiße Weihnachten streicht man sich im Norden rot im Kalender an. Meistens herrscht hier wahres Schietwetter.«

»Ah, so ist das. Und Mari und ich können wirklich in der

Einliegerwohnung Ihrer Schwester übernachten?«, fragte Isabel.

»Aber sicher!«

»Wir wollen wirklich keine Umstände machen …«

Ihre Nachbarin winkte ab. »Das Schipperhus ist groß genug, und in der Hauptsaison vermietet meine Schwester die Wohnungen im Nebengebäude ohnehin an Feriengäste. Der Hund und Sie nehmen niemandem Platz weg. Für mich hat sie das Gästezimmer im Haupthaus vorbereitet. Das war ursprünglich mal mein Kinderzimmer, stellen Sie sich vor! Früher haben wir mit einer recht großen Familie im Schipperhus gelebt. Da waren vier Generationen unter einem Dach versammelt. Die Urgroßeltern, Großeltern, meine Eltern und dann noch wir Kinder. Und selbst da hatten wir alle genügend Platz.«

»Das ist ja wirklich eine Menge.« Isabel bog in eine Straße Richtung St. Peter-Ording Dorf. »So große Familien sind heute eher selten.«

»Damals war das ganz normal.« Frau Osterfeld reckte den Kopf. »Ah, da vorne ist schon die St. Peter-Kirche. Gleich sind wir da.«

Sie fuhren an einigen mit Reet gedeckten historischen Häusern vorbei, deren Gärten von Steinwällen umgeben waren. Vor einem, das eine besonders beeindruckende geweißelte Fassade hatte, hielten sie schließlich an.

»Das ist unser gutes altes Schipperhus«, erklärte Frau Osterfeld in einem feierlichen Ton. »Hier bin ich aufgewachsen.«

Isabel blickte zu dem Haus, hinter dessen Fensterscheiben schon Licht brannte. »Ach, ist das niedlich. Sieht richtig romantisch aus. Wie alt ist das Haus denn?«

»Über hundert Jahre. Dort ist schon meine Mutter zur Welt gekommen. Es war immer im Besitz meiner Familie. Meine Großeltern haben es einst gebaut.«

Sie stiegen aus und streckten die Beine. Mari schüttelte sich ausgiebig und wuffte St. Peter-Ording zur Begrüßung zu, während sie schwanzwedelnd um Isabel herumlief, die Frau Osterfelds Gepäckstücke aus dem Kofferraum nahm. Sie gingen über den Steinweg bis zur roten Flügelhaustür, die sich öffnete, bevor sie die Klingel betätigen konnten.

Eine Frau in einem dicken Strickpulli und einer passenden Wollhose erschien im Eingang. Ihre blonden, schulterlangen Haare waren von grauen Strähnen durchzogen. Auf ihrer Nase saß eine klassische Hornbrille. Sie sah tatsächlich aus wie eine etwas jüngere Ausgabe von Frau Osterfeld. Die Ähnlichkeit war unübersehbar. Sie musste ihre Schwester Jule sein.

Einen Moment blickten die Frauen einander wortlos an.

»Moin, Jule«, brach Isabels Nachbarin schließlich das Schweigen.

»Moin, Helma. Da bist du ja.«

Frau Osterfeld nickte. »Jo, da bin ich wohl.« Sie blickte zu Isabel. »Das ist Frau Poertgen, und ihr Hund heißt Mari.« Mari bellte wie zur Bestätigung, als sie ihren Namen hörte.

»Guten Tag.« Isabel reichte ihr die Hand. »Vielen Dank, dass Mari und ich bei Ihnen wohnen dürfen.«

»Das ist doch selbstverständlich. Ich bin Jule Frerich«, stellte sie sich vor. »Schön, dass Sie mir meine Schwester nach St. Peter gebracht haben. Ist ja doch ein Eckchen von Bayern bis hierhin.« Sie öffnete die Tür ein Stück weiter. »Aber nun erst einmal herein in die gute Stube. Draußen ist es ein bisschen frisch.«

* * *

In der geräumigen Diele stellte Isabel Frau Osterfelds Gepäck am Fuße einer Treppe ab, die über große Holzstufen ins obere Stockwerk führte. Jule Frerich führte sie in eine große Wohnküche, in der ein Kachelofen bollerte und behagliche Wärme verbreitete. Der Tisch war bereits für ein Frühstück gedeckt.

»Harms ist noch nicht zurück vom Bäcker, aber er müsste gleich kommen«, erklärte sie.

Sie setzten sich an den Tisch, und Jule Frerich brühte frischen Kaffee auf. Für Mari hatte sie sogar Hundefutter besorgt, das sie in einen Napf füllte, bevor sie daneben eine Schüssel mit Wasser stellte.

»Wir hatten über viele Jahre Hunde, doch unser letzter ist im Sommer gestorben. Seitdem sind wir sozusagen hundelos und nicht sicher, ob wir uns noch mal einen anschaffen sollen«, erklärte sie, während sie eine Kerze in einem Windlicht anzündete, das auf der breiten Fensterbank stand.

»Oder eher gesagt: Ich bin mir nicht sicher. Harms würde am liebsten sofort einen anschleppen, aber man wird ja nicht jünger.« Sie goss Kaffee in die mit Strohblumenmuster verzierten Tassen und setzte sich dann ebenfalls an den Tisch.

»An was für einen Hund haben Sie denn gedacht?«, wollte Isabel wissen.

»Wir haben immer Friesische Wasserhunde gehabt, die auch als Wetterhoun bekannt sind.«

»Habe ich noch nie gehört.« Isabel trank einen Schluck Kaffee.

»Das sind ziemlich seltene Hunde mit einem eigenen Charakter, die so sind wie die Leute hier oben an der Küste. Gegenüber Fremden reserviert, aber freundlich und zuverlässig zu Herrchen und Frauchen, außerdem sehr robust und wachsam. Ich glaube, es gibt nur zehn von der Rasse in ganz Deutschland. Ursprünglich kommt die Hundeart aus den Niederlanden.«

Isabel hörte interessiert zu. Ihr Gespräch wurde jedoch jäh von Harms Erscheinen unterbrochen, der sogleich eine Brötchentüte auf die Arbeitsplatte der Küche ablegte. Er war ein großer drahtiger Mann, der eine gewisse angenehme Zurückhaltung ausstrahlte. Er stellte sich Isabel kurz vor und begrüßte Frau Osterfeld ebenfalls mit wenigen Worten.

Die Begrüßung zwischen Mari und ihm fiel vergleichsweise herzlicher aus. »Du bist ja ein ganz feiner Hund«, sagte er, während er der Hündin immer wieder über den Kopf streichelte.

»Dein Kaffee.« Jule Frerich drückte ihrem Mann eine Tasse schwarzen Kaffee in die Hand und beendete so die Streichelei.

»Dann werde ich mich mal zum Zeitunglesen zurückziehen«, sagte er knapp und verschwand aus der Küche.

Während des Frühstücks beschränkten sich die Gespräche auf gediegenen Small Talk. Dabei fiel Isabel eine gewisse Distanz zwischen Frau Osterfeld und ihrer Schwester auf. Ob dies an den vielen Jahre lag, in denen sich die beiden Frauen nicht gesehen hatten? Vielleicht mussten sie erst wieder miteinander warm werden. Oder der Umstand war ihrer Anwesenheit geschuldet, Isabel konnte es nicht genau ausmachen. Sie war überzeugt, dass sich das Gespräch ändern würde, wenn die Schwestern unter sich sein würden. Schließlich war sie für Frau Frerich eine Fremde. Und es war schon freundlich genug von ihr gewesen, sie zum Frühstück einzuladen – Mari nicht zu vergessen.

Nachdem sie ein Marmeladenbrötchen gegessen und ihren Kaffee ausgetrunken hatte, stand sie auf. »Ich möchte ja nicht ungemütlich sein, aber wäre es möglich, dass ich mein Gepäck schon mal in die Wohnung bringe?«

»Sie müssen ja völlig fertig von der langen Autofahrt sein«, merkte Frau Osterfeld an.

»Ein bisschen müde bin ich schon«, gab sie zu.

»Das kann ich mir vorstellen. Ich werde später auch ein Schläfchen halten.«

»Tun Sie das. Wir werden uns bestimmt später über den Weg laufen.«

»Bestimmt.« Frau Osterfeld lächelte sie dankbar an.

»Dann kommen Sie mal mit.« Frau Frerich stand auf. Im Flur nahm sie einen Schlüsselbund vom Brett und reichte ihn Isabel, nachdem diese ihre Jacke angezogen hatte. »Der Nebeneingang ist rechts hinter dem kleinen Schuppen. Ich habe für Sie die Wohnung zwei im ersten Stock vorbereitet. Hoffentlich fühlen Sie sich dort wohl. Und Mari selbstverständlich auch.«

»Ganz bestimmt.« Isabel bedankte sich noch einmal bei Frau Frerich und lief mit Mari zu ihrem Auto. Sie lud das Reisegepäck aus und ging zu dem Nebeneingang. Mari lief voraus, als würde sie den Weg kennen.

Bevor Isabel den Schlüssel ins Schloss steckte, bewunderte sie die urige Klöntür, die rot gestrichen war und zwei Fensterscheiben hatte. Über eine Holztreppe stiegen sie und Mari wenig später in den ersten Stock. Dort gab es nur eine weiße Tür, in die ein kunstvoller Anker geschnitzt war. Vorfreudig öffnete Isabel die Tür und stellte ihr Gepäck ab.

Sie fühlte sich sofort wohl. Denn sie fand sich in einer der am liebevollsten eingerichteten Wohnungen wieder, die sie je gesehen hatte. Mari schien es genauso gut zu gefallen, sie inspizierte die Unterkunft schwanzwedelnd. Vor den Fenstern hingen rot-weiß gestreifte Raffrollos und Vorhänge. Die Fensterbänke waren mit maritimen Accessoires und Windlichtern dekoriert. Die Wände zierten Tapeten mit Fisch- und Schiffmotiven, und die Couch sah so kuschelig weich aus, dass sie sich am liebsten gleich zu einem Nickerchen dorthin gelegt hätte.

In der Nähe des Kamins lag Brennholz in einem Weidekorb, darüber war ein Flachbildfernseher angebracht. In der blauen Friesenküche standen sogar Dosen mit Hundefutter und verschiedene Näpfe und Schüsseln für Mari auf der Eckbank bereit. Wie lieb von Frau und Herrn Frerich, dachte Isabel gerührt.

Im Schlafzimmer erwartete sie dann ein wahrer Traum von einem Bett mit drei fluffigen Kissen, einer warmen Zudecke und einem passenden Überwurf. Gegenüber dem Bett befand sich ein großer Kleiderschrank, eine hübsche Kommode und daneben ein weißes Sprossenfenster.

Als Isabel es öffnete und hinausschaute, schlug ihr eine kühle Brise entgegen, die leicht nach Salz roch. Vor ihr erstreckte sich ein weitläufiger Garten, der sich augenblicklich im Winterschlaf befand, ganz weit hinten konnte sie eine Erhebung erkennen. Ob das wohl der Deich war? Im Sommer, wenn alles blühte und duftete, musste es hier traumhaft schön sein.

Sie schloss das Fenster wieder und wandte sich um.

Neben dem breiten Doppelbett machte sie eine weitere Entdeckung. »Schau mal, Mari, da ist dein Bett.« Sie zeigte ihrer Hündin den Ruheplatz, auf dem eine weiche Decke lag, und konnte einen schweren Seufzer nicht unterdrücken. Die Frerichs hatten wirklich an alles gedacht. Sie war gar nicht daran gewöhnt, so verwöhnt zu werden.

Fast hatte sie ein schlechtes Gewissen, weil sie sich hatte einladen lassen. Denn diese Ferienwohnung war bestimmt nicht günstig, wenn Urlauber sie mieteten.

Dann spürte sie die Müdigkeit, die ihr in die Knochen gefahren war nach der langen Reise. Isabel streifte sich die Jacke ab und ließ sich auf das Bett fallen. Herrlich! Nur Wolken konnten weicher sein. Als Mari über ihren Handrücken leckte, blinzelte sie und setzte sich auf. Aus einer Jackentasche fischte sie ihr Handy, machte schnell ein Foto von sich und Mari und schickte es Kati. *Wir sind angekommen, und es ist traumhaft schön!*

4. Kapitel

Etwas Nasses, Warmes weckte sie. Irritiert schlug Isabel die Augen auf und drehte den Kopf zur Seite. Dann entdeckte sie Mari, die neben dem Bett saß und ihre rechte Hand ableckte. Noch ein wenig benommen richtete Isabel sich auf und tastete nach dem Handy. Über drei Stunden hatte sie geschlafen, stellte sie mit Blick auf die Zeitanzeige fest. Und in der Zwischenzeit hatte Kati geantwortet.

Das klingt gut! Du musst mir unbedingt Fotos von St. Peter-Ording schicken! Liebe Grüße und viel Spaß von Kati

Isabel ließ das Handy sinken. Die Sonne schien hell durch das Schlafzimmerfenster. Draußen war herrlichstes Winterwetter wie aus dem Bilderbuch. Ideal für ein paar schöne Schnappschüsse. Das durfte sie doch auf keinen Fall verschlafen. Sie raffte sich auf, fütterte Mari in der Küche und entdeckte auf dem Wohnzimmertisch eine Mappe mit Informationsmaterial über St. Peter-Ording. Eine Ortskarte war auch dabei. Auf den ersten Blick erkannte sie, dass

St. Peter-Ording gar nicht so klein war, wie sie zunächst gedacht hatte. Es gab zweifellos viel zu entdecken in dieser Küstenstadt.

Mit dem Handy fand sie schnell heraus, dass ganz in der Nähe vom Schipperhus ein Fahrradladen war, mit Werkstatt und Verleih. Das passte sehr gut in ihre Pläne. Voller Tatendrang stand Isabel auf und steckte den Ortsplan in ihre Umhängetasche. Die Hündin war ihr gefolgt und sah sie aus erwartungsvollen Augen an.

»Komm, Mari, wir machen eine Entdeckungstour.«

Vor dem rot verklinkerten Haus auf der Olsdorfer Straße 11 blieb Isabel stehen. Über der Eingangstür hing ein gelbes Schild: *Fahrradverleih im Dorf, Vermietung, Verkauf, Service*. Daneben prangte ein rot-weißer Leuchtturm mit zwei baugleichen Häusern, den sie schon mal irgendwo gesehen zu haben meinte. Isabel drückte die Holztür auf und betrat zusammen mit Mari das Geschäft.

In dem Laden wimmelte es von den verschiedensten Rädern. Neben gängigen Modellen für Damen, Herren und Kinder wurden auch Anhänger, Lastenräder und Cruiser angeboten. Ein älterer Herr werkelte gerade so konzentriert an einem Rad, dass Isabel es nicht wagte, ihn anzusprechen. Er trug eine blaue Latzhose und darunter ein kariertes Flanellhemd.

Er blickte von seiner Arbeit auf, als er sie und den

Hund bemerkte. »Moin, junge Dame mit Hund!«, sagte er freundlich, wischte sich die Hände an einem Tuch ab und kam auf sie zu. »Womit kann ich dienen?«

»Guten Morgen. Ich möchte gern ein Fahrrad mieten.«

»Da haben Sie Glück. Ihnen steht die volle Auswahl zur Verfügung. Im Winter ist bei uns nämlich Saure-Gurken-Zeit. Da leiht kaum jemand ein Rad«, erklärte er. »Ist den meisten Leuten zu frisch an den Beinen.«

Isabel lächelte. »Ach, mir macht das nichts aus. Dann zieht man eben eine extradicke Strumpfhose an. Ich komme nämlich aus Bayern und bin mit meinem Hund auch bei kalter Witterung mit dem Rad unterwegs. Außer bei Glatteis oder Schnee.«

»Schnee ist hier ein eher seltener Gast, aber die Glätte kommt öfters vorbei.« Er zwinkerte ihr zu. »So, aus Bayern kommen Sie also und wollen jetzt St. Peter-Ording auf eigene Faust erkunden.«

Anerkennend nickte sie. »Genau so ist es.«

»Welches Rad möchten Sie denn? Ein E-Bike vielleicht? Damit sind Sie flott unterwegs.«

»Am liebsten ein einfaches Retrorad. Ohne Schnickschnack und mit Rücktritt, bitte.« So eins hatte sie jedenfalls zu Hause und war damit sehr zufrieden.

»Mit Rücktritt.« Er kratzte sich am Hinterkopf. »Das ist in der Tat eine seltene Anfrage, aber so eins müsste ich haben. Einen Moment bitte.« Er verschwand in einen Nebenraum und kam kurz darauf mit einem Fahrrad zurück, das Isabels Vorstellung entsprach. »Müsste nur eben etwas

Luft draufpumpen.« Mit einer Standpumpe brachte er routiniert den richtigen Luftdruck auf die Reifen.

Mari schaute ihm dabei interessiert zu. »Haben Sie vielleicht auch einen Tipp für mich, wohin mich meine erste Erkundungstour führen könnte?«

Nachdem er die Pumpe zur Seite gestellt hatte, kratzte er sich am Kopf. »Machen Sie doch einen Ausflug ins nördliche St. Peter nach Ording. Da gibt es auch einen Hundestrand«, schlug er schließlich vor. »Und Sie können von dort aus auch den Westerhever Leuchtturm sehen. Das ist der, der auf unserem Geschäftsschild abgebildet ist.«

Ah, jetzt erkannte Isabel den Leuchtturm wieder. Sie hatte ihn schon bei ihren Internetrecherchen gesehen. »Das klingt gut. Haben Sie noch mehr solcher Insidertipps?«

Der alte Mann lachte. »Jede Menge! Wie lange wollen Sie das Rad denn ausleihen?«

»Erst einmal nur für heute, weil ich nicht weiß, wo ich es über Nacht sicher abstellen kann. Wahrscheinlich komme ich dann aber morgen wieder, um es erneut auszuleihen. Geht das?«

»Gut, dann reserviere ich Ihnen das Fahrrad für morgen. Und Sie bekommen beim nächsten Mal neue *Geheimtipps*.« Er betonte das Wort amüsiert und grinste breit.

»Ich bestehe darauf.« Isabel lächelte ihn an.

»Das macht dann für heute fünf Euro. Spezieller Wintertarif.«

Isabel entnahm einen Schein aus ihrem Portemonnaie und gab ihn dem Mann. »Bitte schön.«

»Besten Dank.« Er steckte den Geldschein in seine Hosentasche und hielt ihr die Tür auf. »Dann mal gute Fahrt, und viel Spaß im hohen Norden von St. Peter.« Vor dem Geschäft übergab er das Rad an sie.

»Danke! Den werden wir bestimmt haben.« Fröhlich verabschiedete Isabel sich und schob das Rad auf den Radweg. Mit dicker Jacke, Mütze und Schal radelte sie los, gespannt darauf, was der Ort zu bieten hatte. Mari lief neben ihr her und schien genauso abenteuerlustig zu sein wie sie.

Zunächst führte ihre Fahrt durch zauberhafte urige Gassen in St. Peter-Ording Dorf. Isabel entdeckte romantische Gaststätten, kleine Geschäfte, das Bernsteinmuseum und das Museum der Landschaft Eiderstedt. Dabei kam sie immer wieder an historischen Bauwerken vorbei. Die alte Kirche wollte sie sich zu einem späteren Zeitpunkt in Ruhe ansehen.

Über einen kleinen Weg gelangte sie schließlich zum Deich, hinter dem sich weite Salzwiesen erstreckten. Isabel versuchte, bis zum Meer zu schauen, doch sie konnte es bloß am Horizont erahnen. Sie folgte dem Verlauf des Deichs und kam nach einiger Zeit auf der Promenade im Ortsteil Bad an. Das muss das Zentrum von St. Peter-Ording sein, überlegte sie und machte eine kurze Pause, um mithilfe der Ortskarte herauszufinden, wo genau sie sich befand und wie weit sie von Ording entfernt war. Ein Stück war es wohl noch, aber so kurz vor dem Ziel wollte sie nicht aufgeben. Ein Blick auf Mari bewies ihr, dass ihr Hund auch noch fit war.

Isabel fuhr weiter über schmale Wege und durch ein kleines Wäldchen. Schließlich erreichte sie die Dünen von Ording und fuhr über einen Bohlenweg, der über den weitläufigen Hitzsand bis zu einem Pfahlbau ans Meer führte. Sie war in ihrem Leben schon an einigen Stränden gewesen. In Italien, Kroatien, Frankreich, Spanien und Griechenland. Doch so einen Strand wie hier hatte sie noch nicht gesehen. Er erschien ihr in seiner Weite wie eine Wüste oder fast so unwirklich wie eine Mondlandschaft. Hinzu kam noch die Tatsache, dass weit und breit keine Menschenseele außer ihr unterwegs zu sein schien. Sie war offenbar ganz allein auf der riesigen Sandbank.

Langsam stieg sie vom Rad ab und lehnte es an eine Bohle. Gut, dass sie so dick eingemummelt war. Denn hier pfiff der Wind um einiges stärker als im Ortsinneren. Mari schien das stürmische Wetter zu lieben. Sie jagte aufwirbelndem Sand hinterher und schien dabei den Spaß ihres Lebens zu haben. Isabel machte davon ein paar Fotos. Mit einer kräftigen Brise um die Ohren, die klirrend kalt war und nach Meer roch, pustete ihr der Wind gehörig den Kopf frei und ließ sie sogar für eine Weile ihre Schwermut vergessen. Zwar hatte sie ihren Kummer verdrängt, doch unterschwellig wurde sie das Gefühl nicht los, dass in ihrem Magen ein dicker Stein lag. Für einen wunderbaren Moment war die Schwere verschwunden, und sie atmete tief ein und spürte, wie das Leben durch ihren Körper strömte.

Als Isabel am Nachmittag das Rad in der Werkstatt zurückgeben wollte, war der alte Mann nicht mehr da. Stattdessen lehnte ein jüngerer Mann mit kurzem blonden Haar in lässiger Jeans und einem blauen Kapuzenpullover am Tresen. Von seiner Erscheinung her hätte er eher in einen Surfshop als in ein Fahrradgeschäft gepasst. Er tippte auf seinem Handy herum und blickte erst auf, als Isabel das Fahrrad umständlich in den Laden schob.

»Hallo.«

»Hallo.« Mit einem umwerfenden Lächeln kam er sofort auf sie zu, nahm ihr das Rad ab und stellte es zwischen den anderen Fahrrädern ab.

»Also heute Mittag sahen Sie irgendwie älter aus«, sagte Isabel scherzhaft. Er gefiel ihr. Außerdem schätzte sie ihn ungefähr auf ihr Alter.

Er lachte auf, dabei blitzten seine blauen Augen schelmisch. »Am Mittag war mein Opa Erk im Laden. Leider führen wir noch keine Zeitmaschinen. Obwohl das bestimmt *der* Verkaufsschlager wäre.«

»Das wäre auf jeden Fall ein Alleinstellungsmerkmal.«

»Ich helfe hier hin und wieder aus, wenn mein Opa mal was anderes vorhat«, erklärte er.

»Das ist aber nett von Ihnen.«

»Bitte nicht siezen, sonst fühle ich mich wirklich fast so alt wie Opa Erk. Ich bin einfach Nils.« Er streckte ihr seine Hand entgegen.

»Freut mich, Einfach-Nils.« Er hatte einen angenehm festen Händedruck. »Ich bin Isabel. Auch einfach.«

»Klingt gut. Und wer bist du?«

Bevor sie antworten konnte, lief Mari zu ihm und legte sich vor ihm spontan auf den Rücken, damit er ihren Bauch kraulen konnte. Nils ging in die Hocke und tat ihr den Gefallen.

»Das ist Mari.« Isabel war schwer beeindruckt. Obwohl Mari ein ausgebildeter Therapiehund war, ging sie sparsam mit derartigen Gesten um. »Sie scheint dich zu mögen.«

»Sie merkt bestimmt, dass ich Hunde mag. Wir haben auf unserem Hof auch einen«, erklärte er. »Na, Mari, hast du heute viel von St. Peter-Ording gesehen?«

»Wir haben uns einiges angeschaut. Aber bis zum Hundestrand in Ording sind wir dann doch nicht gekommen«, erwiderte Isabel bedauernd.

»Das ist schade. Von dort aus hat man bei klarer Sicht einen wirklich tollen Blick auf den Westerhever Leuchtturm.«

Sie musste lachen. »Das sagte dein Opa schon. Vielleicht morgen oder in den kommenden Tagen. Ein bisschen sind wir ja noch hier. Heute erst sind wir angekommen.«

Als er sich wieder aufrichtete, ging Mari zu Isabel. »Soll ich das Fahrrad für morgen noch mal reservieren?«

»Nicht nötig. Hat dein Opa schon erledigt.«

Er grinste verschmitzt. »War eigentlich klar. Opa Erk denkt an alles.«

Isabel erwiderte sein Lächeln. »Scheint so.«

»Dann bis morgen. Vielleicht …«

»Ja, bis morgen.« Mit einem Lächeln auf den Lippen verließ sie den Fahrradladen. Wer hätte gedacht, dass ihr in einem Fahrradladen so ein sympathischer Typ über den Weg laufen würde?

* * *

Auf dem Rückweg zum Schipperhus legte Isabel einen Zwischenstopp bei EDEKA Johst auf der Dorfstraße ein. Mari wartete artig vor dem Laden, während Isabel ihre Einkäufe erledigte. Wenig später kehrte sie mit zwei vollen Einkaufstüten zu ihrem Hund zurück.

Vor dem Schipperhus traf sie auf Helma Osterfeld und ihre Schwester Jule. Die beiden Frauen fegten gemeinsam den Weg zum Haus und den Bürgersteig vor dem Grundstück. »Guten Tag. Sie sind ja fleißig«, sagte Isabel zur Begrüßung.

»Moin! Ja, das muss gemacht werden. Schließlich ist morgen wieder Gottesdienst«, antwortete Frau Frerich. »Mit Basar!«

Isabel verstand nicht, worauf sie hinauswollte, und warf ihrer Nachbarin einen fragenden Blick zu. »Gottesdienst mit Basar?«

»Die Leute laufen doch hier vorbei zur Kirche. Da muss alles sauber sein, wenn man nicht zum Dorfgespräch werden möchte«, erklärte Frau Osterfeld.

Isabel zog die Augenbrauen hoch. »Verstehe.«

»Haben Sie denn schon ein bisschen von St. Peter gesehen?«, erkundigte sich Frau Osterfeld.

»Oh ja! Ich habe mir ein Rad ausgeliehen. Mari und ich sind bis Ording gekommen.«

»Na, Donnerwetter! Das ist eine Menge für den ersten Tag.«

Erfreut über die Bemerkung, lächelte Isabel. »Und gleich wird noch etwas gekocht. Ich habe großen Hunger.« Sie deutete auf ihre Einkaufstaschen.

Frau Osterfeld lachte kurz auf. »Das macht die gute Nordseeluft. Die fördert den Appetit und macht beste Laune.«

»Den Eindruck habe ich auch.« Isabels Blick glitt zum Nachbargarten, in dem ein kleiner Junge stand und neugierig zu ihnen und Mari herüberschaute. Sie winkte dem Jungen freundlich zu, woraufhin er sich hinter dem Stamm eines alten Apfelbaums versteckte. »Oh, der Kleine scheint etwas schüchtern zu sein.«

Frau Frerich stützte sich auf ihrem Besenstiel ab, bevor sie sich in das Gespräch mischte. »Schüchtern ist vielleicht nicht der richtige Ausdruck.«

»Sondern?«

»Na ja, sagen wir mal so, der Junge ist … ein wenig eigentümlich«, kommentierte Frau Frerich und zuckte mit den Achseln.

»Was macht er denn noch Ungewöhnliches?«, wollte Isabel wissen.

»Er spricht nicht«, erklärte Frau Frerich. »Weder mit fremden Personen noch zum Beispiel mit mir. Obwohl er mich eigentlich täglich sieht. Noch nicht mal ein Guten Tag bringt er heraus. Stattdessen versteckt er sich, wenn man ihn ansieht. So ein eigenartiges Kind habe ich noch nie kennengelernt. Dabei sind seine Eltern besonders nett. An ihnen kann es jedenfalls nicht liegen.«

Isabel blickte wieder zum Nachbargarten und konnte gerade noch mitbekommen, dass der Junge sie beobachtet hatte, bevor er wieder hinter dem Baumstamm verschwand. »Kommt mir bekannt vor. Solche Fälle kenne ich von meiner Arbeit als Therapeutin.«

»Von Arbeit will ich aber nichts hören, junge Dame! Sie sollen sich in St. Peter-Ording gut erholen«, wandte Frau Osterfeld mit erhobenem Zeigefinger ein und zwinkerte ihr zu.

Isabel lächelte. »Ich werde mich bemühen.«

»Kommen Sie mal mit, ich habe noch was für Sie.«

»Für mich?«, fragte sie erstaunt. »Was denn?«

»Das werden Sie gleich sehen.« Frau Osterfeld nickte ihrer Schwester zu, lehnte ihren Besen gegen den Zaun und bedeutete ihr, ihr zu folgen. Als sie im Haus verschwand, wartete Isabel zusammen mit Mari neben dem Eingang. Wenig später erschien die alte Dame wieder. Sie hielt einen Adventskranz mit hellblauen Kerzen in Händen, der mit Nüssen, Tannenzapfen, Mistelzweigen und silbernen Sternen verziert war. »Der ist für Sie. Damit in der kleinen Wohnung etwas Vorweihnachtsstimmung aufkommt.«

»Danke!« Isabel stellte die Einkaufstaschen ab und nahm den Kranz. »Ist der schön!«

»Ist selbst gemacht.«

»Das ist wirklich sehr nett von Ihnen, wäre aber nicht nötig gewesen.«

»Ach, papperlapapp! Meine Schwester und ich haben bis vorhin unzählige Weihnachtsgestecke für den morgigen Basar vorbereitet. Davon muss dieser Adventskranz unbedingt in die kleine Wohnung unter dem Dach ziehen.«

Nun näherte sich Frau Frerich ihnen. »Er müsste farblich perfekt zur Einrichtung passen«, bekräftigte sie die Worte ihrer Schwester.

»Nochmals vielen Dank. Das ist so lieb von Ihnen.« Isabel war gerührt von der netten Geste. Noch nie hatte sie einen Adventskranz geschenkt bekommen. Sie wünschte den beiden Frauen noch einen schönen gemeinsamen Nachmittag und ging dann mit Mari in ihre Wohnung. Dort stellte sie den Kranz auf den Wohnzimmertisch.

In der Küche fand sie in einer Schublade ein Päckchen Streichhölzer. Nachdem sie zwei Kerzen angezündet hatte, schaltete sie das kleine Radio ein, das in einem Regal im Wohnzimmer stand. Unentschlossen drehte sie an dem Regler und blieb schließlich bei dem Sender Radio NORA hängen, der an diesem Tag vorwiegend englische Weihnachtsklassiker spielte. Untermalt von den Klängen von Doris Days *Christmas Story* kochte sie wenig später Spaghetti mit einer leckeren Tomatensauce. Sogar geriebenen Parmesankäse hatte sie im Supermarkt bekommen und ein paar Lebkuchensterne als Dessert.

Während die Nudeln im sprudelnden Wasser kochten, versorgte sie Mari und schickte Kati noch ein paar Fotos, die sie während der Fahrradtour gemacht hatte.

Unweigerlich musste sie an Jens denken. Für gewöhnlich hätte sie ihm ein Bild geschickt, um ihre Erlebnisse zu teilen. Ohne es zu wollen, schaute sie auf die Zeitanzeige und musste schlucken. Eigentlich hätte sie jetzt neben ihm im Flugzeug sitzen sollen, voller Vorfreude auf Hawaii, ihrem ersten gemeinsamen Urlaub. Doch dazu war es nicht gekommen. Nun saß eine andere neben ihm und freute sich. Diese Tatsache war einfach ungerecht.

Der Stein in ihrem Bauch fühlte sich größer und schwerer als jemals zuvor an. Doch Isabel weigerte sich, in Selbstmitleid zu versinken, und straffte die Schultern. Trotzdem kam sie nicht umhin, sich zu fragen, warum gerade ihr das passieren musste. Hatte sie denn nicht das Recht auf ein bisschen Glück? Warum waren andere anscheinend immer auf der Sonnenseite des Lebens, während es ihr partout nicht vergönnt war, aus dem Schatten herauszutreten? Isabel wusste nicht, was sie falsch machte, sonst hätte sie es längst geändert. Das Pech verfolgte sie offenbar seit ihrer Geburt, und bis jetzt hatte sie es nicht geschafft, ihm ein Schnippchen zu schlagen.

Als hätte sie Isabels Gedanken gelesen, stupste Mari ihr Bein aufmunternd an.

Lächelnd kraulte sie Mari die Ohren. »Du hast ja recht, meine Beste! Wir sind an einem wunderbaren Ort am Meer und werden die Zeit hier genießen. Schlechtwetterwolken sollen woanders den Himmel bedecken. Ab jetzt gibt es nur noch Sonnenschein!«

5. Kapitel

Es war elf Uhr am Sonntagmorgen. Isabel hatte sich den Luxus gegönnt und ausgeschlafen. Nachdem sie aufgestanden war und sich angezogen hatte, wollte sie beim Bäcker schnell etwas für das Frühstück besorgen. Zu ihrer Überraschung fand sie vor ihrer Wohnungstür eine Tüte mit frischen Brötchen. Daneben lag ein in Papier eingeschlagener Schinkenknochen für Mari.

Isabel musste lächeln. Der Brötchen- und Knochenservice kam unter Garantie von Harms Frerich – ob das seine Frau wusste? Hinter seiner friesischen Wortkargheit verbarg sich offenbar ein fürsorgliches Herz. Bei nächster Gelegenheit wollte sie sich unbedingt bei ihm bedanken. Während Mari mit großem Appetit den Knochen verspeiste, genoss Isabel die frischen Brötchen mit einer Tasse Adventstee, den sie am Vortag in dem Supermarkt gekauft hatte. Der Duft von Zimt und Frucht mit Nelke erfüllte die Friesenküche und ließ Isabel wohlig seufzen.

Am frühen Mittag verließ sie mit Mari das Schipperhus. War es am Vortag einfach nur kalt gewesen, herrschte nun diesiges Winterwetter. Isabel trug Handschuhe und hatte sich eine warme Fleecemütze über die Ohren gezogen. Einige Leute kamen ihr mit Weihnachtsgestecken aus der

Richtung entgegen, wo die St. Peter-Kirche lag, und erinnerten Isabel an den an diesem Tag stattfindenden Basar. Vermutlich waren ihre Nachbarin und ihre Gastgeberin bereits dort. Isabel wollte sich erst mal etwas an der frischen Luft bewegen und nahm sich vor, später beim Basar vorbeizuschauen.

Sie legte mit Mari den kurzen Weg zum Fahrradladen in der Olsdorfer Straße zurück und stieß schon bald die Eingangstür auf. Erwartungsvoll blickte sie zum Verkaufstresen. An dem dort aufgestellten kleinen Adventskranz brannten drei rote Stumpenkerzen, aber sonst war niemand zu sehen.

»Guten Morgen?«, rief Isabel zögerlich in den Raum.

»Moin, die Dame!« Nils' Opa Erk tauchte zwischen ein paar Fahrrädern auf. In seinen Händen hielt er einen Schraubendreher und eine Flasche Kettenöl. Er lächelte sie vergnügt an. »Da sind Sie ja wieder! Wie war der gestrige Ausflug?«

»An sich sehr schön«, erwiderte sie. »Aber den Leuchtturm habe ich noch nicht gesehen.«

Er stellte die Flasche auf den Boden und verstaute den Schraubendreher in einer Tasche seines Blaumanns. »Dabei waren gestern die Sichtverhältnisse ideal. Heute ist es zu diesig. Da sieht man nix.«

»Das ist wirklich sehr schade. Vielleicht bessert sich das Wetter ja bald wieder. Dann müssen Mari und ich heute nach anderen spannenden Dingen am Strand Ausschau halten.«

»Am besten gehen Sie heute gar nicht an den Strand«, riet er ihr und wurde ernster. »Plötzlich aufziehender Nebel ist schon manchem zum Verhängnis geworden. Sogar Einheimische sind davon nicht gefeit und laufen dann blind ins Watt.«

Isabel nickte. »Gut zu wissen. Dann muss ich meine Pläne ändern.«

»Möchten Sie denn trotzdem das Rad ausleihen?«

»Aber sicher. Es ist ja trocken, und ich bin warm angezogen. Den Leuchtturm hebe ich mir für schöneres Wetter auf.«

Der alte Mann schob das Rad wieder für sie vor die Eingangstür. »Bitte sehr, die Dame. Das Fahrrad ganz ohne jeglichen Schnickschnack.«

»Danke.« Isabel gab ihm einen Fünfeuroschein. »Schön, dass man bei Ihnen auch am Sonntag ein Fahrrad ausleihen kann.«

»Aber selbstverständlich. Geöffnet habe ich fast immer. Bis auf Heiligabend, die Weihnachtstage und Neujahr. Da mache ich blau.«

Sie lächelte erneut. »Das muss auch mal sein. Aber bevor ich es vergesse: Welchen Geheimtipp haben Sie denn heute für mich und Mari?«

»Einen Geheimtipp ohne Strand? Lassen Sie mich mal überlegen.« Er kratzte sich am Hinterkopf. Nach einem kurzen Moment hob er dann einen Zeigefinger. »Ich glaube, mir ist genau das Richtige für Sie und Ihren Hund eingefallen. Sogar mit Leuchtturm!«

»Oh, das klingt vielversprechend! Wohin schicken Sie mich denn dieses Mal?«

»Haben Sie zufällig eine Ortskarte?«

»Ja.« Isabel holte den Ortsplan aus ihrer Tasche und reichte ihn dem älteren Herrn. Natürlich hätte sie ihm auch das Display ihres Handys unter die Nase halten und darüber eine Straßenkarte aufrufen können. Doch Nils' Opa gehörte zu einer Generation, die analoge Dinge zu schätzen wusste, und wenn Isabel ehrlich war, hielt sie auch lieber ein Stück Papier in der Hand, statt mit leerem Akku verloren zu gehen.

Nils' Opa breitete die Karte auf dem Fahrradsattel aus. »Fahren Sie heute doch mal in Richtung Süden. Nach Böhl.« Er zeigte auf eine Stelle der Karte. »Genau dort, auf dem Deich, steht der kleine Bruder vom Westerhever Leuchtfeuer, der Böhler Leuchtturm. Ist auch gar nicht so weit von hier entfernt.«

Isabel beugte sich über den Ortsplan, um sich den Ort einzuprägen, fragte dann aber: »Können Sie mir die Stelle sicherheitshalber markieren?«

»Aber sicher.« Er zog einen Kugelschreiber aus seiner Tasche und kreiste den Standort des Leuchtturms ein.

Nachdem sie sich bedankt hatte, machte Isabel sich mit Mari auf den Weg. Sie fuhr gemächlich in südliche Richtung und dann ein gutes Stück auf der Pestalozzistraße entlang, bis sie am Nordsee-Internat ankam. Dort bog sie rechts in die Straße Zum Karpfenteich ein und stieg nach ein paar Metern ab.

Sie schob das Rad, und Mari trottete neben ihr her, bis sie über einen kleinen Weg den Deich erreicht hatten. Hier pfiff ein eisiger Wind, trotzdem hing dichter Nebel über den Salzwiesen. Keine zehn Pferde hätten Isabel jetzt dazu gebracht, den Deich Richtung Strand zu verlassen. Die Nebelschwaden verliehen der Umgebung etwas Schaurig-Schönes und tauchten sie gleichzeitig in eine gewisse Unwirklichkeit.

Unschlüssig blickte sie sich um. Nach Süden, hatte Nils' Opa gesagt, und dass der Leuchtturm auf dem Deich stand. Sie holte ihr Handy aus ihrer Tasche, um sich nun doch mithilfe eines Online-Kartendiensts zu vergewissern, wo sie sich befand. Ja, sie war immer noch auf der richtigen Route. Der Leuchtturm lag noch ein Stück weiter südlich den Deich entlang.

Sie verstaute das Handy wieder in der Tasche und setzte zuversichtlich ihren Weg mit Mari fort. Irgendwann erhob sich vor ihr schemenhaft ein Bauwerk aus dem Dunst. Sie war noch zu weit von ihm entfernt, um etwas erkennen zu können. Je näher sie kam, umso deutlicher konnte sie den Leuchtturm sehen.

Glücklich, am Ziel angekommen zu sein, stellte Isabel das Rad ab und legte den Kopf schräg, um den rotbraunen Ziegelturm besser betrachten zu können. Der Begriff Türmchen beschrieb das Leuchtfeuer treffender. Besonders hoch war der Böhler Leuchtturm nämlich nicht. Mari lief schwanzwedelnd um das Bauwerk herum und schnupperte an der Bank, die an den Backsteinturm gebaut war. An der Mauer war eine Informationstafel befestigt. Isabel las, dass der Böhler Leuchtturm gute achtzehn Meter maß und ein sogenanntes Quermarkenfeuer war, das eine Stelle markierte, an der Seeleute eine Kursänderung vornehmen mussten. Um mehr zu erfahren, rief Isabel mit dem Handy die Seite der Tourismuszentrale auf. Dort stand, dass der Böhler Leuchtturm für die Öffentlichkeit nicht zugänglich war. Isabel seufzte enttäuscht. Zu gerne hätte sie sich den Turm von innen angesehen. Der Ausblick aus achtzehn Metern Höhe über die Salzwiesen und die Nordsee war bestimmt einmalig.

Bevor sie sich weiter über die Geschichte des Backsteinturms informieren konnte, erschien Katis Gesicht auf dem Bildschirm des Telefons. Isabel wischte über die Glasoberfläche und nahm den Anruf entgegen.

»Hallo, Kati!«

»Hi, Isa. Meine Güte, was rauscht die Leitung!«

Isabel lächelte. »Ich stehe auf dem Deich.«

»Was sagst du?«, rief Kati laut.

Daraufhin drehte Isabel sich etwas vom Wind weg. »Ist es so besser?«

»Ja«, erwiderte ihre Freundin erleichtert. »Jetzt verstehe ich dich einigermaßen. Was hast du gesagt?«

»Ich stehe auf dem Deich«, wiederholte sie nun etwas lauter. »Hier ist es ziemlich windig. Warte noch mal kurz.« Sie ging zum Leuchtturm und stellte sich in seinen Windschatten. »So müsste es klappen.«

»Viel besser! In Rosenheim ist es übrigens fast windstill. Aber erzähl, wie geht es dir in St. Peter-Ording?«

»Mir geht es gut.« Isabel hob einen Ast vom Boden auf und warf ihn für Mari. »Es ist wunderschön hier. Zwar gerade etwas kalt, aber ansonsten herrlich. Bisher habe ich sehr nette Leute kennengelernt. Die Gästewohnung von Frau Osterfelds Schwester ist perfekt. Da würde ich gleich einziehen, weil sie so gemütlich ist! Und der Strand ist einfach der Hammer!«

»Das habe ich auf den Fotos gesehen. Wirklich mega der Strand. Viel größer als der andere …«

Mari kam mit dem Ast im Maul zurück und legte ihn Isabel auffordernd vor die Füße. Amüsiert hob sie ihn hoch und warf ihn ein zweites Mal. »Welcher andere denn?«, fragte sie dabei Kati.

»Ach, nicht so wichtig«, wiegelte ihre Freundin hastig ab. »Der von St. Peter-Ording ist jedenfalls ziemlich beeindruckend. Ich habe gestern gleich mal im Internet nach weiteren Fotos geguckt.«

»Verstehe.« Jetzt war Isabel klar, von welchem Strand ihre Freundin sprach. Sie hockte sich auf die obere Stufe vor der rostbraunen Tür des Leuchtturms und schlang sich einen Arm um den Oberkörper. »Jens hat dir also auch Urlaubsfotos geschickt?«

»Ja. Aber der Strand in St. Peter-Ording ist viel spektakulärer als der schmale Streifen auf Hawaii«, versuchte Kati abzuwiegeln.

Isabel schloss kurz die Augen und öffnete sie wieder. Dass das Gespräch unweigerlich auf Jens kommen würde, war absehbar gewesen. Und sie dachte ja auch ab und zu an ihn, auch wenn sie sich abzulenken versuchte. »Ist er denn gut angekommen?«

»Es ist alles reibungslos gelaufen. Er hat mir einen Haufen Bilder geschickt. Das Wetter ist traumhaft schön und das Hotel wohl auch ein Volltreffer.«

Isabel spürte bei Katis Erzählungen einen Stich im Herzen. Jens schien sie ja bereits vergessen zu haben und keinen Gedanken daran zu verschwenden, dass eigentlich sie jetzt mit ihm dort sein sollte. »Das ist ja schön für Jens. Klingt nach dem perfekten Urlaub.«

Kati seufzte. »Ich freue mich auch irgendwie für ihn, trotzdem kann ich seine Entscheidung nach wie vor nicht verstehen. Er ist wirklich ein Vollidiot, und ich stehe natürlich auf deiner Seite. Das habe ich ihm übrigens auch gesagt.«

Wehmütig lächelte sie. »Das ist lieb von dir. Allerdings scheint die Trennung für ihn ja der richtige Schritt gewesen zu sein. Er scheint ja wie auf Wolken zu schweben, so viel Schwärmerei habe ich bei ihm nie erlebt.« Erneut legte Mari den Ast vor ihr ab und schaute sie erwartungsvoll an. »Für mich hört es sich so an, als wäre er froh über das Ende unserer Beziehung … Ach, ich will gar nicht so viel darüber sprechen, es ist einfach sehr schmerzhaft, weißt du.«

»Ach, das verstehe ich. Und weißt du, Jens wollte schon so lange nach Hawaii, dass er natürlich happy ist, weil es endlich geklappt hat. Das hat wahrscheinlich gar nichts mit jemand anderem zu tun. Jens ist gerade etwas euphorisch. Das ist alles. Wahrscheinlich vergeht das wieder genauso schnell, wie es gekommen ist.«

Isabel schluckte. »Hör mal, Mari langweilt sich. Können wir vielleicht nachher noch mal telefonieren, wenn ich wieder in der Wohnung bin? Dann habe ich auch besseren Empfang.«

»Na klar. Dann viel Spaß noch bei deiner Deichtour!«

»Danke. Bis später!« Sie beendete das Gespräch und fühlte sich für einen Moment völlig niedergeschlagen. Traurig dachte sie an Jens und ihre gemeinsame Zeit zurück. Sie waren gemeinsam ins Kino gegangen, hatten über dieselben Dinge gelacht, es hatte sich einfach angefühlt wie ein absolutes Glück.

Doch das sah wohl nur sie so. So tief ihr Schmerz saß, gleichzeitig ärgerte sie sich darüber, überhaupt noch Gedanken an ihn zu verschwenden. Vielleicht musste sie akzeptieren, dass das zum Prozess gehörte?

Wenn sie zurückdachte, konnte sie Jens' Entscheidung immer weniger verstehen. Denn in ihren Augen war die Beziehung nahezu perfekt gewesen. Bis zu dem Augenblick, in dem er mit ihr Schluss gemacht hatte, natürlich. Wenige Monate davor hatten sie davon gesprochen, zusammenzuziehen, und auch gemeinsame Kinder waren ein Thema gewesen. War Jens davon am Ende doch überfordert gewesen?

Eigentlich waren sie in so vielen Dingen auf einer Wellenlänge gewesen, dass es manchmal schon fast unheimlich geworden war und Jens einmal im Scherz gesagt hatte, dass sie seine heimliche Zwillingsschwester sein müsse.

Weit gefehlt. Nun war das alles mit einem Schlag vorbei. Aber warum? Hatte sie etwas falsch gemacht? Isabel fand einfach keinen Grund …

Tröstend leckte Mari ihr über den Handrücken. Ihr Hund schien immer zu spüren, wenn es ihr schlecht ging.

»Alles gut, kleine Mari. Komm, es geht weiter!« Seufzend erhob Isabel sich von der Treppenstufe und spürte erst jetzt, wie kalt ihr Po vom Sitzen auf dem Stein geworden war. Um die Kälte zu vertreiben, wollte sie sich bewegen. Also schwang sie sich wieder auf den Fahrradsattel und trat kräftig gegen den Wind in die Pedale.

Es ging runter vom Deich, zurück in den Ort. Dort war es weniger windig, trotzdem kam sie nicht besonders zügig vorwärts.

Isabel war wütend auf sich selbst. Wütend darüber, dass sie in Selbstmitleid versank, während Jens seinen Urlaub in vollen Zügen genoss. Doch damit ist jetzt Schluss, nahm sie sich vor. Was ihr Ex konnte, konnte sie schon längst! Ab jetzt war Urlaubsstimmung pur angesagt. Und als Erstes galt es, die Aufmerksamkeit anderen Dingen zu widmen.

Mari und sie kamen an hübschen Friesenhäusern vorbei und einer Weide, auf der mehrere Pferde Wintergras zupften. Am Kreisverkehr bogen sie rechts auf die Wittendüner Allee ab, passierten eine Tankstelle und den Westküstenpark. Die Straße schien aus dem Ort hinauszuführen. Isabel überlegte, ob sie lieber umkehren sollte. Mittlerweile brannten ihr auch die Oberschenkel. Den Basarbesuch würde sie jedenfalls an diesem Tag nicht mehr schaffen.

In der Nähe eines alten Haubargs bremste sie, um eine Pause einzulegen. Das hübsche Bauernhaus auf der gegenüberliegenden Straßenseite wollte sie sich aus der Nähe ansehen und vielleicht ein paar Fotos machen. Danach würde sie zurück zum Kreisverkehr und in den Ortsteil Dorf fahren. Mittlerweile spürte sie eine unverkennbare Schwere in den Beinen und konnte nicht ignorieren, dass sie müde war.

Das Rad ließ sich mit einem Mal nur mit größerer Kraftanstrengung über die Straße schieben. Mari war bereits auf der anderen Seite angekommen, als Isabel gerade die Hälfte der Straße überquert hatte. Glücklicherweise war weit und breit kein Auto zu sehen.

Seufzend lehnte sie das Rad an einen Holzzaun und überlegte, warum es plötzlich nicht mehr rundlief. Ein Defekt war sehr unwahrscheinlich. Sie schätzte Nils' Opa so gewissenhaft ein, dass er ausschließlich Räder vermietete, die tipptopp in Ordnung waren.

Nachdenklich kraulte sie Mari das Fell. Dann ging sie in die Hocke und inspizierte die Fahrradkette, konnte aber nichts Auffälliges feststellen. Als ihr Blick jedoch tiefer glitt erkannte sie das Problem: Ihr Vorderrad hatte einen Platten. Auch das noch! Kein Wunder, dass ihre Oberschenkel schmerzten. Und sie hatte überhaupt nicht gemerkt, dass sie durch etwas Spitzes gefahren war. Jetzt musste sie das Rad den ganzen Weg durch die Kälte bis zur Werkstatt zurückschieben. Das waren bestimmt mehrere Kilometer Wegstrecke. Aber was blieb ihr anderes übrig? Den Reifen am Straßenrand flicken? Nein, dann lieber schieben.

Sie richtete sich auf und blickte unschlüssig die Straße entlang. »Was meinst du, Mari? Nimmt uns vielleicht ein Taxi mit?«, fragte sie ihren Hund. »Oder flickst du den Reifen?«

Mari wuffte, und Isabel tätschelte ihr erneut den Kopf. Schließlich suchte sie im Internet nach der Telefonnummer eines Taxiservices. Doch bevor sie eine Nummer wählen und sich noch mehr über das Missgeschick ärgern konnte, hörte sie plötzlich Schritte hinter sich und schrak hoch.

Als sie über ihre Schulter blickte, sah sie aus dem Augenwinkel einen Mann in einem dicken Winterparka und mit einer dunkelblauen Wollmütze vom Haubarg auf sie zukommen.

»So sieht man sich wieder«, erklang eine Stimme, die sie zunächst nicht einordnen konnte.

»Ach ja?« Sie drehte sich um und blickte den Mann an.

»Hallo, Einfach-Isabel.« Er zog seine Mütze vom Kopf und lachte sie an.

Ein warmes Gefühl breitete sich in ihr aus, als sie ihn erkannte. »Nils!«

6. Kapitel

Mari begrüßte Nils schwanzwedelnd.

»Du bist so ein feiner Hund!«, lobte er die Hündin und tätschelte sie.

»Das ist ja eine Überraschung. Ich habe dich mit der Mütze gar nicht erkannt, Einfach-Nils«, sagte Isabel lächelnd.

»Ich dich schon.« Nils lächelte zurück und kraulte Mari hinter den Ohren. »An dem alten Fahrrad und an deinem Hund«, fügte er hinzu. »Ich glaube, du bist so ziemlich die Einzige im Ort, die mit einem fast schon antiken Gefährt unterwegs ist. Selbst die rüstigsten Senioren in St. Peter sind mittlerweile auf E-Bikes umgestiegen.«

Isabel zuckte die Achseln. »Ich bin eben hoffnungslos altmodisch. Ich repariere sogar Dinge, wenn sie kaputt sind. Meistens funktionieren sie dann wieder, als wären sie neu.«

»Da ticken wir ähnlich. Defekte Geräte wecken auch immer den Bastler in mir.« Nils trat noch einen Schritt näher. »Übrigens, freut mich, dich wiederzusehen.«

»Mich freut es auch«, antwortete Isabel und wurde sich genau in dem Moment über die Tatsache bewusst, dass es wirklich so war. »Was machst du hier eigentlich?«

Er steckte die Hände in die Hosentaschen seiner Jeans und blickte zu dem kleinen Bauernhaus. »Das hier ist übrigens mein Leben außerhalb des Fahrradladens. Wenn ich nicht dort bin, restauriere ich nämlich den Haubarg.«

Erstaunt zog sie die Augenbrauen hoch. »So was kannst du?«

Er zuckte mit den Schultern. »Zumindest versuche ich es.«

»Eine Restauration stelle ich mir nicht einfach vor. Muss man dabei nicht auf unheimlich viele Details achten?«

»Auf sehr viele sogar«, bestätigte er, und ihm war ein gewisser Stolz anzusehen. »Ich habe in Hamburg Architektur studiert und danach eine Zeit lang dort in einem großen Büro für Denkmalpflege gearbeitet. Unter anderem haben wir auch Restaurationen von Villen, Gründerzeitwohnungen und Bauernhäusern geplant und durchgeführt. Dabei habe ich nicht nur viel gelernt, sondern auch Blut geleckt. Außerdem habe ich gemerkt, wie viel Spaß mir diese Arbeit macht. Das Haus ist mein erstes Projekt komplett in Eigenregie.«

Isabel blickte zum Bauernhaus. Allein der Zustand des Reetdachs schien ihr abenteuerlich zu sein. »Das ist bestimmt eine große Herausforderung.«

»Das schon, aber man sagt ja nicht umsonst, dass man mit den Herausforderungen wächst.«

Isabel verschränkte die Arme vor dem Oberkörper und betrachtete ihn forschend. »Eins verstehe ich nicht ganz: Wieso bist du nicht in Hamburg geblieben? Hat es dir dort nicht gefallen?«

Nils presste die Lippen aufeinander und blickte in die Ferne. »Hamburg ist toll. Wirklich. Und für eine gewisse Zeit habe ich mich dort auch pudelwohl gefühlt. Doch irgendwann hat mich dann die Sehnsucht nach St. Peter-Ording und meiner Familie gepackt.« Er sah sie wieder an. »Mir war es nicht genug, bloß am Wochenende zu Hause zu sein. Vor einem Jahr habe ich dann meinen Arbeitsvertrag gekündigt und bin wieder nach Eiderstedt zurückgekehrt. Seitdem bin ich rundum zufrieden.«

»Das ist wirklich mutig. Ich meine, einen guten Job aufzugeben, um persönliche Zufriedenheit zu erlangen. Das schafft nicht jeder.« Isabel musste unweigerlich an ihren bevorstehenden Jobwechsel denken und sich eingestehen, dass sie eigentlich schon wusste, eine falsche Entscheidung getroffen zu haben. Sie hatte den Arbeitsvertrag unterschrieben, weil die Leitungsfunktion einen Karriereschritt für sie bedeutete und auch ein gewisser finanzieller Fortschritt damit verbunden war. Doch die Arbeit an sich entsprach kaum ihren Träumen. Wenn sie daran dachte, dass sie bald den ganzen Tag ein Gesundheitszentrum organisieren und keine Zeit mehr für die Therapiestunden mit Mari haben würde, wurde ihr jetzt schwer ums Herz. Ob sie sich daran gewöhnen würde, wenn sie erst die neue Arbeit angetreten hatte?

»Eigentlich ist mir die Entscheidung sehr leichtgefallen, denn um gut zu arbeiten, muss ich mich auch wohlfühlen«, erklärte Nils und riss Isabel damit aus ihren Gedanken.

»Das kann ich verstehen.« Sie zeigte auf den platten Reifen. »Ich fürchte nur, Mari und ich müssen langsam wieder losschieben. Sonst macht dein Opa den Fahrradladen dicht, bevor wir dort waren.«

Nils ging in die Hocke und begutachtete den Reifen mit Kennerblick. »Auweia! Der ist hinüber.«

»Und platt wie eine Flunder.«

Er richtete sich wieder auf. »Wenn du möchtest, helfe ich dir«, bot er an. »Ich wohne nicht weit von hier und könnte das Rad in meiner Werkstatt schnell wieder fahrtüchtig machen. Meinem Opa könnten wir von dort aus Bescheid geben.«

Erfreut lächelte sie ihn an. »Da sage ich nicht Nein. Vielen Dank für deine Hilfe.« Offenbar hatte sie jetzt Glück im Unglück.

Nils winkte ab. »Da nicht für. Ich schließe nur schnell den Haubarg ab, dann können wir sofort losgehen.«

* * *

Auf dem Weg zu Nils' Werkstatt wunderte Isabel sich wieder einmal über das vertrauensselige Verhalten ihrer Hündin. Denn statt wie sonst an ihrer Seite zu gehen, trottete Mari neben Nils her, als würde sie ihn schon ewig kennen und als wäre es das Normalste der Welt. Isabel schaute ihn neugierig von der Seite an, während er das Rad schob.

»Mari scheint dich wirklich zu mögen.«

Er zwinkerte ihr zu. »Das hoffe ich. Ich mag deinen Hund nämlich auch.«

»Nein, wirklich. Das ist für Mari ungewöhnlich. Normalerweise ist sie viel zurückhaltender und verschenkt ihr Herz nicht so leicht an Menschen, die sie nicht kennt.«

»Das nehme ich jetzt einfach mal als Kompliment.« Er lächelte sie an.

Seine Augen leuchteten dabei, und Isabel spürte, wie sich ihre Mundwinkel sofort hoben. »Das kannst du auch.« Nils hatte etwas an sich, was nicht nur auf Mari anziehend wirkte. Sie konnte nicht ergründen, was es war, doch sie spürte, dass sie sich in seiner Nähe wohlfühlte.

»Wir sind gleich da. Da vorne wohne ich.« Er zeigte auf einen Gutshof, der gesäumt von hohen Kiefern vor ihnen lag.

»Da ist ja ziemlich viel Platz«, staunte Isabel.

»Den brauchen wir auch. Wir wohnen dort zu fünft.«

»Fünf Leute, das erklärt es.« Sie stellte sich darauf ein, gleich seine Frau und die dazugehörigen Kinder kennenzulernen. Eigentlich hätte ihr klar sein sollen, dass so ein sympathischer Mann längst vergeben war. »Und für Kinder ist so ein Hof doch ein Traum. In einer besseren Umgebung kann man nicht aufwachsen.«

Er runzelte die Stirn. »Das stimmt schon. Aber wie kommst du ausgerechnet auf Kinder?«

Sie passierten die Hofeinfahrt.

»Du erwähntest fünf Personen, und da dachte ich …«

Nils blieb stehen, schaute sie an und begann, abrupt zu lachen. »Ach so! Jetzt verstehe ich. Du dachtest, ich hätte eine Familie?«

»Nicht?«, entgegnete sie.

»Doch, natürlich. Ich wohne mit meiner Familie hier. Aber das sind meine Eltern, mein Opa Erk und meine Schwester Hanna.« Nils blieb mitten auf dem Platz vor den Gebäuden stehen und deutete mit einer umfassenden Bewegung um sich. »Das ist unser Gut. Da vorne ist meine Werkstatt.« Er wies auf eine Scheune mit einer grünen Tür. »Und in den beiden länglichen Bauwerken da drüben sind die Stallungen unserer Pferde. Das große Gebäude ist unser Wohnhaus.«

»Gefällt mir gut. Wie lange lebt deine Familie schon hier?«

»Oh, schon immer. Soweit ich weiß, ist der Gutshof seit über zweihundertfünfzig Jahren in Familienbesitz und wurde damals auch von meinen Vorfahren errichtet.« Er schob das Rad weiter und steuerte auf die Werkstatt zu. »Mein Opa weiß das ganz genau.«

»Sehr beeindruckend! Dann lebt deine Familie schon seit Generationen hier. Ich glaube, ich ahne, warum du hierher zurückgekommen bist. Wahrscheinlich kann man sich nirgendwo mehr zu Hause fühlen als an solch einem Ort, wenn man mit einer langen Familientradition aufgewachsen ist.«

»Genau so ist es.« Nils stellte das Fahrrad ab und öffnete die grüne Tür zu seiner Werkstatt. »Hereinspaziert. Das ist mein kleines, aber feines Reich.«

Isabel betrat das Gebäude und schaute sich um, während Mari an einem Stuhl schnupperte. Neben allerhand Fahrrädern, Ersatzteilen und Werkzeugen entdeckte sie in einer Ecke liebevoll gestaltete maritime Holzdeko. Bewundernd nahm sie ein blau-weiß bemaltes Segelschiff in die Hand. »Das ist ja hübsch. Machst du das selbst?«

Nils nickte. »Neben Restaurationen und Fahrradreparaturen ist das mein kleines Hobby. Ich verkaufe die Deko zum Beispiel auf dem Wochenmarkt in St. Peter-Ording. Viele Touristen nehmen ein Segelschiff oder einen kleinen Leuchtturm als Souvenir mit. Es sind alles Unikate.«

Behutsam stellte sie das Schiff wieder zurück. »Ich bin wirklich beeindruckt«, gab sie zu. »Du scheinst ein richtiges Multitalent zu sein.«

»Ganz so wild ist es nicht«, wiegelte er ab. »Ich würde eher sagen, ich bin ein Bastler mit Herz. Außerdem mache ich nur das, was mir Spaß macht, und das gelingt mir eben meistens ganz gut.«

Hinter ihnen klopfte es mit einem Mal. Erschrocken drehte Isabel sich um. Mari kam zu ihr und setzte sich vor sie hin. In der geöffneten Tür stand eine Frau, die einen langen Mantel trug. Um ihren Hals wölbte sich ein grob gestrickter grüner Wollschal, und auf dem Kopf trug sie die passende Mütze. Isabel schätzte sie auf ungefähr sechzig Jahre.

»Moin! Ich dachte, ich hätte hier was gehört«, sagte die Frau entschuldigend. »Störe ich?«

»Nein, Mama, du störst nicht. Das ist Isabel, und der Hund heißt Mari«, stellte Nils sie vor. »Isabel, das ist meine Mutter.«

»Guten Tag«, grüßte sie höflich.

»Ich bin Juliane Friedrich.« Sie nickte ihr freundlich zu. »Wir sitzen gerade bei Kaffee und Tee, falls ihr euch aufwärmen möchtet. Frisch gebackener Adventskuchen ist auch noch da.«

»Das klingt gut. Nimm doch Isabel und Mari mit ins Haus. Ich muss eben einen Reifen flicken und komme dann nach, wenn ich fertig bin«, sagte Nils.

Isabel und Mari folgten der netten Einladung von Frau Friedrich.

Nachdem sie abgelegt hatte, führte Nils' Mutter Isabel in eine gemütliche Stube, in der in einem offenen Kamin ein Feuer knisterte, das eine wohlige Wärme verbreitete. Auf einer breiten Fensterbank stand eine vierstöckige Weihnachtspyramide mit drei drehenden Stockwerken, dessen Flügelrad durch die aufsteigende Kerzenwärme angetrieben wurde. Das Fenster gab den Blick auf den Garten und bis zu einer Koppel frei, auf der drei Pferde standen.

An dem großen Esstisch saßen bereits ein Mann und eine junge Frau. In der Tischmitte brannten drei Kerzen an einem Adventskranz, und im Hintergrund erklangen aus einem Kassettenrekorder Weihnachtslieder, die ein Kinderchor sang. Der Mann und die Frau stellten sich als Herr Friedrich und Hanna vor. Sie begrüßten Isabel und Mari freundlich, sodass Isabel den Eindruck gewann, dass häufiger Teebesuch da war.

Fürsorglich stand Nils' Vater auf und versorgte Mari sogleich mit einem Pott Wasser und einem großen Stück

Hundekuchen. »Hundekuchen liegt immer für vierbeinige Gäste bereit und auch für Palau, unseren Hofhund«, erklärte er.

Nachdem Nils' Schwester ihr mit einer Kopfbewegung einen freien Platz angeboten hatte, setzte Isabel sich an den Tisch. »Komisch, Mari hat gar nicht gebellt. Das macht sie sonst eigentlich, wenn sie fremde Hunde wittert.«

»Unser Opa geht gerade mit ihm eine Runde«, erklärte Hanna.

»Oh, dann hat er den Laden bestimmt schon geschlossen. Wie spät ist es denn?«, erkundigte sich Isabel.

»Gleich fünf.«

»Ach, ich habe die Zeit durch den platten Reifen völlig aus dem Blick verloren. Eigentlich hätte ich das Rad längst abgeben müssen.«

In diesem Moment trat Nils' Mutter zu ihnen und stellte eine Tasse sowie einen Teller mit einer Gabel vor Isabel auf den Tisch. »Keine Sorge. Wir können meinem Vater gleich Bescheid sagen, dass das Rad in der Werkstatt ist, wenn er mit dem Hund wiederkommt«, beschwichtigte sie Isabel.

»Dann ist es ja gut. Ich möchte nämlich ungern einen unzuverlässigen Eindruck machen.«

»Den machen Sie nicht. Möchten Sie Kaffee oder Tee?«, fragte Frau Friedrich.

»Kaffee, bitte. Und sagen Sie doch einfach Du zu mir.«

»Gerne.« Frau Friedrich goss das warme Getränk in die Tasse und legte ein dickes Stück Adventskuchen auf Isabels Teller.

Dankbar trank Isabel einen Schluck und genoss die angenehme Wärme, die durch ihren Körper strömte. Vom Hauseingang drangen Geräusche ins Wohnzimmer.

Nils' Mutter blickte auf. »Das wird mein Vater sein.«

Wenig später erschien der alte Herr in der Wohnstube. »Palau wollte in seine Hundehütte«, erzählte er im Hereinkommen. Sein Blick blieb an Isabel hängen. »Was machen Sie denn hier?«, fragte er verdutzt.

»Ihr Rad hat einen Platten, und Nils flickt gerade den Reifen«, antwortete Hanna an Isabels Stelle und zwinkerte ihr zu.

Wie um ihre Unschuld zu bezeugen, hob Isabel die Hände. »Ich habe das Rad nicht entführt«, scherzte sie. »Aber es tut mir leid, dass es ich es nicht pünktlich zurückgegeben habe.«

Opa Erk setzte sich an den Tisch und schenkte sich eine Tasse Tee ein. »Schwamm drüber. Pannen passieren. Besonders beim Radfahren. Und grundsätzlich dann, wenn es nicht passt.«

»Machst du eigentlich Urlaub in St. Peter-Ording?«, wollte Hanna wissen.

Isabel lächelte sie an. Ihr war die rothaarige Frau in ihrem Alter gleich sympathisch. »Ja, könnte man so sagen. Genauer gesagt habe ich meine Nachbarin nach St. Peter-Ording begleitet, damit sie ihre Schwester wiedersehen kann. Der Weg war ihr allein zu weit.«

»Das ist aber sehr nett«, fand Nils' Mutter. »Woher kommst du denn?«

»Aus Rosenheim in Bayern.«

»Das ist wirklich nicht um die Ecke. Das sind doch bestimmt tausend Kilometer bis St. Peter«, schätzte Herr Friedrich.

Isabel nickte. »Sogar ziemlich genau.«

»Wo wohnst du denn in St. Peter?«, erkundigte sich Hanna interessiert.

»Im Ortsteil Dorf. In einer Gästewohnung vom Schipperhus. Bei Frerichs. Vielleicht ist die Familie ja einigen bekannt?«

»Na, und ob!« Opa Erk stellte geräuschvoll seinen Teepott auf der Unterasse ab. »Das Schipperhus kenne ich und die Frerichs auch. Wie war doch gleich der Name Ihrer Nachbarin?«

»Frau Osterfeld.«

Opa Erk runzelte die Stirn. »Nie gehört. Wissen Sie vielleicht auch ihren Vornamen?«

»Helma. Helma Osterfeld. Bevor sie ihren Mann geheiratet hat, hieß sie wohl auch Frerich.«

Der alte Mann schnappte nach Luft und blickte Isabel entgeistert an. »Da hol mich doch der Teufel!«

»Kennen Sie Frau Osterfeld etwa?«, fragte Isabel.

»Na, und ob ich sie kenne! Ich kenne die ganze Familie Frerich, seit ich denken kann. Und das ist schon ziemlich lange.« Er schüttelte ungläubig den Kopf. »Ich kann es nicht fassen, dass Helma nach so langer Zeit wieder in St. Peter-Ording ist. Wir waren früher befreundet und haben viel zusammen erlebt, müssen Sie wissen.«

»Das ist ja ein Ding! Dann müssen Sie sie unbedingt besuchen. Sie wird sich bestimmt riesig freuen«, sagte Isabel aufgeregt.

»Das solltest du unbedingt tun, Papa«, fand auch Frau Friedrich.

»Das werde ich auf jeden Fall. Aber bis dahin kein Wort zu Ihrer Frau Osterfeld«, bat er Isabel. »Es soll schließlich eine Überraschung sein.«

»Über meine Lippen kommt kein Wort«, versprach sie sofort und freute sich über die schöne Fügung der Ereignisse. »Ich bin schon gespannt auf Frau Osterfelds Gesicht.«

»Und ich erst.« Nils' Opa lachte. Ihm war deutlich anzusehen, wie viel Spaß ihm die Aussicht darauf bereitete, seine alte Freundin zu überraschen.

Versonnen aß Isabel ein Stück vom Adventskuchen und blickte in die gemütliche Runde. Die Friedrichs waren eine fröhliche und liebevolle Familie, in der alle zusammenhielten, das hatte sie schnell gemerkt. Wie gerne hätte ich zu solch einer Familie gehört, dachte sie und hob den Blick, als die altvertraute Schwermut sie zu überkommen drohte.

»Magst du eigentlich Pferde?«, lenkte Hanna sie von ihren melancholischen Gedanken ab.

Isabel lächelte. »Sehr gern sogar. Eine Zeit lang bin ich sogar regelmäßig geritten. Meine Pferdeleidenschaft wollte ich schon längst wieder aufleben lassen.«

»Wenn du magst, zeige ich dir unsere Stallungen und die Pferde«, bot Hanna an.

»Gerne!«

»Aber erst wird der Kuchen aufgegessen«, mahnte Opa Erk mit erhobenem Zeigefinger.

»Ja, Opa. Das hast du früher schon immer zu mir gesagt, als ich noch ein kleines Mädchen war.«

»Und ich muss es heute noch tun, obwohl du inzwischen ein ziemlich großes Mädchen bist.« Liebevoll zwinkerte er Hanna zu.

»Mir erzählst du auch noch die gleichen Dinge wie damals.« Frau Friedrich legte eine Hand auf die ihres Vaters und sah ihn herzlich an. »Manche Dinge ändern sich eben nie.«

Opa Erk legte ebenfalls eine Hand auf die seiner Tochter. »Wem sagst du das, Mädchen.«

* * *

Zu Nils' Schwester Hanna hatte Isabel gleich einen besonderen Draht gefunden. Sie teilten nicht nur die Leidenschaft für Pferde. Beim Rundgang durch die Stallungen stellte sich auch heraus, dass Hanna ausgebildete Fachkraft für therapeutisches Reiten war. Angeregt unterhielten sie sich über verschiedene Therapieformen, während sie die Pferde begrüßten.

Währenddessen war Mari im Haus geblieben und wurde von Herrn Friedrich mit Hundekuchen verwöhnt. Das vermutete Isabel jedenfalls, und sie gönnte es ihrer lieben Hündin, die ja während der Radtour mehrere Kilometer gerannt war.

»Dann machst du ja so etwas Ähnliches wie ich! Ich bin auf Hundetherapie in der Ergo spezialisiert«, erzählte Isabel.

Erstaunt sah Hanna sie an. »Ist Mari etwa ein ausgebildeter Therapiehund?«

»Ja.«

»Was für ein Zufall.« Sie blieben vor einer Box stehen, in der ein Rappe mit langer Mähne stand. »Darf ich vorstellen? Das ist mein Friese Noorder. Er ist mein ausgebildetes Therapiepferd.«

»Hallo, Noorder.« Isabel hielt dem Pferd ihre Hand hin. Noorders Lippen und Nüstern glitten interessiert über ihre Handinnenfläche. Isabel spürte seinen warmen Atem und das Kitzeln seiner Tasthaare. Sie genoss den Kontakt zum Pferd und den typischen Geruch in den Stallungen.

»Hältst du die Therapiestunden denn auf eurem Hof ab?«

»Nein, die finden auf einem anderen Hof statt. Dort wird auch regulärer Reitunterricht erteilt, und in der warmen Jahreszeit finden dort Turniere statt. Der Reiterhof liegt in der Nähe vom Deich, vielleicht kommst du dort mal vorbei.«

Isabel streichelte Noorder die Stirn. »Ich würde wirklich gerne mal wieder ausreiten. Meinst du, ich könnte mir dort ein Pferd leihen?«

»Soweit ich weiß, gehen die Ausritte erst im Frühjahr wieder los«, erwiderte Hanna bedauernd.

»Schade.«

»Das ist gar kein Problem. Wenn du möchtest, können wir bald zusammen einen Ausritt machen«, schlug Hanna begeistert vor. »Mir gehören insgesamt vier Friesen. Noorder ist zugegebenermaßen der bravste von ihnen. Er schaukelt einen sicher durch den stärksten Sturm.«

»Das Angebot nehme ich gerne an.« Isabel verspürte schon jetzt große Vorfreude.

Hanna lächelte, bevor sie sie weiterführte. »Dann ist es abgemacht.«

»Abgemacht.« Isabel versprach, Hanna ihre Handynummer zu geben. »Sag einfach Bescheid, wann es bei dir passt.«

»Okay.« Sie wandte den Blick nach rechts, als hätte sie ein Geräusch gehört.

Wieder einmal hatte Isabel ihn nicht kommen gehört. Aber sie freute sich, ihn zu sehen, als Nils in der Stallgasse auf sie zukam. Neben ihm lief Mari. »Ich habe deinen Hund vor weiteren Hundekuchenattacken meines Vaters gerettet«, sagte er.

Mari lief freudig zu Isabel. »Das ist aber nett von dir. Nur, ob Mari das wollte? Sie liebt Hundekuchen nämlich über alles.«

Er blieb neben ihnen stehen. »Und? Hat meine Schwester dich schon zu einem Ausritt genötigt?«

»Woher weißt du das?« Isabel musste lachen.

Hanna stemmte die Hände in die Hüften. »Hey, was soll das denn heißen? Ich nötige doch niemanden!«

»Also, ja. Ich wusste es …« Nils verdrehte die Augen.

Isabel zuckte die Schultern. »Also, ich habe mich über die *Nötigung* deiner Schwester gefreut und sie sehr gerne angenommen.« Sie lächelte Hanna an.

»Frauen.« Nils winkte ab. »Das Fahrrad ist übrigens wieder fertig.«

»Das ist ja super! Vielen Dank!«

Sie verließen den Stall und gingen zu Nils' Werkstatt, vor der das Fahrrad stand. Auf dem Weg dorthin trafen sie Opa Erk, der gerade einen irischen Wolfshund an der Leine führte und mit ausreichend Abstand an ihnen vorbeiging. Das musste Palau sein.

Zu Isabels Belustigung beobachtete Mari den großen Artgenossen fast verschüchtert.

»Das Fahrrad können Sie übrigens über Nacht mitnehmen«, rief er Isabel zu.

»Danke! Ich komme morgen im Geschäft vorbei!«

»Ich helfe mal meinem Opa mit Palau«, verabschiedete Hanna sich. »Wir sehen uns dann ganz bald zum Ausritt. Okay?«

»Okay!« Hastig schrieb Isabel noch ihre Nummer auf einen Zettel und reichte ihn Hanna.

Hanna steckte den Zettel ein und lief zu ihrem Großvater.

Isabel streichelte Mari beruhigend den Kopf. »So einen großen Hund hat sie bisher nicht gesehen.«

»Vielleicht freundet sie sich ja noch mit Palau an. Sie werden sich bestimmt bald wiedersehen«, kommentierte Nils doppeldeutig.

»Vielleicht«, erwiderte Isabel ebenso zweideutig, obwohl ihr klar war, dass nicht nur Mari und Palau sich früher oder später wieder über den Weg laufen würden. »Danke fürs Reparieren.«

»Aber gerne!« Aus funkelnden blauen Augen sah er sie an.

Isabel zwang sich, den Blick von seinem zu lösen. »Also, dann werden wir mal zurück zum Schipperhus fahren.«

»Fahr vorsichtig! Nicht dass jemand dich und Mari in der Dämmerung übersieht.«

»Mach ich«, versprach sie, stieg auf das Fahrrad und winkte ihm zum Abschied zu.

Auf dem Rückweg musste sie die ganze Zeit an Nils denken. Ihr war bewusst, dass sie sich zu ihm hingezogen fühlte, und überlegte, warum er sie nicht direkt nach einem Wiedersehen gefragt, sondern diese vage Doppeldeutigkeit vorgezogen hatte. Einerseits schätzte sie seine feine zurückhaltende Art, die ihr entgegenkam, andererseits meldeten sich in ihr Zweifel, ob sie ihm gefiel. Ob Zweideutigkeiten vielleicht die typische Art zu flirten in Nordfriesland war? Isabel verwarf den Gedanken, bevor sie das Schipperhus erreicht hatte. Schließlich hatte sie sich vorgenommen, erst mal einen großen Bogen um Männer zu machen.

7. Kapitel

Am nächsten Morgen trat Isabel aus dem Haus und blickte hoch in den blauen Winterhimmel. Das diesige Wetter war über Nacht verschwunden. Das bedeutete für sie: perfektes Radfahrwetter! Gut gelaunt ging sie mit Mari in den Garten hinter dem Schipperhus und zog die Holzschuppentür auf. Mari wartete artig vor dem Häuschen und beobachtete aufmerksam ein Eichhörnchen, das auf einem Ast im Kirschbaum saß. Am Abend zuvor hatte Isabel das Fahrrad im Flur des Nebengebäudes abstellen wollen, doch Frau Frerich hatte ihr einen Platz im Gartenschuppen angeboten.

»Neben unseren Rädern steht zwar allerhand Krempel rum, aber für ein Fahrrad mehr oder weniger ist noch ausreichend Platz«, hatte sie gesagt.

»Da ist es doch besser aufgehoben als im Flur«, pflichtete Frau Osterfeld ihrer Schwester bei.

Isabel war froh, dass der Sattel trocken war, rollte das Rad rückwärts aus dem Gartenhäuschen und erschrak.

»Entschuldigung, ich wollte Sie nicht aufscheuchen«, sagte Harms Frerich mit tiefer Stimme. Um seinen Hals hing eine elektrische Lichterkette, dessen Stecker er in der Hand hielt.

Isabel versuchte ihren Herzschlag zu beruhigen. »Halb so schlimm«, sagte sie. »Ich war gerade nur etwas in Gedanken und habe Sie nicht bemerkt … Aber bevor ich es vergesse: danke für die Brötchen und die Leckereien für Mari. Ich habe heute wieder eine Tüte und einen Knochen vor der Tür gefunden. Sie müssen mir unbedingt noch sagen, was ich Ihnen dafür schuldig bin.«

Harms Frerich nickte. »Sie sind mir dafür nichts schuldig. Das mache ich gerne. Ich gehe sowieso jeden Morgen zum Bäcker, nehme die Tageszeitung mit, und auf dem Rückweg komme ich bei Metzger Claußen vorbei. Früher habe ich dort für unsere Hunde auch die Knochen besorgt.«

Isabel lächelte. »Mari ist ganz verrückt danach.«

»Das freut mich. Mari ist auch wirklich ein feiner Hund.« Er streichelte ihren Kopf.

»Ich drücke Ihnen übrigens ganz fest die Daumen, dass Sie Ihre Frau noch von einem neuen Hund überzeugen können.« Harms Frerich musste es ihr nicht sagen, Isabel merkte auch so, wie groß seine Sehnsucht nach einem neuen Hund war.

»Ohne Hund ist das nix«, erklärte er und schüttelte den Kopf. »Für meine Frau auch nicht. Aber das gibt sie nicht zu. Ist ein bisschen ein Sturkopf, die Frau Frerich, aber mit Geduld und Spucke legt sich das irgendwann … Das hoffe ich zumindest.« Er lächelte. »Sie hat gestern schon gemeint, ich sollte mal einen Knochen für Mari mitbringen. Falls Sie sie sehen, dann war es die Idee meiner Frau. Ich habe ihr nämlich nichts davon erzählt, dass ich das längst mache.«

»Okay, dann weiß ich Bescheid.« Isabel musste schmunzeln. So war das also. Herr Frerich hatte Geheimnisse vor seiner Frau und umgekehrt vermutlich auch.

»Aber ich möchte Sie auch gar nicht länger aufhalten, Sie haben ja bestimmt etwas vor.«

»Ich wollte zum Fahrradladen und danach ein paar Besorgungen im Supermarkt machen.« Sie deutete auf die Lichterkette. »Sie scheinen etwas Spannenderes vorzuhaben?«

Er zuckte eine Schulter. »Die Lichter müssen vor Weihnachten noch an die große Tanne, sonst spricht meine Frau Heiligabend nicht mit mir.«

»Dann mal frohes Schaffen.«

»Danke und Ihnen gute Fahrt. Vielleicht sehen wir uns später noch«, sagte Herr Frerich. Zum Abschied tätschelte er noch einmal Maris Kopf.

»Bis später!«, rief sie, bevor er zu der Tanne geschlendert war, die in der Nähe des Gartenzauns wuchs. Isabel schob das Rad vom Grundstück der Frerichs, leinte Mari an und fuhr dann los.

* * *

Wenig später lehnte Isabel das Fahrrad gegen die rot verklinkerte Hausfassade und spähte durch ein Fenster in den Laden. Nanu? Was war denn da los? Mehrere Kinder standen im Kreis um ein Rad, das umgedreht war und auf Lenker und Sattel stand. Sie blickten konzentriert auf die Stelle, an der sich normalerweise das Hinterrad befand.

Ursprünglich wollte Isabel die Tagesmiete für ihr Rad bezahlen, doch das, was sie sah, machte auf sie den Eindruck einer geschlossenen Gesellschaft. Vermutlich war es nicht der richtige Zeitpunkt, um einfach den Laden zu betreten und zu stören. Isabel wollte sich gerade abwenden, als sie Nils' Kopf zwischen den Kindern ausmachte und ihr Herz unweigerlich einen Hüpfer tat. Um diese Uhrzeit hätte sie mit seinem Großvater gerechnet, seltsam.

Doch sie konnte nicht anders, als wie gebannt dazustehen und Nils zu beobachten. In einer Hand hielt er einen Schlauch und in der anderen einen Stift, mit dem er auf eine bestimmte Stelle des Gummis zeigte. Dann ging sein Blick mit einem Mal zum Fenster. Als er Isabel sah, winkte er sie zu sich in den Laden.

»Na gut, wir gehen da mal rein«, sagte sie zu Mari und drückte schon die Tür zum Ladeninneren auf. Dann blieb Isabel jedoch ein paar Schritte vom Eingang entfernt unschlüssig stehen.

»Tamina und Keno versuchen jetzt das Loch zu flicken, und ihr passt bitte auf, ob sie alles richtig machen.« Nils drückte einem Mädchen und einem Jungen den Fahrradschlauch und Werkzeug in die Hand. Die Hände in den Hosentaschen, kam er anschließend lächelnd auf Isabel und Mari zu. »Hi.«

Mari sprang freudig schwanzwedelnd an ihm hoch. Nils streichelte ihren Kopf.

»Hi.« Sie schaute an ihm vorbei zu den Kindern. »Betreibst du hier also auch noch Nachwuchsförderung?«

Er hielt ihren Blick mit seinen tiefblauen Augen fest. »So in der Art. Einmal im Monat gebe ich einen Reparaturkurs für die Patienten der hiesigen Kinderklinik. Dabei frischen wir auch ein bisschen die Verkehrserziehung der Kids auf und treffen uns dann am jeweils darauffolgenden Wochenende zu einer kleinen Radtour.« Er kraulte Maris Brust.

»Wow, das finde ich super!« Sie schaute zu den Kindern, die sich eifrig bemühten, den Schlauch zu flicken. »Den Kids scheint es Spaß zu machen.«

Nils lächelte. »Die meisten sind mit Begeisterung dabei. Ein netter Nebeneffekt ist, dass meine Fahrradkurse sie ein bisschen von ihren Problemen ablenken und für eine Weile vergessen lassen, weshalb sie eigentlich in der Kurklinik sind.«

»Was haben die Kinder denn für gesundheitliche Beschwerden?«, wollte Isabel wissen.

»Ganz Verschiedenes. Das geht von Lungen- und Hauterkrankungen über orthopädische und psychosomatische Beschwerden bis hin zu Stoffwechselstörungen«, zählte er auf.

Isabel seufzte. »Alles nicht schön. Die armen Kleinen. Aber bei dir sind sie ja in den besten Händen.«

Sein offenes Lächeln nahm ihr fast den Atem. »Das hoffe ich jedenfalls.«

»Nils!«, rief ein Junge.

Sofort drehte er sich zu ihm um. »Was ist denn, Keno?«

»Ich glaube, wir haben den Schlauch fertig«, sagte der Kleine stolz.

»Alles klar. Ich komme sofort.« Er wandte sich wieder Isabel zu. »Aber du wolltest sicherlich auch etwas Bestimmtes, oder?«

»Ich?«, fragte Isabel, die prompt vergessen hatte, was sie eigentlich hier wollte.

»Ja, weswegen du hergekommen bist.«

»Ach so. Natürlich.« Sie zog einen Geldschein aus ihrem Portemonnaie und überreichte ihn Nils. »Ich wollte die Tagesmiete für das Rad bezahlen.«

Er nahm den Schein an und steckte ihn in seine Tasche. »Danke. Ich sage meinem Opa Bescheid, wenn er wieder da ist.«

Isabel nickte wissend. »Hat er mal wieder was vor?«

»Genau so ist es.«

»Niiiiils«, riefen die Kinder nun im Chor.

Entschuldigend nickte er ihr zu. »Sorry, aber ich muss mich jetzt wirklich um die Rasselbande kümmern.«

»Kein Problem! Wir sehen uns bestimmt wieder.« Sie warf ihm zum Abschied ein letztes Lächeln zu, dann verließ sie zusammen mit Mari den Laden.

* * *

Ihre Einkäufe hatten zum Glück in die beiden Jutebeutel gepasst, die Isabel eingepackt hatte. Diese hingen nun an den Lenkerbügeln, während Isabel das Rad schob. Sie war noch nicht weit gekommen, als ihr Handy klingelte.

Hastig nahm sie die Beutel vom Fahrradlenker und

stellte sie auf dem Fußgängerweg ab. Mari steckte sogleich ihren Kopf in eine der Taschen und inspizierte den Inhalt. Kopfschüttelnd lehnte Isabel das Rad gegen einen Baum und griff nach dem Handy in ihrer Jackentasche.

Der Anrufer hatte seine Nummer unterdrückt. Normalerweise ignorierte sie anonyme Anrufe, weil sich meistens Werbeanrufe dahinter verbargen. Aber es konnte rein theoretisch auch Frau Osterfeld sein, die vom Festnetzanschluss ihrer Schwester aus anrief. Sie hatte ihrer Nachbarin vor geraumer Zeit für den Fall der Fälle ihre Nummer gegeben, weil es sonst niemanden gab, den sie im Notfall hätte anrufen können. Isabel nahm das Gespräch entgegen. »Hallo?«

»Ja, hallo! Hier ist Hanna. Störe ich gerade?«, erklang die Stimme von Nils' Schwester.

»Hallo, Hanna. Nein, überhaupt nicht. Ich war gerade einkaufen und bin jetzt auf dem Weg zum Schipperhus. Davor war ich im Fahrradladen und habe deinen Bruder inmitten einer Kinderschar überrascht.«

Hanna lachte leise. »Sein berühmter Reparaturkurs. Ich möchte nicht wissen, wie viele Kinder nach seiner Unterweisung ihren Eltern beigebracht haben, wie man einen Fahrradschlauch flickt. Du musst nämlich wissen, er ist da sehr pingelig, und die Kinder bekommen erst ihr Fahrradflickdiplom, wenn jeder Handgriff perfekt sitzt.«

Isabel ging in die Hocke, um Maris Kopf aus der Tasche zu ziehen. »Fahrradflickdiplom? Das meinst du doch nicht etwa ernst.«

»Und ob! Da kennst du meinen Bruder schlecht. Als Logo ist auf den Zertifikaten eine Luftpumpe, die einen erhobenen Daumen zeigt.«

Isabel musste laut lachen und richtete sich wieder auf. »Wie originell.«

»Ja, nicht? Aber das ist nicht der Grund für meinen Anruf. Bei dem schönen Wetter möchte ich nachher einen Ausritt machen und wollte dich fragen, ob du spontan mitkommen möchtest.«

»Oh, total gerne! Ich müsste nur schauen, wo ich Mari in der Zwischenzeit lassen kann. Allein in der Ferienwohnung wäre keine so gute Idee, ich habe sie gerade aus meiner Einkaufstasche gezogen, sozusagen.«

»Bring sie doch mit. Sie kann bei uns im Gutshaus bleiben. Meine Mutter freut sich bestimmt, wenn sie Mari bespaßen kann. Sollen wir gegen drei auf unserem Hof sagen?«

Isabel freute sich. »Drei klingt gut.«

»Okay, dann machen wir das so. Reitsachen kannst du übrigens von mir bekommen. Wir müssten ungefähr die gleiche Größe haben.«

»Perfekt! Dann bis später.«

»Bis dann!«

Isabel beendete das Gespräch, hängte fröhlich die Einkaufstaschen wieder an den Lenker und schob das Fahrrad die Straße entlang.

Vor dem Schipperhus entdeckte sie einen Mann. Er stand mit dem Rücken zu ihr vor der Eingangstür des Haupthauses. Als Mari erfreut bellte und der Mann sich zu ihnen umdrehte, lächelte Isabel breit.

»Na, was für eine Überraschung!«, sagte Isabel, als sie neben ihm zu stehen kam. »Ich war vorhin im Fahrradladen und habe die Tagesmiete bei Nils abgegeben. Gerade habe ich noch mit Hanna telefoniert, und nun treffe ich Sie. Ihre Familie scheint mich fast zu verfolgen. Aber in einem guten Sinn.«

»Moin! Ich dachte, ich schau hier mal vorbei.« Opa Erk wirkte ein wenig verlegen.

Erst jetzt fiel Isabel auf, dass er einen Blumenstrauß in der Hand hielt. »Rosen, Nelken, Laternenblumen, Ranunkeln, Gerbera und Chrysanthemen«, zählte sie auf. »Die sind aber hübsch!«

Zweifelnd betrachtete er den Strauß. »Ich habe mich ganz auf die Fachkompetenz der Floristin verlassen. Blumen sind nicht unbedingt mein Spezialgebiet.«

»Ich bin mir sicher, Frau Osterfeld wird begeistert sein.« Isabel hielt einen Moment inne. »Die Blumen sind doch für Frau Osterfeld, oder?«

Opa Erk nickte und blickte unschlüssig zur Tür. »Ich klingle dann jetzt mal«, verkündete er und klang dabei, als spräche er sich noch selbst Mut zu.

Doch das war kaum nötig. Denn im nächsten Moment wurde die Tür von innen geöffnet, und Frau Frerich trat heraus. »Guten Tag, Erk«, sagte sie, als hätte sie ihn erwartet.

»Moin, Jule.«

»Das war ja wohl nur eine Frage der Zeit, bis es dich zu uns verschlägt.« Sie lächelte ihn milde an.

»Stimmt.«

»Was für schöne Blumen.« Frau Frerich drehte sich um und rief ins Haus. »Helma! Besuch für dich!«

»Ich werde dann mal«, sagte Isabel. Das Wiedersehen von Frau Osterfeld und Nils' Opa erschien ihr doch eine Spur zu persönlich für eine Außenstehende. Sie ging mit Mari zum Fahrradschuppen. Als sie sich umblickte, überreichte Opa Erk ihrer Nachbarin gerade die Blumen. Sogar aus der Entfernung erkannte Isabel, wie gerührt Frau Osterfeld von der Geste war – und auch, dass Opa Erk die Begegnung nicht kaltließ.

8. Kapitel

Mari lief mit heraushängender Zunge neben dem Fahrrad her. Sie liebte ausgiebige Touren und kam in St. Peter-Ording ganz auf ihre Kosten. Auf halber Strecke zum Gutshof der Friedrichs wollte Isabel sich mit dem Handy vergewissern, dass sie sich nicht verfahren hatte, stellte dann aber fest, ihr Handy gar nicht eingesteckt zu haben. Es musste noch auf dem Wohnzimmertisch liegen. Unbeirrt setzte sie mit Mari ihren Weg fort. Als Isabel an dem Haubarg vorbeikam, wusste sie, dass es nicht mehr weit war. Und wenig später fuhr sie dann tatsächlich schon durch die Hofeinfahrt.

Hanna kam ihr schon winkend entgegen. In ihrer rechten Hand hielt sie ihr Telefon. »Ich habe die ganze Zeit versucht dich zu erreichen«, sagte sie mit geröteten Wangen.

»Ich habe mein Handy in der Ferienwohnung liegen gelassen.« Isabel stieg vom Rad ab und blieb vor Hanna stehen.

»Ach, so was Dummes!«

»Wieso? Was ist denn?«

»Linna hat ein Hufeisen verloren, und nun lahmt sie. Ich habe es vorhin erst festgestellt und gleich den Hufschmied angerufen. Er ist aber noch auf einem anderen Hof in Katharinenheerd, wo er drei Pferde beschlägt. Danach kommt er hierher. Allerdings weiß ich nicht, ob es dann heute mit unserem Ausritt noch klappt, weil ich mich zuerst darum kümmern muss, dass Linna gut versorgt wird.« Entschuldigend sah sie Isabel an.

»Na, hör mal! Das ist doch klar! Das Wohlergehen des Pferdes steht an erster Stelle. Wir können unseren Ausritt gerne verschieben. Der läuft uns ja nicht weg.«

»Aber du hast dich schon so darauf gefreut, und dann das schöne Wetter«, sagte Hanna ein wenig zerknirscht. »Und nun muss ich dir so kurzfristig absagen. Das ist einfach ärgerlich!«

Verständnisvoll lächelte sie Hanna an, auch wenn sie tatsächlich ein wenig enttäuscht war. »Darauf hattest du doch keinen Einfluss. Und wir können uns doch für einen anderen Tag verabreden …«

In diesem Moment bellte Mari plötzlich aufgeregt und schoss quer über den Hof.

Irritiert sah Isabel ihrer Hündin nach. »Was hat sie nur?«

Da öffnete sich die Tür zur Werkstatt, und Nils kam heraus. In den Händen hielt er eine Holzkiste und lachte, als Mari vor ihm abbremste und sich auf die Hinterbeine stellte, um ihn zu begrüßen. Nachdem er die Kiste auf den Boden gestellt hatte, begrüßte er Mari ausgiebig.

Hanna grinste. »Mein Bruder scheint einen neuen Fan zu haben.«

»Stimmt. Anscheinend hat Mari an ihm einen Narren gefressen.«

Hanna zog die Augenbrauen hoch. »Warum auch immer. Da versteh mal einer die Tiere.«

Isabel schüttelte den Kopf. »Dabei hat sie ihn doch vorhin erst im Fahrradladen gesehen. Hat er immer ein Stück Wurst in der Tasche?«

Hanna sah aus, als würde sie das ernsthaft in Erwägung ziehen. Dann lachten sie beide.

Nils kam zu ihnen, und Mari trottete neben ihm her. »Na, so was. Da sehen wir uns heute schon zum zweiten Mal.« Er grinste Isabel an.

»Wie ist dein Kurs gelaufen? Sind die Kids jetzt fit im Reifenflicken?«, fragte Isabel.

»Definitiv. Deswegen bekommen sie beim nächsten Mal auch eine kleine Erinnerung an den Kurs von mir geschenkt. Schau mal.«

Isabel warf einen Blick auf den Inhalt der Kiste. »Nein, sind die niedlich!« Sie griff hinein und holte einen Schlüsselanhänger heraus, an dem ein hölzernes Miniaturfahrrad befestigt war. »Hast du die selbst gemacht?«

»Jap. Alles Marke Eigenbau. Der Lenker und die Räder sind sogar beweglich.«

Isabel drehte mit einem Finger am Vorderrad des Schlüsselanhängers. »Toll!«

»Kannst gerne einen behalten«, bot er ihr an.

»Da sage ich nicht Nein. Danke.« Isabel freute sich über seine nette Geste. Überhaupt, er gefiel ihr immer besser.

Zumindest musste sie in seiner Gegenwart so gut wie nie an Jens denken. Nils bedeutete den perfekten Urlaub für sie.

»Dann lasst euch mal nicht von mir aufhalten. Ihr wollt doch bestimmt ausreiten?«, vermutete er.

»Stimmt. Das wollten wir eigentlich«, meinte Hanna und seufzte missmutig. »Bis Linna plötzlich anfing zu lahmen und ich festgestellt habe, dass sie ein Eisen verloren hat. Jetzt warte ich auf den Hufschmied. Deswegen wird es heute nichts mit dem Ausritt.«

Nils blickte zum Himmel. »Dabei ist das Wetter wirklich ideal für einen flotten Strandgalopp.«

»Hast du etwa Lust auf einen Ausritt?«, fragte Isabel halb im Scherz.

»Wieso nicht?« Er legte den Kopf schief. »Das heißt, wenn du mit mir ausreiten möchtest?«

»Du kannst reiten?«, fragte Isabel etwas skeptisch.

»Natürlich. Sogar fast so gut, wie ich Fahrrad fahre.«

»Das stimmt«, bestätigte Hanna. »Wir sind beide gewissermaßen auf dem Rücken der Pferde groß geworden. Als wir Schulkinder waren, hat uns unsere Oma Hede oft mit der Kutsche von der Schule abgeholt. Und nach den Hausaufgaben haben wir von ihr Reitunterricht bekommen. Sie war eine Pferdenärrin, wie sie im Buche steht. Leider ist sie inzwischen verstorben.«

»Also, was ist?«, fragte Nils und sah Isabel warm an. »Mein Angebot steht.«

»Von mir aus gerne.«

»Ich passe dann auf Mari auf«, bot Hanna an. »Unser Vater ist mit Palau unterwegs und kommt bestimmt erst gegen Abend zurück. Mutti backt Plätzchen.«

»Okay. Ich bringe nur noch schnell die Schlüsselanhänger ins Haus. Dann kann es von mir aus gleich losgehen.«

»Wir gucken in der Zwischenzeit nach einer Reithose für dich«, schlug Hanna vor und hakte Isabel unter.

Tatsächlich war Nils ein hervorragender Reiter. Er ritt mit dem Friesen Neptun sicher und routiniert voran, sodass Isabel sich neben ihm wie eine blutige Anfängerin fühlte. Doch wie versprochen durfte sie Noorder reiten, und der war tatsächlich das liebste Pferd, das sie bisher kennengelernt hatte.

»Wir sind schon in der Nähe vom Deich«, rief er ihr über die Schulter zu. »Danach geht es weiter Richtung Böhler Strand.«

»Oh, toll! Dürfen wir denn mit den Pferden überhaupt bis ans Meer?«, fragte Isabel. Hanna hatte recht gehabt, sie hatten dieselbe Kleidergröße. Die Reithose saß so gut, als wäre es ihre eigene, und sogar passende Reitstiefel hatten sie für sie gefunden.

Verschmitzt lachte Nils. »Aber selbstverständlich. Der Strandabschnitt zwischen Böhl und Dorf ist offizielles Reitgebiet und beginnt gleich hinter dem Deich.«

»Das ist schon ein wenig aufregend. Ich bin noch nie am Meer geritten, weißt du?«, gab Isabel zu, als sie die Strandüberfahrt Böhl hinter sich gelassen hatten.

Nils parierte Neptun durch und wartete, bis sie aufgeschlossen hatte. »Dann wird es höchste Zeit, das nachzuholen. Ausritte am Meer sind mit das Schönste, was es gibt.« Er lächelte sie mit einer derartigen Offenheit an, dass Isabel sich von Wärme durchflutet und ganz leicht fühlte.

»Im Sommer stelle ich es mir hier traumhaft vor. Mit den Pferden am Strand, die Sonne auf der Haut und den salzigen Geruch des Meeres in der Nase. Das ist bestimmt Urlaubsfeeling pur.«

»Ist es! Wobei ich finde, dass jede Jahreszeit ihren besonderen Charme hat. Im Winter hat man den ganzen Strand für sich. Im Sommer muss man schon aufpassen, dass einem keine Reitgruppe in die Quere kommt.«

Sie ritten durch frostige Salzwiesen, an deren Ende sich majestätisch ein Pfahlbau erhob. Isabel genoss den Blick über die blaue Nordsee und die Weite des Strands. Sie atmete die kalte salzige Luft tief ein und spürte eine seltene innere Leichtigkeit aufkommen. Ihr war bewusst, wie wohl sie sich in Nils' Gegenwart fühlte, und war fast ein bisschen glücklich, dass sie so unverhofft mit ihm Zeit verbringen konnte. Er übte eine starke Anziehungskraft auf sie aus und vermittelte ihr eine herrliche Unbeschwertheit. Insgeheim wünschte sie sich, dass dies auf Gegenseitigkeit beruhte und seine heitere Art nicht ausschließlich auf Freundschaft gründete.

Sie ritten im lockeren Trab über die Sandbank und kamen an Pfahlbauten vorbei. »Hier stehen ja auch diese Holzhütten. Die sind mir schon in Ording aufgefallen. Für was werden sie eigentlich gebraucht?«, erkundigte sie sich.

»Die Pfahlbauten werden für verschiedene Dinge genutzt. Es gibt insgesamt fünf Restaurants in ihnen, dann noch WCs, Umkleiden, und auch die Badeaufsicht hat ihre Pfahlbauten am Strand. Sie sind übrigens das Wahrzeichen von St. Peter-Ording, der erste wurde 1911 eröffnet«, erzählte Nils.

»Wow! Hanna hat mir gar nicht verraten, dass du auch ein hervorragender Fremdenführer bist.«

»Tja, bei mir kann man nicht nur Reifenflicken lernen.« Er grinste sie schief an. »Den Fremdenführer gebe ich übrigens auch nur für ganz besondere Menschen.« Er zwinkerte ihr zu.

»Dann darf ich mich jetzt geehrt fühlen.« Isabel sah ein wenig verlegen zur Seite.

»Lass uns mal langsam wieder Richtung Festland reiten, bevor die Flut einsetzt«, sagte Nils und trieb Neptun an.

* * *

Als sie den Deich hinter sich gelassen hatten und auf der Höhe des alten Haubargs angekommen waren, dämmerte es bereits, ein kräftiger Wind zog auf.

»Meine Güte, das wird ja ein richtiger Sturm.« Isabel beugte ihren Oberkörper tiefer über Noorder.

Nils blickte zu den Baumkronen, in denen die Blätter raschelten. »Ja, ein schönes frisches Windchen ist das. Wenn du magst, können wir einen Zwischenstopp im Haubarg einlegen. Die Pferde können so lange in den Stallungen untergebracht werden, bis sich das Wetter wieder beruhigt hat. Ich könnte uns einen Tee machen und dir den alten Hof zeigen«, schlug er vor.

»Die Einladung nehme ich gern an. Einen heißen Tee könnte ich nämlich gut vertragen. Ich bin ziemlich durchgefroren.« Sie spürte ihre Füße vor Kälte kaum noch in den Reitstiefeln. Wenigstens trug sie Handschuhe, die ihre Finger schön warm gehalten hatten.

Nils brachte die Pferde in den Stall, der an den ehemaligen Bauernhof angrenzte, und versorgte sie mit Wasser und Heu. Danach schloss er die Tür des alten Bauwerks auf. Sie gingen hinein, und Isabel schaute sich um. Obwohl die Restaurationsarbeiten des reetgedeckten Hauses noch nicht abgeschlossen waren, überkam sie gleich ein heimeliges Gefühl.

»Sogar einen offenen Kamin gibt es«, bemerkte sie staunend.

»Der ist allerdings momentan nicht funktionstüchtig. Erst muss ein Schornsteinfeger zum Großreinemachen kommen. Vermutlich findet er dann Vogelnester aus den letzten hundert Jahren. Wenn das mal alles fertig ist, kann man es sich hier an knackig kalten Winterabenden mit einem heißen Grog gemütlich machen und den Flammen beim Tanzen zuschauen.« Er ging in eine kleine provisorische Kochnische und setzte Wasser in einem Kocher auf.

»Gehört das Haus denn dir?«, wollte Isabel wissen.

»Dagegen hätte ich nichts.« Nils kam zu ihr. »Ein alter Schulfreund hat es vor Jahren geerbt und seitdem keine Verwendung dafür gehabt. Bisher durften wir die Stallungen für unsere Pferde nutzen, deswegen sind die Boxen auch eingestreut, und es gibt Heuvorräte. Vor ein paar Monaten hat mein Kumpel mir dann grünes Licht gegeben, das Haus zu restaurieren, nachdem ich ihn bekniet hatte, aus dem Anwesen endlich was zu machen. Der Haubarg ist viel zu schade, um ihn verfallen zu lassen.«

»Hatte er selbst keine Lust auf Renovierungsarbeiten? Aus dem Haus kann man doch bestimmt prima Ferienunterkünfte machen«, überlegte Isabel.

Nils strich sich durch das blonde kurze Haar. »Ganz so leicht ist es nicht mit dem Renovieren. Sonst hätte er es vermutlich längst in Angriff genommen. Der Haubarg ist über dreihundertzwanzig Jahre alt und steht unter Denkmalschutz. Solche Gebäude unterliegen vielen rechtlichen Auflagen, deshalb erfordert es eine besondere Planung, wenn sie saniert werden. Das Haus soll im Gesamtbild erhalten bleiben. Selbst vermeintliche Kleinigkeiten wie Außenbeleuchtungen, Zäune oder Bewegungsmelder können untersagt werden.«

»Verstehe. Dann hat er dich also als Fachmann engagiert?« Isabel strich bewundernd über ein kunstvolles Buntglasfenster, das in eine Tür eingearbeitet war.

»Könnte man so sagen.« Inzwischen war das Wasser fertig, und sie gingen zum Wasserkocher.

»Das erspart deinem Freund bestimmt viel Stress bei der Sanierung.«

»So soll es sein.« Er stellte zwei Tassen neben den Kocher und nahm aus einem Karton zwei Teebeutel. »Du magst doch Kräutertee?«

»Gerne.«

Nils reichte ihr eine Tasse Tee und führte Isabel anschließend durch die weiteren Räumlichkeiten des Haubargs. An einer Stelle blieb er stehen und deutete zur Decke. »In vielen Teilen des Hofes sind noch die ursprünglich erhaltenen Deckenbalken. Faszinierend, was das damals für eine Wertarbeit gewesen ist.«

»Ja, wirklich.« Isabel blickte ihn von der Seite an. Insgeheim war sie weitaus mehr von ihm fasziniert als von irgendwelchen rustikalen Balken. Während des Rundgangs fühlte sie förmlich ein Knistern zwischen ihnen in der Luft. Doch sie war zu zurückhaltend, um einen Schritt auf ihn zuzugehen.

»Gehörte dieses Haus denn der Familie deines Schulfreundes?« Sie blieben vor dem Treppenaufgang stehen.

Er nickte. »Seine Tante, die Schwester seiner Mutter, hat hier bis zu ihrem Tod gewohnt. Und davor war der Hof auch schon immer in Familienbesitz. So wie bei uns. Mit eigenen Händen gebaut, damit die Familie immer ein Dach über dem Kopf hat.«

»Das finde ich schön. So ein richtiges Familienzuhause.

Nicht nur eine angemietete Wohnung, die alle paar Jahre den Mieter wechselt. Das ist irgendwie traurig und seelenlos.«

»Bist du als Kind mit deinen Eltern oft umgezogen?«, fragte er einfühlsam.

Isabel schüttelte den Kopf und spürte einen Kloß im Hals. »Nein, ich bin als Kind nicht umgezogen. Meine Kindheit habe ich in einem Heim verbracht. Meine Mutter hat mich ziemlich direkt nach der Geburt ins Kinderheim gebracht. Mit achtzehn bin ich dann in meine erste eigene Wohnung gezogen und hatte dort zum ersten Mal ein Zimmer für mich ganz allein. Ein richtiges Zuhause mit der Familie habe ich leider nie gehabt.«

»Oh, das tut mir leid«, erwiderte Nils bestürzt. »Ich hoffe, ich bin dir mit meiner Frage nicht zu nahegetreten. Ich hatte ja keine Ahnung …«

»Nein, schon gut. Du konntest es ja nicht wissen.« Sie trank einen Schluck Tee. »Ich beneide dich wirklich um deine tolle Familie. Das hätte ich mir auch so sehr gewünscht. Leider kenne ich meine Eltern bis heute nicht.«

»Ich weiß gar nicht, was ich sagen soll.« Nils hockte sich auf eine Treppenstufe und bedeutete Isabel, sich neben ihn zu setzen. Er blickte sie eine Weile schweigend an und nahm dann ihre Hand in seine. »Ich möchte, dass du eines weißt: Du bist auf unserem Gutshof immer willkommen. Wir können deine Familie natürlich nicht ersetzen, aber vielleicht können wir dich trotzdem ein wenig in unsere aufnehmen.«

Isabel merkte, wie Tränen in ihre Augen traten. Sie konnte in dem Moment nichts sagen, sondern nur nicken. Vermutlich war es das Schönste, was jemals jemand zu ihr gesagt hatte. Sie verspürte eine unendliche Dankbarkeit dafür, nichts sagen zu müssen. In dem Augenblick wollte sie einfach nur mit Nils auf der Treppe sitzen und ihre Hand in seiner spüren.

9. Kapitel

»Warten Sie! Ich helfe Ihnen!« Isabel warf ihre Umhängetasche in den Fahrradkorb und lief los. Dicht gefolgt von Mari, die ihren Sprint offensichtlich für ein neues Spiel hielt. Auf dem Pflasterweg, der durch den Vorgarten zum Schipperhus führte, rackerte sich Frau Frerich mit einem Kasten Wasserflaschen ab. »Die Getränke sind doch viel zu schwer für Sie«, sagte Isabel, als sie bei ihr angekommen war, und nahm ihr die Box ab.

»Das ist aber lieb von Ihnen. Ich war mit dem Auto in Böhl einkaufen und dachte, ich schaffe das mit dem Wasserkasten auch alleine. Sonst macht mein Mann das immer, aber heute früh ist er mit einem Bekannten nach Flensburg gefahren. Ich wollte nicht so lange warten, bis er wiederkommt. Das kann nämlich spät werden.« Sie schloss die Haustür vom Schipperhus auf, und Isabel stellte den Wasserkasten in der Diele ab.

»Vielen Dank! Sie haben mich wahrscheinlich vor bösen Rückenproblemen bewahrt.«

»Gern geschehen. Ich muss mich bei Ihnen aber auch noch bedanken.«

Frau Frerich runzelte die Stirn. »So? Wofür denn?«

»Im Namen von Mari für die leckeren Knochen und in

meinem für die Brötchentüte, die jeden Morgen vor meiner Tür liegt. Das ist wirklich ganz lieb von Ihnen.«

»Das machen mein Mann und ich doch gerne. Meine Schwester hat mir erzählt, dass Sie sich immer so nett um sie kümmern, den Flur putzen und ihr die Post vor die Wohnungstür legen.«

Isabel winkte ab. »Ach, das ist nicht der Rede wert. Aber sagen Sie: Wo ist Frau Osterfeld eigentlich? Ich bekomme sie ja kaum mehr zu Gesicht, seit wir hier sind.«

»Das weiß ich gar nicht. Sie ist vorhin weggegangen, weil sie eine Sache erledigen wollte. Was genau, hat sie nicht gesagt.« Frau Frerich hob die Schultern.

»Kann ich Ihnen noch beim Tragen helfen?«, fragte Isabel.

»Nein, danke. Den Rest schaffe ich alleine.« Sie lächelte und ging dann wieder zu ihrem Auto, das sie am Straßenrand geparkt hatte. Dort nahm sie eine Einkaufstasche aus dem Kofferraum und brachte sie ins Haus.

Isabel ging zurück zu ihrem Leihrad, hängte sich die Tasche wieder um, stellte sicher, dass Mari da war, und schob das Fahrrad auf den Bürgersteig. Bevor sie sich in den Sattel schwang, entdeckte sie im Nachbargarten wieder den Jungen, diesmal zusammen mit einer Frau. Der Kleine zeigte auf Mari und sagte etwas zu der Frau.

Isabel blieb stehen und winkte ihnen zu. »Hallo«, rief sie dem Jungen zu. »Möchtest du meinen Hund einmal streicheln? Mari ist ganz lieb.« Der Junge blickte erschrocken zu ihr herüber, für einen Moment wirkte er wie erstarrt. Dann versteckte er sich wieder hinter dem Baum.

»Oje! Ich wollte ihn nicht verjagen.«

Die Frau kam in ihrem roten Anorak zu ihr an den Zaun und strich sich eine dunkle Haarsträhne hinters Ohr. »Machen Sie sich keine Sorgen, mein Sohn ist ein wenig eigen. Er hat Schwierigkeiten, mit Fremden in Kontakt zu treten. Ich bin übrigens Susanne Peters, Milos Mutter.«

»Guten Tag, ich bin Isabel Poertgen.«

»Ah, ich habe Sie doch schon von Weitem gesehen. Wohnen Sie im Schipperhus?«

»Ja, genau. Ich habe vor Kurzem die Ferienwohnung im ersten Stock bezogen. Zusammen mit meinem Hund.« Isabel schaute neben sich, aber Mari war nicht mehr da. »Nanu? Wo ist sie denn?«

»Da vorne.« Frau Peters deutete auf eine Stelle am Zaun, die ein paar Meter von ihnen entfernt war. Während sie miteinander gesprochen hatten, war der Junge unbemerkt aus seinem Versteck gekommen und hatte sich Mari auf der anderen Seite des Zauns genähert. Die Hündin hatte ihre Schnauze neugierig durch die Zaunpfeiler geschoben. Mari und Milo blickten sich an.

»Na, das haut mich ja glatt vom Hocker. Dass mein Sohn so gut auf Ihren Hund reagiert, hätte ich nicht gedacht.«

»Mag er denn sonst keine Hunde? Oder Tiere im Allgemeinen?«, fragte Isabel.

Wieder strich sie sich eine Haarsträhne aus dem Gesicht, die der Wind aus ihrem Pferdeschwanz gelöst hatte. »Das ist es nicht. Tiere interessieren ihn schon sehr, aber eher auf Abstand. Er beobachtet viel, handelt und redet jedoch wenig.«

Isabels berufliche Neugier war geweckt. »Spricht er denn mit Ihnen?«

»Oh ja. Mit mir und meinem Mann redet er ganz normal. Manchmal sogar wie ein Wasserfall. Zu Hause kann er ganz klar sagen, was er will und was nicht. Doch sobald er einen Schritt vor die Haustür gemacht hat, im Kindergarten, in Geschäften oder bei Begegnungen mit anderen Kindern und Erwachsenen, verstummt Milo. Er ist dann wie erstarrt. Sein Sprachrohr in der Welt sind wir, seine Eltern. Wir managen alles für ihn. Sein Kinderarzt meint, wir wären Milos sicherer Hafen. Sogar vor seinen Großeltern versteckt er sich in seinem Kinderzimmer, wenn sie zu Besuch kommen. Stellen Sie sich das mal vor!«

Isabel schaute wieder zu ihrem Hund und dem Jungen. Milo stand nach wie vor unbeweglich vor Mari und schaute sie bloß an. »Hat der Arzt denn festgestellt, warum sich Ihr Sohn so verhält?«

Frau Peters nickte. »Die Diagnose lautet Selektiver Mutismus. Das ist eine Form von Kommunikationsstörung. Deswegen ist es für mich gerade ganz toll zu sehen, wie gut Milo auf Ihren Hund reagiert. Normalerweise verhält er sich misstrauisch bis ängstlich, wenn ein Hund oder ein anderes Tier ihm zu nahe kommt. Das bedeutet für ihn schon eine ganze Menge, wenn er sich einem Tier so stark nähert.«

»Das kann ich gut nachvollziehen.« Isabel erzählte ihr, dass sie Ergotherapeutin war und bei solchen Fällen gute Erfahrungen mit einer Tiertherapie gemacht hat.

Erfreut lächelte Frau Peters sie an. »Na, so ein Zufall aber auch!«

»Und Mari ist sogar ein ausgebildeter Therapiehund. Leonberger wie sie haben ein feines Gespür für Ängste. Gerade bei Kindern. Wenn Sie möchten, kommen Mari und ich demnächst mal zu Besuch in Ihrem Garten vorbei. Dann können wir sehen, ob Ihr Sohn und Mari sich anfreunden.«

»Das wäre ganz wunderbar … Ich meine, wenn Sie das machen würden? Was für ein Glücksfall für uns!«, rief Frau Peters. »Eine Tiertherapie haben wir bisher noch gar nicht in Betracht gezogen.«

Isabel versprach, bald mit Mari vorbeizuschauen, und verabschiedete sich von Frau Peters. Nachdem sie Mari zu sich gepfiffen hatte, leinte sie sie an und fuhr mit ihr zum Marktplatz, auf dem unweit von der St.-Peter-Kirche ein Wochenmarkt stattfand.

Dort machte sie ihr Rad an einer Laterne fest und nahm Mari an die kurze Leine. Sie wollte an den Marktbuden nach einem kleinen Geschenk für Kati schauen, das sie ihr bei ihrer Rückkehr als Dankeschön fürs Pflanzengießen überreichen wollte. An einem Stand wurden allerhand CDs angeboten. Isabel entdeckte sogar Jens' Lieblings-CD, ging dann aber schnell weiter, um nicht an alte Zeiten erinnert zu werden.

Aus einem Lautsprecher erklangen instrumentale Weihnachtslieder, die auf einer Panflöte gespielt wurden. Neben den gängigen Verkaufsständen mit Obst und Gemüse, regionalen Fleisch- und Wurstspezialitäten, Milchprodukten, Eiern, Gewürzen und ein paar Imbisswagen entdeckte Isabel einen Hofladenwagen, der unter anderem selbst gemachte Marmeladen und verschiedene Sorten Honig anbot. Eine Weihnachtsmarmelade mit Zimt und Beeren und ein Glühweingelee weckten ihr Interesse. Sie kaufte schließlich jeweils zwei Gläser der Fruchtaufstriche und setzte ihren Weg fort.

Der Duft von gebrannten Mandeln lockte sie zu einem weiteren Stand, an dem sie zwei Tüten Süßwaren kaufte und sich zum Aufwärmen eine Tasse Feuerzangenbowle gönnte. Sie überlegte, womit sie Kati noch eine nachträgliche Weihnachtsfreude machen könnte, wenn sie sich das nächste Mal sahen. Weil Isabel keine familiären Verpflichtungen hatte, war sie an den Festtagen immer mit Jens bei seiner Familie gewesen. Ihm würde sie dieses Jahr ganz sicher nichts schenken. Aber ihrer lieben Freundin auf jeden Fall.

Mit ihrem Handy recherchierte sie nach weiteren Einkaufsmöglichkeiten in St. Peter-Ording und wurde im Ortsteil Bad fündig. Neben einem Buchladen gab es einige Boutiquen und einen Geschenkladen, das *MeerGlück.* Sie war sicher, dass sie bald ein passendes Geschenk für ihre Freundin haben würde, und schaute bereits, wie sie am besten dorthin gelangen würde.

Dann zuckte sie zusammen, als ihr jemand auf die Schulter tippte. Sie drehte sich um und hielt überrascht inne. »Hanna! Was machst du denn hier?«

»Hab ich dich etwa erschreckt? Das wollte ich nicht.« Sie lachte Isabel an. »Meine Mutter und ich vertreten heute Nils an seinem Stand.«

»Ihr vertretet euch wohl oft gegenseitig«, stellte Isabel fest.

»Das stimmt. Bei den Friedrichs springt immer jemand für einen ein, wenn der mal nicht kann. Ist so eine Art Familientradition. Kommst du mit zu uns?«

»Gerne.« Isabel trank den Rest ihrer Feuerzangenbowle und gab die Tasse an der Ausgabestelle zurück.

»Wir stehen da vorne.« Hanna zeigte auf ein Büdchen, das neben einem Anbieter für Biowolle aufgebaut war.

»Moin, Isabel«, begrüßte Frau Friedrich sie. »Da hat Hanna ja doch richtig gesehen.«

»Hat sie.« Mari machte artig Sitz, während Isabel zusammen mit ein paar Leuten die ausgelegte Ware betrachtete. Neben den maritimen Accessoires, die sie schon kannte, war auch Christbaumschmuck aus Holz im Angebot. Sie nahm einen Stern in die Hand. »Wie hübsch der ist. Hat das alles Nils gemacht?«

»Alles das Werk meines Bruders«, bestätigte Hanna. »Ich bin dagegen völlig unbegabt, was handwerkliche Fertigkeiten anbelangt. Bei mir hat sich lediglich der Pferdeverstand durchgesetzt.«

»Und in seiner Werkstatt hat er noch viel mehr Christbaumschmuck. Das hier ist bloß eine kleine Auswahl«, schaltete sich Frau Friedrich ein. »Komm doch morgen zum Abendessen vorbei. Dann kannst du dir in Ruhe den restlichen Schmuck ansehen. Wir würden uns freuen.«

Isabel konnte ihr Glück kaum fassen. Die Friedrichs kannten sie noch nicht lange, und trotzdem nahmen sie sie so herzlich in ihren Kreis auf. Nils' Worte im Haubarg waren tatsächlich keine leeren Phrasen gewesen, sondern eine tatsächliche Einladung in seine Familie! Dennoch versuchte Isabel sich nicht allzu sehr emotional zu öffnen, obwohl sie nichts lieber getan hätte als das. Sie fühlte sich wohl bei den Friedrichs, die ihr eine Geborgenheit vermittelten, die sie zuvor noch nie gespürt hatte. Aber irgendwann, und spätestens nach dem Weihnachtsfest, würde Isabel mit Mari St. Peter-Ording wieder verlassen. Was brachte es da, wenn sie ihr Herz für die Familie Friedrich noch weiter öffnen würde? Nur Kummer und Tränen und am Ende sicherlich das Gefühl, die große Chance verpasst zu haben, endlich irgendwo auf der Welt anzukommen.

»Danke. Ich schaue mal«, antwortete sie deswegen vage.

»Oder du verbindest es, wenn wir tatsächlich mal zusammen ausreiten.« Hanna zwinkerte ihr zu.

»Oder so.« Isabel blickte auf die Zeitanzeige ihres Handys. »Ich werde dann mal weitergehen. Mari und ich wollten eventuell noch den Ortsteil Bad erkunden. Fährt da eigentlich ein Bus hin?«

»Na klar. Der Ortsbus fährt ins Zentrum und in jeden anderen Teil von St. Peter. Die Haltestelle ist gleich hier am Marktplatz.« Sie zeigte in die Richtung, in der zwei Haltestellenhäuschen standen.

»Gut zu wissen. Dann werden Mari und ich mal eine Fahrt mit dem Bus wagen.«

»Verfahren könnt ihr euch nicht. Der Ortsbus fährt immer im Kreis durch St. Peter, sodass man immer wieder da ankommt, wo man eingestiegen ist«, meinte Frau Friedrich.

Isabel versprach, bald zu Besuch zu kommen, und verabschiedete sich von Hanna und ihrer Mutter. Sie schlängelte sich mit Mari durch die Menschenmenge. Der Wochenmarkt war gut besucht. Überall standen kleine Grüppchen zusammen, die Leute schienen sich alle gut zu kennen. Insgesamt herrschte eine heitere und friedliche Atmosphäre auf dem Marktplatz. Ein Stück heile Welt.

Wie schön es doch in St. Peter-Ording ist, dachte Isabel. In der Nähe eines Wagens, der fangfrischen und geräucherten Fisch anbot, spielte ein Mann *Stille Nacht* auf einer Trompete. Daneben war ein mobiler Teeladen in einem Zelt untergebracht, auf dessen Plane *Martinas Teeladen* zu lesen war. Um die Stehtische standen Leute und genossen die heißen Getränke. Isabel musste zweimal hinschauen, denn unter den Teetrinkern entdeckte sie Frau Osterfeld in trauter Zweisamkeit mit Nils' und Hannas Opa an einem Tisch.

Isabel musste lächeln. Das war es also, was ihre Nachbarin erledigen wollte, aber ihrer Schwester nicht verraten hatte. Und Opa Erk hatte auch wieder was vor. Bestimmt vertrat Nils ihn im Fahrradladen. Normalerweise wäre sie zu ihnen gegangen, um wenigstens kurz Hallo zu sagen. Irgendwie kam es ihr aber vor, als hätte sie die beiden auf gewisse Art und Weise ertappt – bei was auch immer. Diskretion schien ihr in dieser Situation angebrachter zu sein.

Leider hatte Mari die beiden auch bemerkt und stimmte prompt ein freudiges Bellkonzert an, mit dem sie die Aufmerksamkeit der umstehenden Leute auf sich lenkte.

Frau Osterfeld schaute in ihre Richtung, dann winkte sie und bedeutete ihr, zu ihnen zu kommen.

»Guten Tag. So trifft man sich unverhofft«, begrüßte sie Isabel fröhlich.

»Guten Tag.« Isabel fiel gleich das Glänzen ihrer Augen auf. Ihre Nachbarin wirkte so lebendig, wie sie sie zuvor noch nie gesehen hatte. Die Rückkehr in ihren Heimatort schien ihr gutzutun. »Mari und ich wollten gerade gehen.«

»Ach, wie schade. Haben Sie es denn eilig?«

»Nein, nicht wirklich.«

»Das ist gut. Wir laden Sie auf einen Tee ein, was Erk?«, sagte Helma Osterfeld zu ihrem Begleiter.

»Aber sicher«, stimmte er zu und lächelte Isabel verschmitzt an.

»Das ist aber nett. Vielen Dank. Welchen Tee können Sie denn empfehlen?«

»Ganz klar die Winterbrise«, antwortete Opa Erk sofort. »Die gibt es nur in St. Peter, und schmecken tut die so was von gut.«

Isabel nickte. »Winterbrise klingt sehr lecker.«

»Dann hole ich mal Nachschub.« Er trank seine Tasse leer und verschwand im Zelt.

»Genießen Sie Ihre Zeit in St. Peter?«, fragte Frau Osterfeld.

»Sehr sogar! Und Mari auch. Sie freut sich über die Radtouren, und abends ist sie meistens so kaputt, dass sie schon schlafend im Hundebett liegt, bevor ich mich für die Nacht fertig gemacht habe.«

Frau Osterfeld nickte wissend. »Das ist die gute Seeluft. Die macht hungrig, müde und ist mitunter auch für die Seele heilsam.«

Bevor sie das Thema vertiefen konnten, kehrte Opa Erk mit gefüllten Teetassen zurück und stellte sie auf den Tisch. »Hoffentlich schmeckt's.«

»Bestimmt.« Isabel nahm die Tasse und blies auf das dampfende Aufgussgetränk. Dann nippte sie vorsichtig an dem Schwarztee. »Hm, wirklich sehr lecker. Schmeckt nach Anis und Vanille.«

Opa Erk nickte zufrieden. »Ist beides in der Teemischung vorhanden.«

»Es ist übrigens ganz gut, dass wir Sie hier getroffen haben. So können wir Sie in einen Plan einweihen.« Frau Osterfeld warf Opa Erk einen vielsagenden Blick zu.

Isabel zog die Augenbrauen hoch. »Das hört sich aber spannend an.«

»Ein absoluter Geheimplan ist das Ganze«, ergänzte er. »Ich hoffe, Sie können schweigen?«

Isabel hob die Hand. »Wie ein Grab. Versprochen.«

»Also«, begann Frau Osterfeld und senkte die Stimme. »Wir planen nämlich ein ganz besonderes Weihnachtsfest.«

Opa Erk beugte sich vor und flüsterte: »Doch davon ahnt niemand etwas, weil es nämlich eine Überraschung sein soll.« Er nickte Frau Osterfeld verschwörerisch zu.

»Wer soll denn überrascht werden? Und womit überhaupt?«

Frau Osterfeld räusperte sich. »Meine Schwester. Wir wollen Heiligabend nämlich in dem alten Haubarg feiern. Vorher soll alles schön dekoriert werden, damit es eine wunderbare Weihnachtsüberraschung wird. Als Mädchen haben wir dort mal eine Weihnachtsfeier erlebt ... Das war wirklich unvergesslich, und ich möchte ihr gern eine schöne Überraschung bereiten.«

»Ist denn das alte Haus bis Heiligabend fertig?« Isabel dachte an ihren letzten Besuch mit Nils zurück.

»Nicht das ganze Bauernhaus, aber ein ganz gewisser Teil«, erklärte Opa Erk. »Das Zimmer mit dem Kamin dürfte in den kommenden Tagen komplett renoviert sein. Hat mir mein Enkel jedenfalls fest versprochen.«

»Dann hat Nils ja allerhand zu tun.«

»Hat er.« Opa Erk blickte auf seine Armbanduhr. »Gerade dürfte er den Termin mit dem Schornsteinfeger haben. Ohne sauberen Kamin können wir kein Feuer anzünden.«

Frau Osterfeld erhob einen Finger. »Aber kein Sterbenswörtchen zu meiner Schwester. Auch nicht zu Harms. Er kann nämlich nichts vor ihr geheim halten.«

Isabel dachte an die Geschichte mit den Knochen und wollte protestieren, hielt sich dann aber zurück. »Ich verspreche hoch und heilig, das Geheimnis für mich zu behalten, und biete hiermit meine Hilfe beim Dekorieren an.« Unweigerlich musste sie an Nils denken, dem sie bei den Weihnachtsvorbereitungen im Haubarg bestimmt auch über den Weg laufen würde. Die Aussicht auf ein weiteres Treffen mit ihm gefiel ihr.

»Ihre Hilfe nehmen wir gerne an. Obwohl Sie eigentlich schon genug geholfen haben, indem Sie mit mir hierhergefahren sind. Dafür kann ich Ihnen gar nicht genug danken.« Frau Osterfeld sah erst Isabel und dann Opa Erk an. Ein tiefer Frieden spiegelte sich in ihren Gesichtszügen.

* * *

Nachdem Isabel den Marktplatz verlassen hatte, sprang sie noch kurz in den Supermarkt, um unter anderem ein Shampoo und eine regionale Tageszeitung einzukaufen. Durch den Plausch mit Frau Osterfeld und Opa Erk war es nun bereits später als geplant. Eilig ging sie zu der Laterne, an die sie das Fahrrad geschlossen hatte, und fuhr zurück zum Schipperhus. In der Ferienwohnung stellte sie ihre Einkäufe in der Küche ab.

Als sie eine plötzliche bleierne Müdigkeit verspürte, gähnte Isabel. Um einen kurzen Moment auszuruhen, legte sie sich auf das bequeme Bett. Die Nordseeluft zeigte nicht nur bei Mari Wirkung. Aber dafür hatte sie doch auch Urlaub.

Ohne dass Isabel es richtig merkte, war sie auch schon eingeschlafen. Erst der durchdringende Klingelton ihres Handys riss sie aus ihrem Traum, in dem sie gerade hingebungsvoll eine Tanne mit Nils' Christbaumschmuck verschönert hatte. Schlaftrunken richtete Isabel sich auf und tapste ins Wohnzimmer. Sie fand ihr Telefon auf dem Tisch.

»Hallo?«

»Isabel! Mensch, dass es dich noch gibt!«, lautete die vorwurfsvolle Begrüßung.

Seufzend setzte sie sich auf die Couch und rieb mit einer Hand über ihre Augen. »Hi, Kati. Sorry, ich wollte mich noch bei dir melden.«

»Es scheint ja viel los zu sein in St. Peter-Ording«, erwiderte ihre Freundin nun gleich versöhnlicher.

»Ist es auch«, antwortete sie. »Eigentlich hatte ich mir fest vorgenommen, dich abends anzurufen, aber ich war meistens so müde, dass ich es einfach nicht mehr geschafft habe. Tut mir wirklich leid.«

»Schon gut. Das liegt bestimmt an der geballten Ladung Sauerstoff, die du an der Küste abbekommst. So was sind wir in Rosenheim nicht gewohnt.«

Isabel lachte auf. Das mochte sie so sehr an ihrer Freundin. Kati war nie nachtragend und nahm selbst kleine Katastrophen stets mit Humor. »Ich glaube, damit könntest du recht haben. Gerade eben habe ich ein Nickerchen gemacht.«

Nachdem sie sich lachend fürs Wecken entschuldigt hatte, gab Kati ihr ein kurzes Feedback aus der Heimat, wonach alle Grünpflanzen in ihrer Wohnung noch lebten und sie Post von ihrem neuen Arbeitgeber bekommen hatte. »Ein großer schwerer Umschlag lag im Briefkasten.«

»Das sind bestimmt irgendwelche Informationen, in die ich mich vorab einarbeiten muss«, vermutete Isabel. »Der Januar ist ja nicht mehr weit.«

»Wann bist du eigentlich wieder im Lande?«

Wenn sie in sich hineinhorchte, verspürte sie gerade keine große Sehnsucht danach, nach Hause zu fahren. »Kurz nach Weihnachten.«

»Wie Jens«, rutschte Kati raus. »Äh, sorry, ich wollte nicht wieder von dem Thema anfangen.«

»Alles gut, er ist dein Bruder, das bleibt er ja auch.«

»Hm … Dann können wir ja Silvester zusammen feiern?«, fragte Kati hoffnungsvoll.

»Ja, lass uns das machen. Das heißt, wenn du mir und Mari beim *Dinner for one*-Gucken Gesellschaft leisten möchtest und mir um Mitternacht hilfst, sie vor einem Herzinfarkt zu bewahren. Du weißt ja, Hunde haben es nicht so mit Raketen und Böllern.«

»Das ist doch Ehrensache. Ich bringe Kartoffelsalat und ein extragroßes Würstchen für Mari mit.«

Nach dem Telefonat blieb Isabel noch eine Weile auf dem Sofa sitzen. Draußen dämmerte es bereits, sie würde deshalb wann anders nach Bad fahren. Lächelnd beobachtete sie die schlafende Mari. Sobald ihr Hund aufgewacht war, würde sie sie füttern und später noch mal mit ihr rausgehen.

Zufrieden machte Isabel sich bewusst, dass Katis Erwähnung von Jens ohne größere Nebenwirkungen an ihr vorbeigegangen war. Sie hatte jedenfalls keinen gravierenden

Gefühlsausbruch, was im Grunde doch überraschend war. Auch dass sie in den letzten Tagen gar nicht so oft an ihn gedacht hatte, wie sie erwartet hatte … Mittlerweile erschien ihr die Trennung schon viel länger zurückzuliegen, als es der Realität entsprach.

Seltsam, mein ganzes Leben in Rosenheim wirkt von hier aus fast so weit entfernt wie der Horizont hinter dem Meer, dachte sie, zog die Knie an den Oberkörper und stützte ihr Kinn darauf ab. In ihr keimte der Gedanke auf, dass etwas Neues in der Luft lag und sie schneller mit der Vergangenheit abschloss als gedacht. Die Aussicht ist gar nicht mal schlecht, fand Isabel. Auf jeden Fall besser, als im Selbstmitleid zu versinken.

Sie erhob sich von der Couch und ging in die Küche. Amüsiert registrierte sie, wie Mari aufstand und ihr folgte.

Nachdem sie Maris Napf mit Futter gefüllt hatte, bereitete sie sich etwas zum Abendbrot vor. Während der Auflauf im Ofen buk, setzte Isabel sich an den Tisch und griff nach der Tageszeitung. Besonders interessierte sie der Regionalteil, in dem es neben allgemeinen Informationen und Werbeanzeigen von Geschäften in St. Peter-Ording auch einige Veranstaltungstipps gab. Spaßeshalber las sie auch die aktuellen Stellenanzeigen in St. Peter-Ording und der näheren Umgebung. Dabei blieb sie an einer Ausschreibung der Kinderklinik hängen, die in der Ergotherapie jemanden suchte. Isabel starrte auf die Annonce. Das gab es doch gar nicht! Das Anforderungsprofil passte perfekt zu ihren Qualifikationen.

Für einen kurzen Moment erwog sie, einfach eine Bewerbung an die Klinik zu schicken, wischte den Gedanken aber schnell beiseite. Zu Hause in Bayern lag bereits der unterschriebene Arbeitsvertrag und der große Umschlag, den Kati vorhin erwähnt hatte.

Sie faltete die Zeitung wieder zusammen und schaute nach dem Auflauf im Backofen. Doch während sie den Tisch deckte, verfolgte die ewig gleiche Frage sie: Was würde passieren, wenn ich es trotzdem mache?

10. Kapitel

Das Türglöckchen erklang, als Isabel am nächsten Tag das Ladenlokal *MeerGlück* im Ortsteil Bad betrat. Unschlüssig blieb sie im Eingangsbereich stehen. Der Duft nach Zimt und frisch gebackenen Plätzchen lag in der Luft und mischte sich mit dem eines Kranzes aus Mistelzweigen, der an der Tür hing. Ihr wurde direkt weihnachtlich zumute.

Eine Frau in Jeans und einem grob gestrickten Wollpullover, die mit Kreide auf einer Tafel die Tagesspezialitäten aufschrieb, warf ihr einen herzlichen Blick zu. »Moin!«, rief sie fröhlich. »Sie können Ihren Hund ruhig mit in den Laden nehmen. Wir sind hier tierfreundlich.«

»Guten Tag. Das ist ja prima.« Isabel strich Mari, die neben ihr Platz gemacht hatte, sanft über den Kopf.

»Kann ich Ihnen helfen?« Die Frau legte das Stück Kreide auf einen Tisch und kam auf Isabel zu.

Erfreut lächelte sie. »Ich suche ein Geschenk für meine Freundin, weiß aber noch nicht genau, was.«

»Schauen Sie sich am besten in aller Ruhe um. Sie können mich jederzeit ansprechen.« Die Frau ging zurück zu der Tafel und nahm die Kreide wieder in die Hand.

Der Laden gefiel Isabel genauso wie die Unaufdringlichkeit der Verkäuferin. Die großen Schaufenster waren mit Sternen und Lichterketten weihnachtlich geschmückt. Davor standen Tische und Stühle, die zum Verweilen bei einem Getränk und Gebäck einluden. Überall brannten Teelichter und Kerzen in Glasbehältern, die eine heimelige Atmosphäre schufen. In hohen Regalen fanden sich Duftöle in Fläschchen, handgemachte Seifen und Kerzen sowie heimische und exotische Gewürze. Auf Tischen waren Heilsteine in verschiedenen Ausführungen und wohlriechende Kerzen ausgestellt.

Ein Wunscharmband weckte Isabels Aufmerksamkeit. Sie nahm es in die Hand und betrachtete es eingehend. Die violetten Steine gefielen ihr.

»Haben Sie etwas gefunden?«, erkundigte sich die Frau, die am Nebentisch nun kleine Fläschchen mit Etiketten versah.

»Mir gefällt das Armband. Was sind das für Steine?«

»Das sind Fluorite. Die Heilsteine haben eine positive Wirkung auf die allgemeine Aufnahmefähigkeit, sorgen für Klarheit und helfen, Ängste zu lindern, und wecken unterdrückte Gefühle. Außerdem fördert der violette Fluorit die Intuition und innere Harmonie sowie das Verständnis für Liebe und Freunde.«

»Wow! Das sollen diese kleinen Steinchen alles können? Tatsächlich?« Klarheit, innere Harmonie, Liebe und Freunde klangen vielversprechend. Selbst wenn es sich beim Tragen des Armbands nur um einen Placeboeffekt handeln sollte, letztlich zählte das Ergebnis. Und ein Versuch konnte ja nicht schaden.

»Oh ja! Heilsteine wurden bereits im Altertum verwendet, um einen positiven Effekt für den Körper und die Psyche zu erreichen.« Die Frau schien von der Wirkung überzeugt zu sein.

»Das hört sich spannend an. Ich würde dann gerne zwei Armbänder mitnehmen.«

»Sehr gerne.«

Isabel folgte der Frau zur Kasse, wo sie die Armbänder in hübsche Organzabeutel legte und weihnachtlich mit kleinen Strohsternen verzierte.

Nachdem Isabel gezahlt hatte, verließ sie mit Mari das Geschäft und schlug den Weg zur Erlebnispromenade ein. Sie kam an Geschäften, Hotels, einem Bernsteinladen und einem Fischrestaurant vorbei. Hinter dem unbesetzten Kassenhäuschen erstreckte sich eine lange Seebrücke, die über frostige Salzwiesen bis zum Strand führte.

Isabel zog sich ihre Handschuhe an. Hier pfiff der Wind vom Meer ans Festland und fühlte sich um einiges kälter an als im Ortskern.

Nur wenige Leute waren an diesem Tag auf der Brücke unterwegs. Isabel empfand es als angenehm und blieb an einer Bank stehen, um ein paar Fotos zu machen. Aus schlechtem Gewissen, weil sie sich länger nicht gemeldet hatte, schickte sie Kati direkt ein paar Bilder. Normalerweise ließ sie Kati immer an ihrem Leben teilhaben. Sie wollte es wiedergutmachen. Außerdem wollte sie noch einmal darüber nachdenken, ob sie die Einladung der Friedrichs nicht doch annehmen sollte.

Gedankenverloren ließ sie den Blick über die Salzwiesen schweifen. Im Sommer war hier bestimmt viel Betrieb. Ob sie an Frau Osterfelds Stelle von St. Peter-Ording nach Rosenheim gezogen wäre? Sie kannte zwar die genauen Umstände nicht, doch ihre Nachbarin hatte mal erwähnt, dass sie wegen ihres Mannes nach Bayern gekommen war.

Mari stupste sie mit ihrer Nase an, woraufhin Isabel den Blick senkte.

»Ist dir kalt, mein Schatz? Na komm, wir gehen wieder zurück.«

* * *

Die Rückfahrt mit dem Bus in den Ortsteil Dorf dauerte bloß eine Viertelstunde. Während der Fahrt merkte Isabel erst, wie durchgefroren sie von dem Spaziergang über die Seebrücke war.

Als sie fast am Schipperhus angekommen war, entdeckte sie Frau Osterfeld und ihre Schwester beim Vogelhaus im Garten. Die Frauen unterhielten sich laut, Isabel verstand jedoch nicht, worum es ging. Sie wollte auch nicht in die Szene platzen und schob das Rad, das sie dieses Mal in der Nähe der Bushaltestelle angeschlossen hatte, langsam den Weg zum Haus entlang. Frau Frerich hielt einen Eimer in der Hand, aus dem sie mit einer kleinen Schaufel Vogelfutter in das Häuschen tat. Die Frauen hatten sie und Mari bisher nicht bemerkt.

Frau Frerich warf ihrer Schwester einen wütenden Blick zu. »Du weißt ja immer alles besser. Und was am Ende dabei rauskommt, ist ja wohl bekannt!«, rief sie und stapfte dann wutentbrannt mit dem Eimer in der Hand ins Haus.

Sichtlich mitgenommen blieb Frau Osterfeld am Vogelhaus stehen und sah ihrer Schwester hinterher. Dann bemerkte sie Isabel und Mari. Die alte Dame bemühte sich um Fassung und rang sich ein Lächeln ab. »Guten Tag!«

»Hallo, Frau Osterfeld.« Isabel stellte das Rad im Schuppen ab und ging dann zusammen mit Mari zu ihrer Nachbarin. »Geht es Ihnen gut?«

»Sie haben den Knatsch zwischen mir und meiner Schwester gerade mitbekommen, nicht wahr?« Sie schürzte die Lippen.

Isabel nickte. »Am Rande. Und unfreiwillig. Ich hoffe, es renkt sich wieder alles ein.«

»Das hoffe ich auch. So was Dummes aber auch«, sagte Frau Osterfeld sichtlich bestürzt. »Ich muss mich erst einmal beruhigen.«

»Kann ich irgendwas für Sie tun?«, fragte Isabel mitfühlend.

»Nein, eigentlich nicht … oder vielleicht doch. Meine Nerven brauchen jetzt dringend ein Stück Kuchen. Hätten Sie vielleicht Zeit, mich ins Dorfcafé zu begleiten?«

Da brauchte sie nicht lange zu überlegen. »Warum nicht? Ich wollte mich eigentlich in der Ferienwohnung aufwärmen, aber das geht auch in einem Café. Nur, was mache ich mit Mari? Sie darf doch bestimmt nicht mit hinein, oder?«

Frau Osterfeld lächelte zuversichtlich. »Da vorne an der Regentonne ist Harms.« Sie zeigte auf die andere Seite des Grundstücks, wo Herr Frerich tatsächlich gerade in eine Arbeit mit zwei Holzstücken vertieft zu sein schien. »Er passt bestimmt gerne für eine halbe Stunde auf Ihren Hund auf.«

Frau Osterfeld sollte recht behalten. Denn Harms Frerich strahlte über das ganze Gesicht, als sie ihn um den Gefallen bat, auf Mari aufzupassen.

»Das mache ich wohl. Einen frischen Knochen müsste ich auch noch haben«, sagte er erfreut und räumte seine Holzarbeit gleich zur Seite. »Lasst euch ruhig Zeit. Mari und ich werden schon gut klarkommen.«

Kurze Zeit später saßen sie im lediglich einen kurzen Fußweg entfernten urigen Dorfcafé, in dem es wunderbar süß nach hausgemachten Kuchen, Plätzchen und geröstetem Kaffee duftete. Ein junger Mann servierte ihnen zwei Stücke Friesentorte und dazu Weihnachtstee, der köstlich duftete.

»Meine Güte, wer soll das denn alles essen? Ich wollte doch bloß ein Stück Kuchen und nicht gleich die halbe Torte!« Isabel bestaunte die breiten Schichten aus Pflaumenmus, Teig und Schlagsahne.

»Ach, das schaffen Sie schon. Falls nicht, lassen wir den Rest einpacken«, meinte Frau Osterfeld pragmatisch. »Mir ist es übrigens äußerst unangenehm, dass Sie das Streitgespräch zwischen meiner Schwester und mir mitbekommen haben.«

»Eigentlich habe ich gar nichts gehört, sondern nur gesehen, dass Ihre Schwester etwas grimmig geschaut hat, als sie ins Haus gegangen ist.« Isabel probierte von der Torte, ließ den Geschmack auf der Zunge zergehen und kostete dann den Tee. »Ist das lecker!«

»Freut mich, wenn es Ihnen schmeckt.« Frau Osterfeld saß zurückgelehnt auf ihrem Stuhl und hatte bis jetzt weder Torte noch Tee angerührt. Sicherlich lag ihr die Missstimmung noch im Magen.

Beruhigend erklärte Isabel: »Sie werden sich bestimmt wieder mit Ihrer Schwester vertragen. Meistens vergeht ein Streit doch genauso schnell, wie er gekommen ist.«

Frau Osterfeld legte ihre Stirn in Falten. »Wenn das mal wirklich so wäre. Sie müssen wissen, meine Schwester und ich hatten seit vielen Jahren überhaupt keinen Kontakt mehr.« Sie senkte betroffen den Blick. »Weil sie es mir nicht verzeihen konnte, dass ich damals wegen meiner großen Liebe St. Peter-Ording verlassen und sie im Stich gelassen habe«, brach es aus der alten Dame heraus.

Schwer ließ sie die Hand auf den Tisch fallen. »Das ist alles kurz nach dem plötzlichen Tod unseres Vaters passiert. Mit dem Schicksalsschlag kamen wir kaum zurecht, und unsere Mutter zerbrach förmlich an dem Verlust. Wir waren alle zutiefst verzweifelt.«

Mitfühlend sah Isabel sie an und legte die Kuchengabel beiseite. Es war der richtige Augenblick, um zuzuhören und einfach da zu sein.

»Für mich war die unerwartete Liebe zu meinem Zukünftigen wie ein großes Geschenk. Es war die perfekte

Fluchtmöglichkeit aus St. Peter – und auch vor der Trauer um meinen Vater, wie ich heute zugeben muss. Ich hatte gehofft, dass ich weit weg in Bayern den Verlust besser verarbeiten könnte, und ließ meine Schwester mit meiner damals kranken Mutter und dem Schipperhus zurück. Einfach so.«

Sie seufzte schwer und fuhr leiser fort: »Das hat mir meine Schwester nie verziehen. Bis heute nicht. Und jahrelang hat sie kein Wort mit mir gesprochen. Ich dachte, die Einladung würde bedeuten … Doch selbst jetzt macht Jule mir den Vorwurf, dass mein damaliges Glück ihr Unglück bedeutet hat.« Frau Osterfeld sah auf, und Tränen schimmerten in ihren Augen. »Das Schlimme ist, dass sie damit sogar recht hat. Ich war wahnsinnig egoistisch. Rückblickend kann ich nicht verstehen, wie es so weit kommen konnte. Nie hätte ich meine Schwester mit unserer kranken Mutter und der Bewirtschaftung des Hauses allein lassen dürfen – für keinen Mann der Welt! Doch dafür ist es nun zu spät. Die Vergangenheit kann nicht rückgängig gemacht werden.«

Mit beiden Händen nahm sie die Teetasse und trank vorsichtig einen Schluck.

Isabel fühlte sich betroffen. Sie erinnerte sich an die erste Begegnung der Frauen, an dem Tag ihrer Ankunft in St. Peter-Ording. Ihr war eine merkwürdige Distanz zwischen den Schwestern aufgefallen, worauf sie sich keinen rechten Reim hatte machen können. Mit allen Hintergrundinformationen konnte sie die anfängliche Scheu nun zuordnen.

Aufmunternd lächelte sie ihrer alten Nachbarin zu. »Aber Ihre Schwester hat Sie trotz allem hierher eingeladen. Das ist doch ein gutes Zeichen. Sie scheint sich mit Ihnen versöhnen zu wollen.«

Sie trank ebenfalls einen Schluck Tee, als ihr Gegenüber die Tasse wieder abstellte. »Was ist denn passiert, nachdem Sie aus St. Peter-Ording weggegangen sind?«

Frau Osterfeld zuckte mit den Schultern. »Das Leben ist weitergegangen. Glück und Unglück haben sich irgendwann zwischen uns abgewechselt, könnte man sagen. Ich lebe seit dem Tod meines Mannes viele lange Jahre alleine in Bayern, ohne Kinder und Familienanschluss, das wissen Sie ja. Es ist manchmal ziemlich einsam. Meine Schwester hingegen hat Harms geheiratet, eine Familie gegründet und darin ihre Erfüllung gefunden. Ihre Kinder wohnen nicht weit von St. Peter entfernt und kommen regelmäßig zu Besuch.« Sie straffte die Schultern. »Es sind so viele Jahre ins Land gegangen. Und ihre Einladung zu Weihnachten ist wohl unsere letzte Möglichkeit, uns noch einmal anzunähern.«

»Ich bin mir sicher, dass alles wieder gut wird zwischen Ihnen und Ihrer Schwester. Wahrscheinlich hat sie einfach etwas überreagiert.«

»Vielleicht war das so«, sagte Frau Osterfeld nachdenklich. »Denn eigentlich gab es keinen wirklichen Grund für den Streit. Eine Mücke wurde zu einem Elefanten …«

»Warten Sie mal ab, bis morgen hat sich Ihre Schwester wieder beruhigt«, sprach Isabel ihr Mut zu.

»Das hoffe ich sehr.« Frau Osterfeld lächelte leicht. »Es tut gut, jetzt alles einmal ausgesprochen zu haben. Nun aber zu der Torte hier, die ist wirklich einmalig!« Energisch schob sie ein Stück auf ihre Kuchengabel und probierte.

* * *

Nach dem Besuch im Café gingen Isabel und Frau Osterfeld zurück zum Schipperhus. Wie erwartet hatte Herr Frerich Mari in der Zwischenzeit nach allen Regeln der Kunst mit Leckereien verwöhnt. Isabel hoffte nur, dass ihre Hündin einen stabilen Magen behielt.

Frau Osterfeld verabschiedete sich, um sich auf ihrem Zimmer etwas auszuruhen. Isabel ging in die Ferienwohnung und wusste zunächst gar nichts mit sich anzufangen. Lustlos zappte sie durch die Programme und schaute schließlich einen Spielfilm an, konnte sich jedoch nicht richtig auf die Handlung konzentrieren. Ihre Gedanken schweiften immer wieder zu Frau Osterfelds Familiengeschichte, und sie konnte nicht umhin, einige Parallelen zwischen ihnen zu erkennen.

Auch sie stand allein, ohne Familienanschluss da. Und die Angst vor einer weiteren Enttäuschung könnte dazu führen, dass dieser Umstand auch für den Rest ihres Lebens bestand. Außer Kati und Mari hatte sie wirklich niemanden. Keine Schwester oder einen anderen Verwandten, zu dem sie Kontakt hätte aufnehmen können. Das Einzige, was sie hatte, war die abgegriffene Fotohälfte, die ihre Mutter zeigte.

Isabel öffnete ihr Portemonnaie und holte die alte Aufnahme hervor. Langsam dämmerte ihr, dass sie sich genau davor fürchtete: dass sie genau dort endete, wohin sie gar nicht wollte.

Vorsichtig nahm sie das Wunscharmband aus dem Organzabeutel und legte es an. Sie rief sich die Worte der Verkäuferin in Erinnerung. Der violette Fluorit schaffe Klarheit und helfe, Ängste zu lindern.

Isabel war sich bewusst, dass es nicht leicht werden würde. Trotzdem wollte sie ihren Weg finden. Und sie war bereit, sich ihren Gefühlen zu stellen. Sie wollte nicht länger vor ihnen davonlaufen.

11. Kapitel

»Mari!« Isabel schnalzte mit der Zunge und warf ihren Gummiball quer durch den Garten. Ihre Hündin wetzte begeistert hinterher und warf ihr das Spielzeug wenig später wieder vor die Füße. Lachend setzte Isabel zu einem neuen Wurf an, und Mari rannte dem Geschoss hinterher. So ging es eine ganze Weile. Aus dem Augenwinkel hatte Isabel den Nachbarsjungen bemerkt, sprach ihn jedoch nicht an.

Milo beobachtete in eine warme Jacke eingepackt mit seiner Mutter das Spiel. Auf seiner Miene stritten Furcht und Neugier miteinander. Er schien einerseits fasziniert von dem Schauspiel zu sein und gleichzeitig Angst davor zu haben, aktiv zu werden, um ein Teil davon zu werden.

Isabel wiederholte den Wurf noch einige Male und bemerkte dabei, wie der Junge sich körperlich immer mehr öffnete. Er ahmte ansatzweise die Wurfbewegung ihres Arms nach und beugte dann den Oberkörper leicht nach vorne, um Maris Sprint durch den Garten besser sehen zu können.

Sie hatte den Eindruck, dass Milo durch die fortlaufende Wiederholung der Würfe zunehmend Sicherheit und einen Überblick über die Situation bekam. Irgendwann spürte sie, dass der richtige Augenblick gekommen war, um einen Schritt weiterzugehen. Als Mari wieder zu ihr gerannt kam, hielt Isabel sie am Halsband fest.

»Milo!«, rief sie. »Jetzt du!« Sie warf ihm den Ball zu.

Im ersten Moment schien der Junge durch ihre direkte Ansprache geschockt zu sein und machte einen Schritt rückwärts. Der Ball plumpste vor seine Füße. Doch seine Mutter hatte verstanden, worauf Isabel hinauswollte. Kurzerhand hob sie den Ball auf und gab ihn ihrem Sohn. »Du bist mit Werfen dran«, sagte sie aufmunternd.

Zögerlich umfasste er den Gummiball und betrachtete seine Mutter, die ihm zunickte. »Mari möchte gerne mit dir spielen.«

Ein kaum wahrnehmbares Lächeln zuckte über das Gesicht des Jungen, bevor es auf einmal passierte. Der Ball flog hoch durch die Luft, und die Leonbergerin rannte hinterher. Milo tat einen freudigen Hüpfer. Er schien selbst von seiner Courage überrascht zu sein.

»Das hast du ganz prima gemacht, mein Schatz!« Frau Peters gab ihrem Sohn einen Kuss auf die Stirn und sah Isabel bewegt an. Sie strahlte förmlich über das ganze Gesicht.

Isabel nickte ihr lächelnd zu und lotste Mari mit dem Ball zu sich, bevor sie auf Milo zustürmen und ihn wieder verschrecken konnte. Den ersten kleinen Durchbruch wollte sie auf keinen Fall durch Maris Übermut gefährden. »Ich glaube, das reicht für heute.«

»Das denke ich auch«, stimmte Frau Peters zu.

Isabel schaute zu dem Jungen, dessen Blick auf Mari

ruhte. Er wirkte fast ein wenig gelöst auf sie. Sein Blick war nun offener und seine Körpersprache kaum noch abweisend. Vielleicht konnte sie doch noch einen kleinen Vorstoß wagen?

»Milo?«, sprach sie ihn an und wartete auf eine Reaktion. Als er ihren Blick zaghaft erwiderte, fragte sie: »Darf ich mit Mari wiederkommen?«

Milo schaute seine Mutter fragend an und flüsterte ihr dann etwas ins Ohr.

»Ja, Sie dürfen wiederkommen«, erklärte Frau Peters lachend.

»Dann bis demnächst!« Isabel winkte Mutter und Sohn zum Abschied und verließ gut gelaunt mit Mari den Garten. Mari und sie waren doch ein tolles Team. Zusammen konnten sie vieles bewegen.

In Momenten wie diesem wusste sie immer, dass sie den richtigen Beruf gewählt hatte.

Nachdenklich öffnete sie die Pforte zum Vorgarten des Schipperhus. Bis zum neuen Jahr konnte sie Milo vielleicht noch einige Schritte weiterbringen. Aber dann wäre es vorbei. Denn dann würde sie die meiste Zeit vor einem Computer sitzen und sich um die Organisation des Gesundheitszentrums kümmern. Weg von der Praxis, hin zur Theorie. Bei dem Gedanken daran schnürte sich ihr die Kehle zu.

»Das ist wirklich ein großer Karrieresprung. Herzlichen Glückwunsch«, hatte Kati freudig gesagt, als sie ihr von der Zusage des Gesundheitszentrums erzählt hatte.

Kein Zweifel, es war ein Sprung nach oben auf der Karriereleiter. Doch der Preis war hoch, wenn sie dafür die Arbeit aufgeben musste, die sie über alles liebte, oder nicht? Sie hatte sich von der allgemein vorherrschenden Erwartungshaltung verleiten lassen. Man hielt es halt für erstrebenswert, eine höhere berufliche Position zu erreichen. Vielleicht hatte sie auch sich selbst etwas beweisen wollen. Dass sie mehr schaffen konnte, obwohl sie in ihrer Arbeit glücklich war und sich eigentlich nichts Besseres hätte vorstellen können.

Ob sie jetzt überhaupt noch vom Arbeitsvertrag zurücktreten könnte? Nur, was sollte sie dann machen? Ob sie noch zur alten ergotherapeutischen Praxis zurückkehren konnte? Unwahrscheinlich. Aber Geld verdienen musste sie, um ihre Miete zu bezahlen.

Isabel seufzte. Wie kam sie nur aus diesem Schlamassel raus? Schritt für Schritt, sagte sie sich und setzte einen Fuß bewusst vor den anderen. Als es mit einem Mal von innen am Fenster klopfte, schrak Isabel zusammen. Sie blieb stehen und erkannte Frau Osterfeld hinter der Scheibe. Die alte Dame bedeutete ihr mit einem Handzeichen, zur Haustür zu gehen.

Isabel machte mit Mari kehrt. Noch bevor sie bei der Eingangstür angekommen war, wurde sie aufgezogen. »Hallo, Frau Osterfeld«, sagte sie zur Begrüßung und runzelte verwundert die Stirn.

»Guten Tag. Kommen Sie mit dem Hund doch bitte mal rein!«, forderte ihre Nachbarin sie auf.

Mit schnelleren Schritten als in Rosenheim führte die alte Dame sie in die Küche und bat sie, am Tisch Platz zu nehmen. »Meine Schwester ist gerade weg. Deswegen muss ich die Gunst der Stunde nutzen, so lange hier sturmfrei ist«, erklärte sie verschwörerisch und wirkte dabei wieder sehr fröhlich.

»Das klingt aber spannend.« Aus dem Augenwinkel sah sie, wie Mari sich auf den Boden neben einem Stuhl legte. Sie hatte sich eine Pause wirklich verdient.

»Geht es um die geplante Überraschung?«

»Nicht direkt.« Aufmerksam stellte Frau Osterfeld Mari eine Schüssel Wasser vor die Nase und schob Isabel einen Teller voller selbst gebackener Kekse zu. Dann setzte sie Wasser in einem Kessel auf. »Darf ich Ihnen eine Tasse Tee anbieten?«

Isabel lächelte. »Einen Tee trinke ich immer gerne.«

Mit routinierten Handgriffen bereitete Frau Osterfeld einen wohlriechenden Schwarztee zu, während Isabel gespannt darauf wartete, was sie ihr erzählen wollte. Doch sie ließ sich Zeit, servierte zuerst den Tee mit einer Dose Kandis und einem Kännchen Sahne, bevor sie sich Isabel gegenüber an den Tisch setzte.

»Sie hatten übrigens recht.« Mit einer Zange nahm Frau Osterfeld ein Stück Kandis aus der Porzellandose und ließ es in ihre Tasse plumpsen.

»Inwiefern?«, fragte Isabel und nippte an dem Getränk. Sie mochte Tee im Allgemeinen am liebsten ohne Zucker oder Milch.

Frau Osterfeld lächelte froh und seufzte. »Vorhin war ich gemeinsam mit meiner Schwester am Grab unserer Eltern.«

»Wie schön! Dann ist wieder alles geklärt zwischen Ihnen und Ihrer Schwester?«

Sie wiegte den Kopf hin und her. »So weit würde ich jetzt nicht gehen. Aber es ist zumindest ein erster Lichtblick erkennbar. Zuerst war Jule ziemlich schmallippig, muss man sagen. Das ist sie immer, wenn sie knatschig ist. Hat kaum die Zähne auseinandergekriegt und grimmig für zehn geguckt.« Sie imitierte den Gesichtsausdruck ihrer Schwester, woraufhin Isabel lachen musste.

»Ganz schön finster.«

»Aber!« Frau Osterfeld hob einen Zeigefinger. »Nachdem wir den Friedhof verlassen hatten, hat sie mich plötzlich gefragt, ob ich ihr beim Weihnachtsmarkt im Winterdorf helfen möchte. Sie backt dort Buttermilchwaffeln mit Apfelmus und Zimt-Zucker. Zugunsten des Fördervereins des Nordsee-Internats werden sie verkauft, der sich für ein Programm für jugendliche Diabetiker an der Schule einsetzt.«

»Das sind doch tolle Nachrichten und auch ein schönes Projekt«, freute Isabel sich für die alte Dame. »Sie haben doch zugesagt, oder?«

Ein warmer Glanz trat in ihre Augen. »Selbstverständlich. Früher, als Mädchen, haben wir oft zusammen mit unserer Mutter gebacken. Das war eine unserer liebsten Freizeitbeschäftigungen. Kann man sich heutzutage vermutlich kaum mehr vorstellen, aber damals war das Backen etwas ganz Besonderes. Gerade zu bestimmten Anlässen wie Weihnachten ist der Duft von selbst gebackenen Plätzchen durch das ganze Haus gezogen. Selbst heute habe ich den Geruch förmlich noch in der Nase, wenn ich daran zurückdenke. Das waren schöne Zeiten.« Frau Osterfeld blickte versonnen in den Flur.

Die altvertraute Schwermut schien Isabel befallen zu wollen. Denn genau solche Erinnerungen hätte sie zu gern gehabt. Sie zwang sich, nicht an ihre Zeit im Kinderheim zu denken. »Ich stelle es mir toll vor, mit der Mutter und der Schwester Teig zu kneten und dann Plätzchen auszustechen, sie dann auf einem Blech in den Ofen zu schieben und hinterher gemeinsam zu essen.«

Frau Osterfeld schmunzelte, wobei sich um ihre Augen unzählige Fältchen bildeten. »Meistens konnten wir es nicht abwarten, bis sie abgekühlt waren. Die ersten Plätzchen haben Jule und ich eigentlich immer warm gegessen.«

»Das klingt für mich nach einer wirklich schönen Zeit.« Isabel beneidete die alte Dame um ihre Erinnerungen und fragte sich, ob sie selbst in dem Alter auch so dankbar auf glückliche Momente in ihrem Leben zurückblicken würde. Dann richtete sie sich abrupt auf. »Da fällt mir ein, ich muss mich ganz dringend bei den Friedrichs melden!«

»Machen Sie nur. Ich wollte Sie gar nicht allzu lange aufhalten.«

»Danke, dass Sie mir davon erzählt haben und auch für den Tee. Ich freue mich wirklich über diese schönen

Neuigkeiten.« Schnell trank Isabel die Tasse Tee aus und erhob sich vom Stuhl. »Ich werde auf jeden Fall auf dem Weihnachtsmarkt vorbeischauen und eine Waffel probieren«, versprach sie, bevor sie mit Mari in die Winterkälte und dann zum Nebengebäude des Schipperhus' ging. Während sie die Treppe zur Wohnung hochstieg, wählte sie Hannas Nummer. Nach dem fünften Klingeln meldete sich Nils' Schwester.

Isabel kam direkt zur Sache. »Hallo, Hanna! Sag mal, gilt die Einladung zum Abendessen noch?«

* * *

Frau Friedrich stellte eine große Schüssel Kartoffelsalat auf den Esstisch, und Hanna platzierte eine Platte voller Bockwürste daneben. Mari hatte es sich auf einer Decke vor der bollernden Heizung in der Küche gemütlich gemacht und kaute auf einem Schweineohr, das sie von Herrn Friedrich bekommen hatte. Aus dem alten Radio im Wohnzimmer erklangen englische Weihnachtsklassiker, und von der Terrasse drang das leise Klingeln eines Windspiels an Isabels Ohren.

»Es ist gleich schon sechs«, sagte Frau Friedrich mit einem ungeduldigen Blick auf die antike Standuhr aus Nussbaumholz. »Ich rufe ihn jetzt einfach mal an und frage, wann er kommt. Fangt ruhig schon mit dem Essen an.«

»Ich kenne die Antwort jetzt schon.« Hanna setzte sich auf den Stuhl neben Isabel und spießte mit einer Gabel eine Wurst auf.

»Und wie lautet die?«, fragte Isabel.

»Er wird sagen, dass er die Zeit total aus den Augen verloren hat, aber noch so viel zu tun hat.«

Herr Friedrich füllte lachend Kartoffelsalat auf seinen Teller. »Nicht zu vergessen, dass er deswegen nicht kommen kann und später essen wird.«

Hanna nickte. »Ganz genau. Und wann das sogenannte Später sein wird, das wissen wir ja.«

»Wahrscheinlich mitten in der Nacht?«, vermutete Isabel.

»Nein. Nie. Nils vergisst öfters zu essen, wenn er an etwas arbeitet, was ihm Spaß macht«, erklärte Herr Friedrich und biss mit Appetit in ein Stück Wurst.

Hanna reichte ihr die Schüssel. »Könnte mir nicht passieren. Ich brauche meine drei Mahlzeiten am Tag. Arbeit hin oder her. Sonst bin ich zu nichts zu gebrauchen.«

Seufzend kehrte Frau Friedrich zurück ins Wohnzimmer. »Nils hat mal wieder die Zeit aus den Augen verloren, weil er noch so viel bis Heiligabend im Haubarg zu tun hat.«

»Wenn das mal keine Überraschung ist«, bemerkte Hanna und verdrehte die Augen. Herr Friedrich hörte dem Gespräch sichtlich belustigt zu, während er mit gutem Appetit aß.

»Das kann er nur von deinem Vater haben«, beklagte sich Frau Friedrich und warf ihrem Mann einen bekümmerten Blick zu. »Er glänzt ja auch mal wieder durch Abwesenheit.«

»Ihm ist bestimmt der Fahrradladen dazwischengekommen«, vermutete Herr Friedrich und zuckte mit den Schultern.

»Kannst du Nils nachher etwas Essen ins Bauernhaus bringen?«, fragte Frau Friedrich ihre Tochter.

»Ach, Mama.« Hanna legte die Gabel geräuschvoll auf dem Teller ab. »Nils ist mittlerweile dreißig Jahre alt. Findest du nicht, dass er groß genug ist, um sich selbst um sein Essen zu kümmern? Mir muss doch auch niemand etwas hinterhertragen, obwohl ich zwei Jahre jünger bin als er.« Sie verzog genervt den Mund.

Isabel war überrascht. Nils war also dreißig. Sie hatte ihn nicht nach seinem Alter gefragt, sondern war davon ausgegangen, dass er etwa so alt war wie sie selbst, also Mitte dreißig. Im ersten Augenblick erschien es ihr komisch, älter zu sein, doch letztlich änderte das natürlich nichts an der Tatsache, dass er ihr gut gefiel und sie sich darüber hinaus ausgezeichnet verstanden. Eigentlich war das Alter auch egal.

»Du kennst doch deinen Bruder«, beharrte Frau Friedrich. »Der bringt es noch fertig und vergisst das Essen, bis die Weihnachtsgans an Heiligabend aufgetischt wird. Tu mir bitte den Gefallen, ja?«

»Ich könnte ihm doch was vorbeibringen«, schlug Isabel vor.

»Würdest du das wirklich machen?«, fragte Frau Friedrich erstaunt.

»Na sicher. Ich komme auf dem Rückweg sowieso am Haubarg vorbei und könnte kurz reinspringen. Nicht dass

Nils vor Hunger von der Leiter kippt und dann die schöne Überraschung für Frau Osterfelds Schwester platzt.«

»Das wären zwei Katastrophen zu viel«, fand Frau Friedrich und sah sie erleichtert an. »Danke für deine Hilfsbereitschaft.«

»Nichts zu danken.« Isabel lächelte in die Runde. Sie fühlte sich wohl im Kreis der Friedrichs. Und ob sie es wollte oder nicht, sie schloss diese Familie immer tiefer in ihr Herz, je mehr Zeit sie mit ihnen verbrachte.

Nach dem Abendessen zeigte Hanna ihr wie versprochen den selbst gemachten Weihnachtsschmuck. In der Werkstatt suchte Isabel für sich und Kati zwei Engel aus Holz aus, die hübsch bemalt waren und ungefähr die Größe einer Kuchengabel hatten. Hanna bestand darauf, Isabel den Schmuck zu schenken, und wehrte ihre Zahlungsangebote vehement ab.

»Nimm die Engel doch als kleine Gegenleistung dafür, dass du meinen Bruder vor dem Hungertod rettest und ich bei der Kälte nicht mehr durch die Gegend geistern muss.«

»Na gut. Was passiert eigentlich mit dem ganzen Weihnachtsschmuck?«, wollte Isabel wissen.

»Das muss ich morgen früh in Kisten packen und dann in unseren Bulli laden. Der Weihnachtsmarkt steht doch vor der Tür. Dort haben wir immer einen Stand.«

Verblüfft musterte sie Hanna. »Machst du das morgen ganz allein?«

»Natürlich. Nils ist ja im Haubarg beschäftigt, und meine Eltern haben ohnehin zu viel auf dem Gutshof um die Ohren.«

Isabel zögerte nicht lange, sondern bot direkt an: »Also wenn du möchtest, helfe ich dir gerne. Zu zweit geht es schneller und macht wahrscheinlich sogar Spaß.«

Erfreut legte Hanna ihr eine Hand auf die Schulter. »Das wäre toll! Du bist wirklich ein Schatz, Isabel.«

Bevor Isabel mit Mari den Rückweg antrat, bedankte sie sich bei Frau und Herrn Friedrich noch einmal für die Einladung zum Essen.

»Da nicht für. Hauptsache, es hat dir geschmeckt«, winkte Frau Friedrich ab und drückte ihr zwei Aufbewahrungsdosen und in eine Serviette eingewickeltes Besteck in die Hand. »Wenigstens ist unser Opa in der Zwischenzeit wieder aufgetaucht.«

* * *

Ursprünglich hatte Isabel damit gerechnet, Nils beim Abendessen mit seiner Familie anzutreffen. Sie war fast ein wenig enttäuscht gewesen, nur mit Hanna und ihren Eltern zu essen. Im Nachhinein bereute sie es nicht. Denn so hatte sie nun die Gelegenheit, ihn allein zu treffen.

Durch die Fensterscheiben des Haubargs drang warmes Licht nach draußen. In der kühlen Abendluft hing der gemütliche Geruch eines Kaminfeuers. Isabel spürte, dass sie ein wenig nervös war.

Sie schob das Rad den gepflasterten Weg zum Bauernhaus hinauf. In dem schwachen Lichtschein, der durch die Fenster fiel, sah sie, dass zwischen den einzelnen Steinen

Unkraut wucherte. Auch der Garten machte einen verwilderten Eindruck. Die Büsche und Hecken hatten sich im Laufe der Zeit, in der das Haus unbewohnt gewesen war, offenbar ungehindert über das gesamte Grundstück ausgebreitet. Es war Isabel bei ihrem ersten Besuch gar nicht aufgefallen. Aber im nächsten Frühjahr wartete hier auf jeden Fall eine Menge Gartenarbeit.

Mari trottete neben ihr her und hatte aufmerksam die Ohren gespitzt.

Eine kalte Brise strich über das Festland und wirbelte herumliegendes Laub auf, das raschelnd über den Hof gefegt wurde. Mit klopfendem Herzen lehnte Isabel das Rad gegen die mit Efeu bewachsene Hausmauer und warf einen verstohlenen Blick durch eins der Fenster, die sich gleich neben der Eingangstür befanden. Einige Eimer Farbe und Werkzeug konnte sie durch die staubige Scheibe ausmachen, die auf ausgebreitetem Zeitungspapier standen. Von der Decke hing eine Glühbirne, und an einer Wand stand eine Leiter. Von Nils jedoch keine Spur.

Isabel nahm das Essen samt Besteck aus dem Fahrradkorb und ging zur dunkelroten Friesentür, neben der eine Messingklingel angebracht war. Als sie auf den Knopf drückte, ertönte kein Klingelton. Sie unternahm einen zweiten Versuch, drückte dieses Mal fester. Jedoch ohne Erfolg. Die Klingel blieb stumm.

Als Isabel schließlich an die Tür klopfte, stellte sie überrascht fest, dass die Haustür nach innen nachgab. Sie drückte sie auf und betrat zusammen mit Mari den Haubarg.

»Hallo?«

Keine Antwort. Sie hörte leise Musik, die aus einem anderen Raum zu kommen schien, und folgte den Klängen, bis sie den geräumigen Wohnraum des Bauernhauses erreichte. Die Musik kam aus einem Radio, das auf einer Fensterbank stand. Im Kamin knisterte ein Feuer und verströmte behagliche Wärme. Nils stand mit dem Rücken zu ihr und hatte ihr Kommen vermutlich nicht bemerkt.

Er trug Jeans und einen dunkelblauen Troyer. Mit beiden Händen hielt er einen Farbroller mit Teleskopstab fest, mit dem er eine Wand strich. Zu seinen Füßen stand ein großer Eimer weißer Farbe, sein blondes Haar schützte er mit einem selbst gefalteten Zeitungshütchen. Mari lief schwanzwedelnd auf ihn zu.

»Ja, wo kommst du denn her?«, begrüßte er Mari, legte den Farbroller auf dem Eimer ab und drehte sich um.

Isabel hob eine Hand und lächelte ein wenig verlegen. »Hi.«

»Hi. Das ist ja eine Überraschung.« Er nahm das Zeitungshütchen vom Kopf und fuhr sich mit einer Hand durchs Haar.

»Ich bin der Lieferdienst. Deine Mutter hat für dich Kartoffelsalat und Würstchen eingepackt.« Sie blickte auf die Schachteln in ihrer Hand.

Nils schüttelte den Kopf und kniete sich neben Mari, um sie besser streicheln zu können. »Das ist typisch meine Mutter. Sie hat immer Angst, dass ich einen qualvollen Hungertod sterbe, wenn ich mal eine Mahlzeit auslasse.«

»Es ist doch schön, wenn sie sich so um dich sorgt.« Isabel lächelte. »Wo kann ich die Sachen hinstellen?«

»Am besten auf den Tisch.« Er deutete auf einen antik anmutenden Esstisch, den er an eine Wand geschoben hatte.

Isabel stellte das mitgebrachte Essen ab und schaute sich anerkennend um. »Sieht ja fast schon wohnlich aus.«

Nils nickte. »So langsam wird's. Bis Heiligabend sieht es hier aus wie in einem Palast.«

Isabel runzelte die Stirn. »Hoffentlich.«

»Hey, was soll das denn heißen?« Er warf ihr einen fragenden Blick zu.

»Na ja ... Sonst fällt Frau Osterfelds Überraschung für ihre Schwester ins Wasser.«

Nils pfiff leise durch die Zähne. »Falls es dich beruhigt: Du bist herzlich eingeladen mitzuhelfen. Ich hätte hier noch ein paar Jobs zu vergeben.«

»Mal sehen.« Isabel fuhr mit einem Finger über eine Fensterscheibe. »Das ist vermutlich der Staub der letzten zwanzig Jahre, oder? Sehr verlockend ... Okay, ich bin dabei. Die Fensterscheiben gehen auf mich, und im Dekorieren bin ich auch nicht schlecht.«

Seine Augen leuchteten dunkel, als er grinste. »Es geht doch nichts über qualifizierte Mitarbeiter.«

»Was tut man nicht alles für die Lieblingsnachbarin«, konterte Isabel neckisch und grinste zurück. Sie genoss den offensichtlichen Flirt und spürte, dass sie sich bei jeder Begegnung stärker zu Nils hingezogen fühlte. Daran änderte der kleine Altersunterschied zwischen ihnen nichts.

»Soll ich dich mal rumführen und dir zeigen, was inzwischen schon alles fertig ist?«, fragte er.

»Aber sicher!« Sie folgte ihm und musste anerkennen, dass er tatsächlich eine Menge geschafft hatte. Sie konnte sich gut vorstellen, wie der Haubarg fertig renoviert und restauriert aussehen würde. Nils schien sich über ihre Anmerkungen, was sie sich an bestimmten Stellen im Haus vorstellen könnte, zu freuen. Daher teilte sie ihm ihre Ideen gern mit und ließ ihrer Fantasie freien Lauf. »Und hier müssen unbedingt deckenhohe Bücherregale hin. Und das Erkerfenster würde ich zu einem Windowseat umfunktionieren.«

»Das ist eine sehr gute Idee. Was, sagtest du noch mal, machst du beruflich?«

Lachend hob sie die Hände. »Ich bin keine Innenarchitektin.«

Inzwischen waren sie wieder an der Haustür angekommen.

»Schade eigentlich. Talent hättest du jedenfalls.«

»Danke für die Blumen.« Isabel hielt sich eine Hand vor den Mund, um ihr plötzliches Gähnen zu kaschieren. »Entschuldige bitte. Seit ich in St. Peter-Ording bin, werde ich abends ziemlich früh müde.«

Er zwinkerte ihr zu. »Das macht das gesunde Reizklima.«

»Ich glaube auch.« Sie schaute auf ihre Schuhspitzen. »Mari und ich werden uns dann mal langsam auf den Rückweg zum Schipperhus machen.« Nachdem sie sich ihre

Winterjacke angezogen hatte, öffnete Isabel die Tür und trat mit ihrem Hund vor das Haus.

»Hey.« Nils hielt sie am Ärmel ihrer Jacke fest.

Sie drehte sich um und begegnete seinem Blick. »Ja?« Sein Blick war so intensiv, dass es sie all ihre Kraft kostete, ihm standzuhalten.

»Bevor ich es vergesse. Danke für den Lieferdienst«, sagte er mit tiefer Stimme.

»Keine Ursache. Ich musste doch eh hier vorbei«, erwiderte sie und merkte selbst, dass sie sich nicht abwenden konnte, sondern wie gebannt seinen Mund betrachtete.

Statt eine Erwiderung zu formulieren, zog Nils sie an sich und küsste sie. Seine warmen Lippen auf ihren zu spüren brach jeglichen Widerstand in ihr. Und sie wollte ihm gar nicht ausweichen, sondern den Kuss genießen.

Die baldige Abreise aus St. Peter-Ording spielte in diesem Augenblick keine Rolle. Sie wollte diesen Augenblick einfach nur mit allen Sinnen auskosten und ohne Bedenken glücklich sein.

12. Kapitel

»Das ist viel mehr, als ich gedacht habe.« Isabel drückte einen breiten Streifen Klebeband auf einen Karton und nahm sich die nächste Kiste vor. Mari döste währenddessen in einem Hundekorb, den Hanna extra für sie in die Werkstatt hingestellt hatte.

»Unser Weihnachtsmarkt in St. Peter ist ja auch jedes Mal eine große Sache. Dieses Jahr sind wir zwar ein Wochenende später dran als sonst, aber besser spät als nie«, fand Hanna.

»Ich habe mich schon gewundert, weil es hier überhaupt keinen Weihnachtsmarkt gibt. Bei uns in Rosenheim ist der Christkindlmarkt in den vier Adventswochen jeden Tag geöffnet.«

Hanna lachte. »Siehst du, und hier sind es nur drei Tage. Aber die haben es mindestens so in sich wie bei euch wahrscheinlich die vier Adventswochen am Stück!«

Vorsichtig legte Isabel verschiedenfarbige Holzsterne in einen Karton. »Für drei Tage sind das trotzdem ziemlich viele Kisten. Meinst du, das wird wirklich alles verkauft?«

»Ganz bestimmt sogar. Du musst wissen, es kommen nicht bloß Einheimische ins Winterdorf, sondern auch Urlauber und Tagesgäste, die extra aus Hamburg oder anderen Orten in Schleswig-Holstein anreisen. Nils ist wirklich noch nie auf vollen Kisten sitzen geblieben. Übrigens, die Boxen, die du ihm gestern vorbeigebracht hast, standen heute früh leer in der Küche. Er muss großen Kohldampf gehabt haben.«

Isabel glaubte zu erröten, war sich jedoch sicher, dass sie es sich einbildete. »Dann hat es sich gelohnt, dass ich gestern bei ihm war. Er ist auch schon ziemlich weit gekommen mit seiner Arbeit. Der große Wohnraum ist fast fertig. Hat er dir das erzählt?«

Sie dachte gar nicht an den Fortschritt der Renovierungsarbeiten, sondern an den Kuss, den er ihr beim Abschied gegeben hatte und der rückblickend viel zu kurz gewesen war. Nils hatte sie danach angelächelt und ihre Hände in seine genommen.

»Sehen wir uns auf dem Weihnachtsmarkt?«, hatte er gefragt.

Wie gebannt hatte sie ihn angesehen, die Frage bejaht und war dann mit Mari zu ihrem Fahrrad gegangen. Bevor sie das Grundstück verlassen hatte, hatte sie sich noch einmal umgedreht. Nils hatte noch immer vor der Tür gestanden und ihr nachgewunken.

Den Rückweg zum Schipperhus hatte sie wie auf Wolken zurückgelegt. Sein Kuss hatte sie mit einer besonderen Leichtigkeit beseelt, die ihr bisher fremd gewesen war.

Isabel zwang sich zuzuhören, als Hanna weitersprach.

»Er hat mir sogar Fotos auf dem Handy gezeigt. Weißt du, er dokumentiert täglich seine Fortschritte. Auf seinem

Computer hat er für jedes Projekt Ordner angelegt. Und die sind pro Zimmer in Unterordner eingeteilt. Dort archiviert er sämtliche Fotos mit Datum. Das sind seine persönlichen Homestorys.« Belustigt wackelte sie mit den Augenbrauen.

Isabel erwiderte ernsthaft: »Klingt nach viel Aufwand und auch nach einer echten Leidenschaft für die Arbeit, die er macht.«

Während sie einen Engel in Zeitungspapier wickelte, schüttelte sie langsam den Kopf. »Man könnte es auch Besessenheit nennen. Aber wahrscheinlich würde er dasselbe über mich in Bezug auf Pferde sagen. In unseren Leidenschaften sind wir uns ziemlich ähnlich.«

»Ihr seid ja auch Geschwister. Aber Tiere sind auch meine große Leidenschaft.« Sie warf einen liebevollen Blick zu ihrer Hündin. »Ich habe mir fest vorgenommen, wieder mit dem Reiten zu beginnen, wenn ich zurück in Rosenheim bin. Eine Bekannte von mir hat ein Pferd. Vielleicht sucht sie gerade eine Reitbeteiligung.«

Erfreut hob Hanna den Blick. »So lange brauchst du gar nicht warten! Von mir aus kannst du gleich hier in St. Peter loslegen und dich um Noorder kümmern. Du könntest ihn reiten, wann immer du möchtest. Putzen und die Box ausmisten natürlich auch. Kleiner Scherz.« Sie lachte sie an. »Falls du dich anfangs noch etwas unsicher auf seinem Rücken fühlst: Hinter unserem Haus ist ein Sandplatz, auf dem du dich warmreiten kannst.«

Auf Isabels Gesicht breitete sich ein Lächeln aus, das sie

nicht unterdrücken konnte. »Das würde ich unheimlich gerne tun. Danke!«

Sie nahm Hanna spontan in den Arm. Mittlerweile war Nils' Schwester zu einer Freundin für sie geworden, obwohl sie sich noch nicht lange kannten. Bei ihnen stimmte einfach das Zwischenmenschliche. Unter solchen idealen Voraussetzungen entwickelten sich Freundschaften sicherlich schneller.

»Gern geschehen!«

»Aber wir reiten trotzdem noch zusammen aus.« Isabel nahm die eingewickelten Engel und platzierte sie in einen Karton.

»Aber sicher. Darauf bestehe ich.« Hanna legte weiteres Zeitungspapier bereit. »In den nächsten Tagen soll das Wetter wieder herrlich klar sein. Dann sollten wir es wagen.«

»Also kein Schnee in Sicht?«

»Schnee in St. Peter?« Hanna winkte lachend ab. »Darauf warten wir zwar alle Jahre wieder wie auf das Christkind, aber eine weiße Schneedecke über den Dünen hat eher Seltenheitswert hier oben im Norden.«

Versonnen dachte Isabel an Rosenheim. »In Bayern gibt es öfters weiße Weihnachten. Bevor Frau Osterfeld und ich uns auf den Weg nach St. Peter-Ording gemacht haben, war ich noch mit Mari in einem verschneiten Waldstück spazieren.« Sogleich kehrten die Erinnerungen zurück. An den Anruf. An Jens, der auf sie gewartet hatte, um ihr zu eröffnen, dass es zwischen ihnen vorbei war.

Vermutlich genoss er die Reise mit seiner neuen Freundin in vollen Zügen. Isabel konnte nicht sagen, was bei der Vorstellung in ihr vorging. Irgendwie schien der Zugang zu ihren Gefühlen abgeschnitten zu sein, die mit Jens verbunden waren. Als hätte jemand eine Vakuumglocke darübergestülpt und alle Emotionen isoliert.

»In Bayern hat es bestimmt Seltenheitswert, wenn es keine weiße Weihnacht gibt«, vermutete Hanna.

Geräuschvoll zog jemand die Werkstatttür auf und steckte den Kopf hinein. »Hallo, ihr zwei«, sagte Frau Friedrich. »Ich möchte gar nicht stören, aber der Tierarzt ist am Telefon. Er sagte, er sollte dich zurückrufen?«

»Ach ja, stimmt. Wegen Piefkes Allergie.« Hanna nickte und legte den Holzengel, den sie gerade hatte einwickeln wollen, aufs Zeitungspapier. »Ich laufe mal eben ins Haus.«

Nachdem Hanna die Werkstatt verlassen hatte, ging Frau Friedrich auf Isabel zu und nickte anerkennend. »Da habt ihr ja schon eine Menge zusammengepackt für den Markt. Eigentlich wäre das Nils' Aufgabe, wenn er nicht Tag und Nacht in dem Haubarg verbringen würde. Wir bekommen ihn ja kaum mehr zu Gesicht.« Sie trat einen Schritt zur Seite, übernahm damit Hannas Arbeitsplatz und begann, die restlichen zehn Engel in Zeitungspapier einzuschlagen.

Isabel verspürte das Bedürfnis, Nils zu verteidigen. »Heiligabend rückt immer näher und damit auch die Überraschung für Frau Osterfelds Schwester«, erklärte sie. »Er ist mit der Renovierung schon ziemlich weit gekommen.«

»Ich bin mir sicher, dass er bis zum 24. Dezember fertig sein wird. Wenn Nils sich was vornimmt, dann schafft er es auch«, erwiderte Frau Friedrich und sah sie offen an. »Und du bleibst tatsächlich über Weihnachten auch in St. Peter?«

Isabel nickte lächelnd. »Das habe ich Frau Osterfeld versprochen. Sie hat sich so sehr auf das Weihnachtsfest im Kreis ihrer Familie gefreut.«

»Na ja, sicherlich. Aber ich meine, deine Familie wird doch bestimmt auch mit dir Weihnachten feiern wollen. Oder etwa nicht?«

Isabel unterdrückte ein Seufzen und bemühte sich, den alten Schmerz zu vertreiben, der sich in dem Moment bemerkbar machte. »Ich habe keine Familie«, sagte sie knapp und senkte den Blick.

»Oh!« Frau Friedrich schlug die Hand vor den Mund. »Das tut mir leid. Ich wusste ja nicht, dass du keine Eltern oder andere Angehörige hast.«

Isabel winkte ab und legte einen weiteren verpackten Engel in die Kiste. »Schon gut. Im Endeffekt weiß ich gar nichts Genaues. Meine Mutter hat mich nach meiner Geburt ins Kinderheim gegeben. Ich weiß bis heute nicht, wer meine Eltern sind oder ob es weitere Verwandte gibt. Deswegen feiere ich ganz gern mit Frau Osterfeld und ihren Angehörigen. So bin ich wenigstens nicht alleine.«

Sie las auf Frau Friedrichs Miene Betroffenheit. Dann legte die ältere Frau ihr eine Hand auf die Schulter. »Dann ist es wirklich ein Segen, dass du mit lauter lieben Menschen feiern kannst. Weihnachten sollte niemand alleine sein.«

Isabel rang sich ein Lächeln ab. »Dieses Jahr bin ich in bester Gesellschaft.« Geplant hatte sie natürlich eine romantische Feier mit Jens. Das ließ sie bewusst unerwähnt, denn sie wollte nicht noch mehr Mitleid erregen, indem sie erzählte, dass sie frisch getrennt und von ihrem Freund betrogen worden war.

Vor der Werkstatt ertönten plötzlich Motorengeräusche, bald darauf kam Hanna zurück zu ihnen.

»Ich habe schon mal den Bulli geholt. Wir können dann gleich alles einladen.«

»Dann wollen wir mal.« Isabel schnappte sich eine Kiste und trug sie zu dem Bus. Sie war froh über die Unterbrechung. Denn so gern sie Frau Friedrich auch hatte, das Thema Familie besprach sie nur ungern.

Als der Bulli nach einer Viertelstunde fertig beladen war, fuhren sie zum Winterdorf. Frau Friedrich war in der Zwischenzeit mit Mari auf einem ausgedehnten Spaziergang zum Strand unterwegs.

* * *

Nachdem die Weihnachtsbude im Winterdorf aufgebaut, geschmückt und eingerichtet war, holten sie Isabels Fahrrad und Mari vom Gutshof der Friedrichs ab. Hanna setzte sie vor dem Schipperhus ab und bedankte sich ausführlich für die Unterstützung. »Ich weiß nicht, was ich ohne dich gemacht hätte! Dann bis heute Abend!«

»Ja, bis später«, sagte Isabel und wandte sich noch einmal um, nachdem sie ausgestiegen war. »Wird Nils eigentlich auch da sein? Ich wollte noch etwas mit ihm besprechen …« Eigentlich wollte sie nur wissen, ob sie ihm auf dem Weihnachtsmarkt begegnen würde. Es wäre das erste Aufeinandertreffen nach dem Kuss.

»Sicher. Das lässt er sich nie entgehen.«

»Gut, dann bis später.« Isabel machte die Beifahrertür zu und winkte Hanna nach, während diese mit dem Bulli davonbrauste. Als der Wagen nicht mehr zu sehen war, drehte Isabel sich um.

Plötzlich bellte Mari und raste durch die offen stehende Pforte in den Garten des Schipperhus', geradewegs auf Harms Frerich zu. Er trug in jeder Hand einen schwer wirkenden Weidenkorb.

»Hallo, Herr Frerich.«

»Hallo, ihr zwei.« Er stellte die Körbe ab, um Mari zu begrüßen, die vor Freude mit dem Schwanz wedelte und an ihm hochsprang.

»Ihre Körbe sehen aber schwer aus«, bemerkte Isabel.

»In den Gläsern ist selbst gemachtes Apfelmus. Das wiegt. Heute fängt doch der Weihnachtsmarkt an. Da gibt es noch einige Zutaten für die Waffeln, die ich zum Auto schleppen muss«, erklärte Herr Frerich lächelnd. »Meine Frau und ihre Schwester bereiten gerade den Teig vor.«

Darauf freute sie sich schon. »Ich komme nachher auch vorbei und werde die legendären Waffeln probieren.«

»Na, denn bis später.« Er hob die Körbe wieder an und setzte seinen Weg fort.

Als Isabel am Küchenfenster vorbeikam, sah sie Frau Osterfeld mit ihrer Schwester hinter der Scheibe. Sie waren so sehr in die Herstellung des Teigs vertieft, dass keine von ihr Notiz nahm. Schließlich klopfte Isabel sacht gegen die Fensterscheibe. Als beide Frauen von ihrer Arbeit aufsahen, winkte sie ihnen zu.

Frau Osterfeld kam zum Küchenfenster und öffnete es. »Waffeln gibt es noch nicht«, begrüßte sie Isabel mit einem verschmitzten Lächeln.

Als sie einen genaueren Blick auf mehrere Teigeimer warf, die auf dem Küchentisch standen, musste Isabel lachen. »Sieht aus, als wollten Sie für ganz Schleswig-Holstein Waffeln backen.«

»Na, mindestens!«, meldete sich Frau Frerich, ein Ei in der Hand, zu Wort. »Möchten Sie nachher mit uns zum Winterdorf fahren?«

Darauf hatte sie gehofft. »Das wäre prima.«

»Wir klopfen dann bei Ihnen an. Jetzt muss ich leider weitermachen, sonst reicht der Teig am Ende nur für den Ortsteil Dorf.« Sie zwinkerte Isabel zu.

»Frohes Schaffen!«

Nachdem Frau Osterfeld das Fenster wieder geschlossen hatte, zog Isabel den Haustürschlüssel zu ihrer Unterkunft aus der Tasche und rief Mari zu sich.

Oben in der Ferienwohnung angekommen, fütterte sie zunächst Mari und ließ sich dann auf die Couch fallen. Wieder einmal spürte sie eine bleierne Müdigkeit, die ihre Glieder hochkroch. Ob es am Winter lag? Oder die ganze

Anspannung fiel jetzt allmählich von ihr ab, und ihr Körper begann sich zu erholen.

Dabei war es erst Mittag. Isabel musste gähnen und rieb sich die Arme. Ohne Nickerchen würde sie kaum durchhalten, bis Frau Osterfeld sie abholte. Schläfrig streckte sie sich auf der Couch aus und kuschelte sich unter eine Fleecedecke, die über einer Lehne lag. Bald spürte sie wohlige Wärme, und ihre Augen wurden schwerer. Nur ein Stündchen, dachte sie, bevor sie einschlief.

* * *

Ein lautes Klopfen beendete ihren Mittagsschlaf. Isabel fuhr hoch und brauchte einen Moment, um zu verstehen, was sie geweckt hatte. Mari hatte es sich unter dem Couchtisch auf dem fluffigen Teppich gemütlich gemacht und wirkte jetzt genauso verschlafen wie sie. Es klopfte erneut.

Isabel schwang die Beine von der Couch. Als sie die Wohnungstür öffnete, blickte sie in Frau Osterfelds Gesicht.

»Hallo … Habe ich Sie gestört?«

»Nein, nein, haben Sie nicht. Ich hatte mich nur ein Weilchen hingelegt.«

»Dann ist ja gut. Ich wollte auch nur kurz Bescheid sagen, dass wir jetzt den Teig ins Auto laden und danach losfahren wollen.«

»Okay, geben Sie mir zehn Minuten. Ich komme gleich«, sagte Isabel.

Frau Osterfeld lachte. »Gerne auch eine Viertelstunde. Bloß keine Hektik. Bis gleich.«

Isabel ging zurück ins Wohnzimmer und griff nach ihrem Handy. Über zwei Stunden hatte sie geschlafen. »Wir zwei sind ziemlich große Schlafmützen geworden«, sagte Isabel zu ihrer Hündin.

Mari streckte sich und gähnte dann wie zur Bestätigung.

Sie ging ins Schlafzimmer und zog sich rasch einen cremefarbenen Strickpullover mit Zopfmuster über. Sie freute sich auf das Wiedersehen mit Nils und verspürte jetzt keinerlei Müdigkeit mehr, sondern eine kribbelige Vorfreude. Während sie sich das Haar bürstete und leichtes Make-up auflegte, überlegte sie, wie sie sich verhalten sollte. Wie die Stimmung wohl zwischen ihnen sein würde? Ob er sie wieder küssen würde?

Als sie mit Mari aus dem Schipperhus trat, trug Frau Osterfeld gerade einen schweren Eimer zum Auto.

»Um Himmels willen, die Eimer sind doch viel zu schwer für Sie!« Entschlossen nahm sie Frau Osterfeld einen Eimer ab.

»Danke schön.« Die alte Dame verzog ihr Gesicht und fasste sich an ihr Kreuz.

»Wie viele Eimer müssen denn noch ins Auto?«

»Noch drei«, sagte Frau Frerich, die sich ebenfalls mit einem Bottich abmühte.

Isabel schüttelte den Kopf. »Stellen Sie das ruhig ab. Ich übernehme.«

»Sind Sie sich sicher?«, fragte Frau Osterfeld und wischte sich den Schweiß von der Stirn.

»Natürlich. Wenn ich Wasserkisten für Sie aus dem Keller bis zu Ihrer Wohnungstür tragen kann, dann schaffe ich das hier mit links.«

»Ist vielleicht eine gute Idee, Helma. Wenn Harms nicht schon im Winterdorf wäre, würde er die Eimer für uns tragen«, pflichtete Frau Frerich ihr bei. »Mein Mann bereitet nämlich die Technik vor, damit wir gleich mit dem Backen loslegen können.«

»Wären wir eher mit dem Teig fertig geworden, müssten wir nicht Ihre großzügige Hilfe in Anspruch nehmen«, meinte Frau Osterfeld entschuldigend.

»Ich freue mich, wenn ich mit anpacken kann. Steigen Sie ruhig schon ins Auto. Ich kümmere mich um die restlichen Eimer.« Isabel verstaute die Behälter mit dem Teig im Kofferraum und kletterte dann mit Mari auf die Rückbank.

Frau Frerich saß am Steuer, und wenige Minuten später kamen sie am Jugenderholungsdorf an, auf dessen Grundstück der Weihnachtsmarkt stattfand. Dort wurden sie von drei Männern erwartet, die die Schwestern als Mitglieder des Fördervereins der Kinderklinik vorstellten. Die Männer trugen die Teigeimer zu der mit Tannenzweigen geschmückten Weihnachtsbude des Vereins, wo Herr Frerich vier Waffeleisen vorbereitet hatte. Jede Schwester würde also zwei Eisen bedienen. Neben den Arbeitsplätzen standen rechts und links die Apfelmusgläser und die Behälter mit Zimt-Zucker ordentlich aufgereiht.

»Dann können wir ja sofort anfangen«, sagte Frau Osterfeld, klatschte tatendurstig in die Hände und ging mit ihrer Schwester in das Häuschen. »Die erste Waffel bekommen natürlich Sie.«

Sie pinselte das vorgeheizte Eisen mit Öl aus, füllte drei Esslöffel Teig ein und ließ die Waffel goldgelb backen. Auf einem Kuchengitter bestreute sie die Waffel anschließend mit der Zimt-Zucker-Mischung und richtete sie dann mit Apfelmus auf einem Pappteller an.

»Wohl bekomm's.« Sie reichte Isabel den Teller und Besteck, das in einer Serviette eingewickelt war.

»Danke. Das riecht wirklich gut.« Isabel wartete ein paar Minuten, bis die Waffel ein wenig abgekühlt war, und probierte dann.

»Und? Wie schmeckt's Ihnen?«, fragte Frau Osterfeld gespannt.

»Köstlich«, brachte Isabel genussvoll seufzend hervor. »Wirklich ganz ausgezeichnet.«

Frau Osterfeld und ihre Schwester wechselten einen zufriedenen Blick.

»Danach bekommen Sie noch eine besondere Spezialität von mir«, kündigte Frau Frerich an.

»Noch eine Waffel?«

Voller Vorfreude verkündete sie: »Einen beschwipsten Schneemann!«

»Einen was?«

»Sie werden schon sehen.« Frau Frerich kicherte vergnügt, als sie allerhand Zutaten aus dem Kühlschrank hervorholte, der unter der Arbeitsplatte aufgebaut war. Derweil backte Frau Osterfeld die nächsten Waffeln. Schnell folgten Leute dem köstlichen Duft, und vor der Bude bildete sich eine Menschenschlange.

Der beschwipste Schneemann entpuppte sich als ein Getränk, das aus heißer Schokolade, Vanilleeis, Baileys und einer Krone aus Schlagsahne bestand. Frau Frerich ließ Isabel nicht aus den Augen, während sie von ihrer Spezialität kostete.

»Schmeckt hervorragend«, lobte Isabel. »Ich kann gar nicht sagen, was ich lieber mag, die Waffeln oder den beschwipsten Schneemann.«

Als sie sich erneut bedankt und die leere Glastasse zurückgegeben hatte, verabschiedete sie sich für einen kurzen Spaziergang mit Mari über den Markt.

»Viel Spaß. Sie wissen ja, wo Sie uns finden«, rief Frau Osterfeld.

In der Mitte des Platzes thronte ein prächtig geschmückter Weihnachtsbaum, um den die verschiedenen Holzbuden errichtet worden waren. Zahlreiche Lichterketten verliehen der Tanne einen festlichen Glanz. Vor Kopf befand sich eine Bühne, auf der zwei Mädchen auf ihren Gitarren Weihnachtslieder präsentierten.

Ein köstlicher Duft nach Zimtgebäck und Glühwein lag in der Luft. Allmählich ließ Isabel sich von der frohen und festlichen Stimmung einfangen und bummelte mit Mari von einer Bude zur nächsten. Hauptsächlich gab es selbst gemachtes Essen, das häufig einen regionalen Bezug hatte, und handgefertigte Geschenkartikel, so wie Nils sie herstellte.

Isabel reckte den Hals, um einen besseren Blick auf kleine bemalte Weihnachtshäuschen zu werfen. Dann entdeckte sie Nils in der übernächsten Bude, und ihr Herz legte sogleich ein paar Takte zu. Er reichte einer Frau mit gelber Pudelmütze gerade eine Papiertüte. Einen Meter neben ihm stand Hanna, ebenfalls in ein Kundengespräch vertieft.

Schnurstracks ging Isabel auf die Bude zu, blieb dann jedoch seitlich davor stehen. Sie wollte warten, bis alle Kunden gegangen waren. Nach ein paar Minuten ergab sich ein günstiger Moment.

»Guten Tag, ich möchte bitte einmal das komplette Sortiment kaufen.«

»Hi, Isabel!«, begrüßte Hanna sie erfreut und kam aus der Hütte, um sie zu umarmen.

»Sollen wir alles einzeln einpacken, oder möchte die gnädige Frau die Lieferung in großen Kisten haben?«, fragte Nils und grinste sie dabei schief an.

»Natürlich alles einzeln einpacken. Und bitte auf jeder Verpackung den Inhalt handschriftlich notieren«, scherzte Isabel.

Nils schüttelte lachend den Kopf. »Du wärest definitiv meine Albtraumkundin!«

Als sie seinen warmen Blick auffing, rieselte ihr ein wohliger Schauer durch den Körper. »Dann ist es ja gut, dass ich nichts kaufen will. Wie läuft denn das Geschäft?« Sie warf einen Blick auf die ausgestellte maritime und weihnachtliche Holzdeko.

»Wir können nicht klagen. Bis jetzt haben wir schon jede Menge verkauft. Ich meine sogar mehr als im letzten Jahr am ersten Tag, oder?«

»Letztes Jahr hatten wir am ersten Tag auch Sturm«, erinnerte Nils seine Schwester.

»Ach ja. Das stimmt natürlich.«

»Du kommst übrigens gerade richtig«, erklärte Nils und strich sich durch das blonde kurze Haar.

»Ach ja?«

»Ich wollte eine Pause einlegen und am Lagerfeuer Stockbrot rösten. Du könntest mich begleiten.«

Sie spürte, wie sich ein begeistertes Lächeln auf ihre Miene legte. »Stockbrot klingt gut.«

»Kannst du mich für eine Weile entbehren?« Nils sah Hanna fragend an.

»Aber nur, wenn du mir ein Stück Stockbrot mitbringst.«

Spaßeshalber salutierte er vor seiner Schwester. »Aye, aye, Käpt'n!«

»Und wenn Mari mir Gesellschaft leistet.« Hanna beugte sich zu der Hündin und kraulte sie am Hals. »Du hilfst mir ein bisschen beim Verkaufen, ja?«

»Mari scheint einverstanden zu sein«, stimmte Isabel zu und reichte Hanna die Leine. »Danke dir! Und bis später.«

Nils führte sie zu einer Bank, die vor dem Lagerfeuer aufgebaut war, und organisierte Teig und Stöcke. Bald darauf hielten sie den Hefeteig, der um einen Stock gewickelt war, über die Glut des offenen Feuers.

»Das habe ich schon als Kind über alles geliebt«, sagte Nils unvermittelt.

»Stockbrot?«

»Genau. Aber vor allem das Am-Lagerfeuer-Sitzen, während das Brot backt und das Feuer die Glieder langsam aufwärmt. Mit dem typischen Geruch in der Nase, einer Mischung aus Teigduft und brennendem Holz. Als kleiner Junge habe ich immer höllisch aufgepasst, damit mir das Brot nicht ins Feuer fällt. Ist natürlich trotzdem ein paarmal passiert.« Er zwinkerte ihr zu und rutschte etwas dichter an ihre Seite.

»Dann bist du ja im Grunde ein Stockbrotprofi.«

»Mein Vater hat mir das ziemlich früh beigebracht. Im Sommer in unserem Garten oder am Strand und im Winter bei Weihnachtsmärkten. Es war eigentlich zu jeder Jahreszeit ein Highlight für mich.«

Isabel lächelte entschuldigend. »Ich mache das hier zum ersten Mal.«

»Besser spät als nie.« Er griff an ihren Stock. »Halt es ruhig etwas höher, sonst verkohlt dir das Brot gleich.«

»Danke.« Isabel sah ihn an. Sie mochte seine fürsorgliche Art, und sie fühlte sich wohl in seiner Gegenwart.

»Da nicht für.« Er schaute sie liebevoll an und griff nach ihrer Hand.

Während die Äste im Lagerfeuer knisterten, spürte Isabel eine angenehme Wärme in sich aufsteigen, die nicht unbedingt vom Feuer herrührte. Ihr war bewusst, dass sie den Blick kaum von Nils abwenden konnte. Ein ungekanntes heimeliges Gefühl erfüllte ihr Herz, das sich wie ein warmes Pflaster um ihre Seele legte. In diesem Moment überkam eine tiefe Zufriedenheit sie, als wäre sie endlich am richtigen Ort auf der Welt angekommen. So muss es sich anfühlen, wenn man irgendwo zu Hause ist, dachte sie, und fragte sich, ob sie sich mit Jens wirklich auch so gefühlt hatte.

»Wann kann man das Brot essen?«

Nils räusperte sich. »Das dauert nur noch einen kleinen Augenblick.«

»Und wie lange ist dieser Augenblick wohl?«

»Ungefähr so lange.« Lächelnd beugte er sich zu ihr und gab ihr einen langen Kuss.

Isabel musste sich zusammenreißen, um den Stock nicht doch ins Feuer fallen zu lassen. Es war gut, dass sie saß. Denn ihre Knie fühlten sich gerade butterweich an, und ihr Herz klopfte so laut, dass sie befürchtete, Nils könnte es hören.

»Das wollte ich schon die ganze Zeit machen«, sagte er leise, nachdem er sich wieder von ihr gelöst hatte. Er schaute ins Feuer, hielt ihre Hand aber weiterhin fest und streichelte mit seinem Daumen ihren Handrücken.

»Weißt du eigentlich, dass du es mir wirklich schwer machst?«, fragte Isabel.

Er runzelte die Stirn und nahm zuerst sein Stockbrot und dann ihres aus dem Feuer. »Was mache ich dir denn schwer?«

Sie seufzte. »Na, das alles hier.«

»Ich fürchte, ich verstehe nicht ganz, was du meinst.« Er legte die Brote zum Auskühlen auf die Bank.

Isabel schüttelte den Kopf. »Eigentlich wollte ich meiner Nachbarin bloß einen Gefallen tun, als ich sie hierherbegleitet habe. Und nun gefällt es mir so sehr in St. Peter-Ording … und mit dir«, fügte sie leiser hinzu.

Wieder lächelte er sie warm an. »Das ist doch toll!«

»Ja, es ist absolut megatoll. Nur gefällt es mir vielleicht schon viel zu gut. Ich habe mir sogar schon Stellenanzeigen in der Regionalzeitung durchgelesen und bin auf eine Stelle in der Kinderklinik gestoßen«, gestand sie ihm.

»Zu der Kinderklinik habe ich besonders gute Verbindungen. Wenn du willst, lege ich dort gerne ein gutes Wort für dich ein. Ich kenne den Chef ziemlich gut, weil ich als Teenager dort mal in Behandlung war und seitdem immer den Kontakt zu den Leuten gehalten habe.«

»Oh, tatsächlich? Wieso warst du da?«

Nils wirkte fast verlegen, dann erklärte er voll Selbstbewusstsein: »Sagen wir mal so: Mein Spitzname war Buddy, weil ich eine gewisse körperliche Ähnlichkeit mit Bud Spencer hatte.«

Das passte überhaupt nicht zu dem attraktiven Mann, der neben ihr saß. »Du warst übergewichtig?«

Er nickte. »Sogar ziemlich.«

»Wirklich? Das kann ich mir gar nicht vorstellen.«

»Es ist ja auch schon lange her. Und es war damals eine verdammt schwierige Zeit für mich. Als übergewichtiger

Teenager hat man mit allerhand Vorurteilen zu kämpfen und ist für die Mädchen höchstens der beste Kumpel, bei dem sie ihr Herz ausschütten können. Was manchmal natürlich auch von Vorteil war …« Er lächelte verschmitzt. »Wie dem auch sei, ich bin dem Klinikteam bis heute dankbar, weil es mich wieder auf Vordermann gebracht hat. Wahrscheinlich hätte ich sonst nie meine Liebe zu Fahrrädern entdeckt. Damals gab es in der Klinik nämlich einen Sporttherapeuten, der mich jeden Tag und bei Wind und Wetter auf den Sattel gescheucht hat.«

»Deswegen organisierst du Fahrradkurse für die Kids«, kombinierte Isabel und lächelte.

»So ist es. Ich versuche etwas von meiner Begeisterung, die damals durch die Klinik geweckt wurde, an die Kinder weiterzugeben.«

»Das finde ich sehr schön.«

Er legte einen Arm um ihre Schulter und deutete zur Bühne. »Jetzt kommt der Auftritt des Kinderchors.«

Arm in Arm lauschten sie dem weihnachtlichen Singen und der darauffolgenden Darbietung der Feuerwehrkapelle. Gelegentlich zupfte Isabel ein Stück von ihrem Stockbrot und genoss den Moment einfach. Nils' Geschichte beeindruckte und verwunderte sie gleichermaßen. Es beeindruckte sie, dass er ihr so ehrlich von seiner Vergangenheit erzählte. Gleichzeitig war sie verwundert, da sie nie auf die Idee gekommen wäre, dass an Nils' durchtrainiertem Körper jemals ein Gramm zu viel hätte gewesen sein können. Der Einblick in Nils' Vergangenheit stellte für sie einen großen Vertrauensbeweis dar. Sie nahm sich vor, ihm bei einer passenden Gelegenheit im Gegenzug von ihrer Kindheit zu erzählen. Doch das wollte sie nicht an diesem Abend tun.

Diesen Abend wollte sie mit Nils genießen. Sie blickte in die tanzenden Flammen des Feuers und fühlte sich einfach glücklich in diesem Moment.

13. Kapitel

»Was hältst du davon, wenn wir an Silvester Wachsgießen machen? Oder ich könnte Glückskekse besorgen? Was sagst du?« Kati klang hellauf begeistert. Sie hatte ganz früh am Morgen angerufen, um ihr ihre Silvestervorschläge zu unterbreiten.

Das Handy am Ohr, drehte Isabel sich auf die andere Seite. »Das können wir gerne machen.« An Silvester wollte sie eigentlich noch gar nicht denken, denn am letzten Tag des Jahres würde ihre wundervolle Zeit in St. Peter-Ording Geschichte sein – und damit auch Nils. Und schon das Weihnachtsfest rückte mit großen Schritten näher, die Vorbereitungen in dem alten Bauernhaus liefen auch auf Hochtouren.

Kati stutzte kurz. »Du hörst dich aber nicht sonderlich begeistert an.«

»Doch, doch!«, bekräftigte Isabel. »Das sind wirklich schöne Ideen, die bestimmt viel Spaß machen werden.« Sie bemühte sich, enthusiastischer zu klingen.

Aber ihre Freundin ließ sich nicht täuschen. »Du bist genauso merkwürdig wie Jens«, klagte sie.

»Wieso ist Jens merkwürdig?«

»Ach, schon gut.«

»Na komm, wenn du so eine Bemerkung im Nebensatz fallen lässt, dann musst du sie auch erklären.« Isabel richtete sich auf und lehnte den Kopf gegen die Wand.

Hörbar holte Kati Luft, bevor sie erzählte: »Ich habe vorhin mit ihm gesprochen, aber er war irgendwie sonderbar am Telefon. So wortkarg. Und er erschien mir mit seinen Gedanken ganz woanders zu sein.«

»Das hast du dir bestimmt bloß eingebildet. Immerhin ist er frisch verliebt und gerade in seinem Traumurlaub«, stellte Isabel fest. »Vielleicht war er einfach nur von der Umgebung abgelenkt.« Oder von der Frau, die in seiner Nähe war, setzte sie in Gedanken hinzu.

»Hm, ich glaube nicht, dass der Urlaub so traumhaft ist, wie Jens es sich erhofft hat«, erklärte Kati direkt. »Eher das Gegenteil. Und das sage ich nicht, um dir einen Gefallen zu tun, sondern weil ich das wirklich genau so einschätze.«

»Kati, du siehst Gespenster. Vielleicht war Jens bloß müde. Du weißt doch, wie fahrig er sein kann, wenn er nicht genügend Schlaf bekommt.«

Sie schnalzte mit der Zunge. »Das mag sein. Ich hatte vorhin bloß so einen merkwürdigen Eindruck von ihm.«

»Den hattest du vorhin von mir auch, und da war nichts dran«, versuchte sie die Ideen ihrer Freundin zu zerstreuen, obwohl sie bei ihr natürlich richtiggelegen hatte. Trotzdem wollte sie Kati nichts von Nils erzählen. Dafür war es einfach zu früh, zumal Kati eben die Schwester ihres Ex war. Am Ende sah es noch so aus, als wollte sie Jens eifersüchtig machen. Das fehlte ihr gerade noch.

»Wahrscheinlich hast du recht, und ich habe mir das bloß eingebildet. Die Handyverbindung war auch ziemlich schlecht. Vielleicht lag es daran.«

Isabel blickte kurz auf die Zeitanzeige ihres Handys. »Sei mir nicht böse, Kati, aber ich muss mich langsam fertig machen. Ich habe gleich eine Verabredung mit Frau Osterfeld.«

»Kein Problem. Grüße die alte Dame von mir.«

»Das mache ich.«

»Wir können ja ein anderes Mal weitertelefonieren. Und schick mir noch mehr Fotos! Ich hätte gern so einen Holzengel, wie auf dem Foto, das du mir geschickt hast!«

»Das machen wir. Bis dann, Kati.« Isabel legte auf und lief in ihrem Pyjama barfuß ins Bad.

Sie stellte die Dusche an, entkleidete sich und genoss die warmen Wasserstrahlen, die auf ihren Körper prasselten. Dabei musste sie immer wieder an Katis Worte denken. Warum sollte Jens komisch am Telefon gewesen sein? War an Katis Eindruck doch etwas dran? Bestimmt hatte er nicht ganz so euphorisch geklungen, wie Kati erwartet hatte, und schon war der Wunsch der Vater des Gedankens, dass irgendetwas nicht stimmte. Hinzu kam, dass Kati sich nichts sehnlicher für ihren Bruder und sie wünschte als eine baldige Versöhnung. Auch wenn sie das nicht offen aussprach, hatte Isabel keinen Zweifel daran.

Doch sie selbst verspürte gar keinen Wunsch danach, die Beziehung mit Jens zu kitten. Nicht mehr. Schließlich gab es jetzt Nils. Mit ihm war sie so glücklich wie noch nie zuvor. Er verzauberte sie von Tag zu Tag mehr, und obwohl sie wusste, dass der Tag des Abschieds immer näher rückte und sie deswegen ihre Beziehung kaum vertiefen konnten, wollte sie sich ihre Zukunft ohne ihn nicht mehr vorstellen. Oder war es am Ende nur ein Strohfeuer? Das wird sich zeigen, dachte Isabel, aber es fühlt sich jetzt gerade viel zu gut an, um sich solche Gedanken zu machen.

* * *

Nachdem Isabel sich angezogen, Mari gefüttert und die frischen Brötchen, die wie jeden Morgen mit einem Hundeknochen vor ihrer Tür lagen, zum Frühstück gegessen hatte, zog sie ihre warme Winterjacke an und ging mit Mari nach draußen in den winterkalten Hof. Frau Osterfeld wartete schon auf dem Weg vor dem Schipperhus. Neben ihr lehnte Opa Erk an seinem Auto, der sie zum Haubarg bringen wollte.

»Guten Morgen«, begrüßte Frau Osterfeld sie. Isabel fiel wieder einmal auf, dass die alte Dame viel energiegeladener wirkte, seit sie in St. Peter-Ording waren. Das stand ihr gut und ließ sie um einiges jünger erscheinen.

»Moin!« Opa Erk hob eine Hand und griff nach einem vollen Korb, den er im Kofferraum verstaute. »Gut geschlafen?«

Lächelnd blieb sie mit Mari vor den beiden stehen. »Guten Morgen zusammen. Ja, sehr gut sogar.«

Opa Erk schloss die Klappe und öffnete für Frau Osterfeld und Isabel die Türen seines alten Mercedes. »Einsteigen, bitte.«

Isabel und Mari setzten sich nach hinten. Frau Osterfeld nahm vorne auf dem Beifahrersitz Platz.

»Der Weihnachtsmarkt war übrigens ein voller Erfolg«, erzählte Frau Osterfeld. »Meine Schwester und ich haben gestern Abend Kassensturz gemacht. Es sind über zweitausend Euro für den Förderverein der Kinderklinik zusammengekommen.«

»Das ist eine Menge Geld. Darüber wird sich die Klinik bestimmt freuen«, sagte Isabel. Nils und Hanna waren ähnlich erfolgreich gewesen. Bis auf ein paar Einzelstücke hatten sie alles verkauft.

Glücklich wandte sie sich zu Isabel um. »Zum Schluss hatten wir nicht mehr einen Löffel Waffelteig übrig. Alles ausverkauft.«

»Was nicht verwunderlich ist«, fand Opa Erk. »Schließlich kommen aus dem Schipperhus die besten Waffeln von ganz Eiderstedt. Das hat sich längst herumgesprochen.«

»Danke sehr.«

Isabel beobachtete, wie Frau Osterfeld ihn leicht am Oberarm berührte. Sie hatte die beiden schon öfters zusammen gesehen, und dabei war ihr jedes Mal ihr achtsamer und liebevoller Umgang miteinander aufgefallen. Anfangs hatte sie an Zeichen einer langen Freundschaft geglaubt. Doch mittlerweile hatte sie den Verdacht, dass da weitaus mehr dahintersteckte und sich zwischen Frau Osterfeld und Nils' Opa feine Liebesbande entwickelt hatten. Natürlich fragte Isabel nicht, sondern hoffte still. Denn niemand hätte dies so sehr verdient wie ihre liebe Nachbarin, die lange genug einsam in ihrer Rosenheimer Wohnung gelebt hatte.

Opa Erk parkte auf dem Grundstück, das zum Haubarg gehörte, und holte den Korb aus dem Kofferraum.

Isabel sah, dass die Haustür wieder bloß angelehnt war. Schnell ging sie mit Mari nachsehen.

Nils hatte sie schon kommen gesehen und wartete bereits in der Diele. »Vor fünf Minuten habe ich den letzten Pinselstrich gemacht«, empfing er sie lächelnd. Er drückte ihre Hand. Dabei strahlte er über das ganze Gesicht. Sie konnte gar nicht anders, als sein Lächeln zu erwidern.

»Das wurde aber auch höchste Zeit.« Opa Erk blickte sich in dem großen Wohnraum um. »Da hast du den klapprigen Kahn in ein schmuckes Schiffchen verwandelt. Respekt, mein Junge«, lobte er Nils.

»Hier möchte man glatt einziehen«, stimmte Frau Osterfeld anerkennend zu. In dem gemauerten Kamin brannte ein gemütliches Feuer, und auf dem massiven Ulmenholztisch standen bereits einige Kartons voller Weihnachtsschmuck und anderer Utensilien bereit.

»Wartet mal ab, wie es erst aussieht, wenn alle Möbel aus dem Lager da sind«, sagte Nils und wackelte mit den Augenbrauen.

»Und die Fenster sauber sind und es weihnachtlich geschmückt ist«, ergänzte Frau Osterfeld und seufzte. »Seit dem Tod meines Mannes habe ich an Weihnachten nichts mehr geschmückt. Noch nicht mal eine Kerze habe ich angezündet.« Sie zuckte die Achseln. »Mir war all die Jahre nicht nach Weihnachten zumute. Aber dafür dieses Jahr umso mehr!«

»Ich fange dann mal mit den Fenstern an.« Isabel griff nach einem Eimer und einem Fensterleder, die sie neben dem Tisch fand.

»Warte! Ich zeige dir, wo es warmes Wasser gibt.«

Nils führte sie zu einem Waschbecken in einem großen Badezimmer, das die Sanierung noch vor sich hatte. Sobald sie allein in dem Raum waren, schloss er die Tür hinter sich und umarmte Isabel fest. »So viel Zeit muss sein.« Er zog sie enger an sich heran und küsste sie.

Als sich ihre Lippen voneinander lösten, kicherte Isabel.

Nils zog eine Augenbraue hoch. »Was ist denn so lustig?«

»Ich komme mir vor wie damals als Teenager. Da habe ich auch heimlich geknutscht.«

Voll gespieltem Entsetzen sah er sie an. »Du hast geknutscht? Und dann noch heimlich? Unfassbar!« Er küsste sie gleich noch einmal.

»Von welchen Möbeln hast du vorhin eigentlich gesprochen?«, wollte Isabel wissen. Sie wand sich lachend aus seiner Umarmung und befüllte den Eimer mit warmem Wasser.

»Das sind noch die alten Möbel meiner Urgroßeltern. Meine Eltern haben sie damals bei Freunden in einer Halle einlagern lassen, weil sie zu schade zum Wegwerfen waren. Die Stücke sind alle antik und würden vermutlich einen guten Preis erzielen, wenn wir sie verkaufen würden. Aber das wollen wir nicht. Dafür hängen zu viele Erinnerungen daran, und jedes Stück gehört auch zu unserer Familientradition.«

Er strich ihr eine helle Haarsträhne hinters Ohr und sprach ernst weiter. »Die Renovierung des Haubargs ist der perfekte Anlass, dass sie wieder aufgestellt werden. Die alten Friesenmöbel haben nämlich den gleichen besonderen Charme wie das Bauernhaus. Sie sind schlicht und zeitlos, gleichzeitig haben sie durchaus aufwendige Details wie zum Beispiel geschwungene Stuhlbeine, gedrechselte Tischbeine, Schnitzereien oder Kassettentüren.«

Ihr entging nicht, wie seine Augen glänzten, während er von den Feinheiten der Möbel erzählte.

»Das hört sich passend für dieses Haus an.« Als genug Wasser in den Eimer gelaufen war, drehte sie den Hahn zu und stellte den Eimer auf den Boden. So lange sie unter sich waren, wollte sie Nils jetzt die Frage stellen, die sie beschäftigte: »Meinst du eigentlich auch, dass dein Opa Erk ein wenig verliebt in Frau Osterfeld sein könnte?«

Nils lächelte. »Aber unbedingt!«

»Wirklich?« Sie war nicht sicher, ob er sie auf den Arm nehmen wollte.

»Sie war wohl seine erste große Liebe, bevor er meine Oma geheiratet hat.«

Das erklärte es. Isabel nickte. »So ist das also.«

»Und nun sind beide verwitwet.«

»Und alte Liebe rostet nicht.«

Er zog sie erneut an sich. »Das gilt übrigens besonders für uns im Norden. Wenn wir Nordlichter einmal unser Herz richtig verschenkt haben, dann ist das für immer. Das nehmen wir dann auch nicht mehr zurück.«

»Umtausch ausgeschlossen. Gut zu wissen.« Isabel lächelte ihn an, stellte sich auf die Zehenspitzen und gab ihm einen zarten Kuss, der mehr verhieß, aber darauf konnte er noch etwas warten. Entschlossen umfasste Isabel den Griff des vollen Eimers. »Lass uns mal zurückgehen, bevor die zwei auf komische Ideen kommen.«

»Ob die beiden an uns denken, wenn sie allein sind? Ich wage es zu bezweifeln.« Nils zwinkerte ihr zu. »Aber du hast recht. Erst die Arbeit, dann das Vergnügen.«

* * *

Auf den Sprossenfenstern hatte sich der Dreck von mindestens einem halben Jahrzehnt angesammelt. Isabel putzte jedes der Fenster zweimal, um das Glas frei von Staubpartikeln und dazu streifenfrei zu bekommen. Danach hängte sie zusammen mit Nils helle Leinenschals auf.

Frau Osterfeld befestigte in den großen Sprossenfenstern schließlich Buchsbaumkränze, die durch feine Lichterketten beleuchtet wurden. Auf der Stufe vor der Haustür hatte sie links und rechts hohe Windlichter platziert, die sie mit hellen Kerzen, Moos und silbernen Ausstechsternen dekorierte. Auf den Kaminsims legte sie einen kleineren Buchsbaumkranz, der denen in den Fenstern ähnelte, und stellte in dessen Mitte mehrere rote Stumpenkerzen und eine Engelsfigur.

Freunde der Familie hatten in der Zwischenzeit in einem Sprinter einige Möbel von Nils' Urgroßeltern vorbeigebracht und eine große Nordmanntanne in der Mitte des Raums aufgestellt.

Mari beschnüffelte die Zweige des Baums und begutachtete jede Veränderung schwanzwedelnd. Für sie schien die Weihnachtsaktion ein Riesenspaß zu sein.

Als Frau Osterfeld einen Karton öffnete, stieß sie einen spontanen Begeisterungsruf aus. »So was Schönes habe ich ja lange nicht mehr gesehen!« Mithilfe von Opa Erk förderte sie eine antike Krippe zutage, die als Blickfang auf eine alte friesische Anrichte gestellt wurde.

Als die Abenddämmerung längst eingesetzt hatte, waren sie zufrieden mit ihrem Werk. Es war fast vollbracht.

Frau Osterfeld und Opa Erk verabschiedeten sich. »Sind Sie sicher, dass Sie nicht doch mitfahren wollen?«, fragte sie Isabel, als sie an der Haustür standen.

»Nein, ist schon gut. Ich schmücke noch in Ruhe den Baum. Nils bringt mich und Mari später zurück zum Schipperhus.«

»Da bekomme ich ja glatt ein schlechtes Gewissen, wenn ich Sie hier alleine weiterarbeiten lasse.«

»Machen Sie sich mal keine Gedanken, sondern ruhen Sie sich aus. Das haben Sie sich verdient.«

»Dann lassen Sie mich wenigstens Ihren Hund mitnehmen. Harms freut sich bestimmt, wenn er Mari füttern und betüdeln kann.«

Isabel überlegte kurz. »Ja, das ist vielleicht eine gute Idee. Es könnte tatsächlich noch etwas dauern, bis ich fertig bin. Ich hole Mari dann später ab.«

Frau Osterfeld winkte ab. »Lassen Sie sich ruhig Zeit damit. Harms ist eine Nachteule. Vor drei Uhr geht er nie ins Bett.«

Isabel und Nils schauten dem alten Mercedes nach, bis er vom Hof gefahren war.

»Und was machen wir jetzt?«, wollte Nils wissen, als er den Arm um Isabel gelegt hatte und sie es genoss, seine Wärme zu spüren.

»Den Baum schmücken. Aber dafür brauche ich eine Leiter. So lange Arme habe ich nämlich nicht.«

Nils holte eine Leiter, und Isabel schmückte den Baum mit roten, grünen und goldenen Kugeln und farblich passenden Schleifen. Beim Befestigen zweier Lichterketten half er ihr. Zum Schluss setzten sie einen leuchtenden Stern auf die Tannenspitze.

Konzentriert stieg Isabel von der Leiter, trat einen Schritt zurück und begutachtete ihr Werk. »Fertig!« Sie warf Nils ein strahlendes Lächeln zu. »Ist das nicht der schönste Weihnachtsbaum überhaupt?«

»Auf jeden Fall. Ich bin sicher, dass alle begeistert sein werden, wenn sie ihn sehen.« Er drehte sich zum Fenster und blickte raus auf den Hof, auf dem Motorengeräusche erklangen und Scheinwerfer aufleuchteten. »Ah, da sind sie ja. Pünktlich wie die Maurer.«

»Wer denn?« Isabel räumte den übrig gebliebenen Schmuck zurück in Kartons und war etwas enttäuscht. Sie hatte auf ein wenig Zweisamkeit gehofft.

»Sage ich dir gleich.« Nils verschwand aus dem Wohnraum und kehrte kurz darauf mit drei Tüten zurück, in denen sich mehrere Aluschalen, Tütchen und Plastikdosen befanden. Er stellte die Tüten auf dem großen Esstisch ab.

»Ach, hast du etwa Essen bestellt?«, fragte sie überrascht und erleichtert zugleich.

»Jap. Es ist zwar leider nicht besonders umweltfreundlich. Aber ich hoffe, du hast Hunger.«

»Und wie!«

»Dann setz dich schon mal.« Zuvorkommend stellte er Stühle an den Tisch, bevor er Geschirr und Besteck hervorzauberte. Zum Schluss stellte er eine Kerze in die Tischmitte und zündete sie an.

»Ich fühle mich, als wäre heute schon Weihnachten«, brachte Isabel überwältigt hervor und betrachtete ungläubig, was Nils an Leckereien für sie organisiert hatte. »Das ist ja ein richtiges Menü.«

»Probiere es lieber erst, bevor du dich bedankst«, wandte er ein. Ihm war jedoch anzusehen, wie sehr er sich über die gelungene Überraschung freute. »Guten Appetit.«

Er schenkte Weißwein in Kristallgläser ein und servierte einen Teller Fischsuppe mit Safran, einem Hauch Knoblauch und Pernod. Darauf folgte ein Schollenfilet mit Speck und in Butter angebraten, dazu Bratkartoffeln und Salat. Als krönenden Abschluss ließen sie sich eine Pannacotta schmecken.

Während des Essens redeten sie kaum, sondern saßen einander gegenüber und tauschten vielsagende Blicke aus. Es herrschte eine romantische Stimmung zwischen ihnen, die keiner großen Worte bedurfte. So wehrte Isabel sich auch nicht, als Nils sie zu dem großen Sofa führte, das gegenüber vom Kamin stand.

Versonnen schaute sie in die Flammen, während er einen Arm um sie legte und näher an sie heranrückte. Sie spürte seinen Atem an ihrem Hals und bekam eine wohlige Gänsehaut. »Danke für das wunderbare Essen.«

Er schaute sie intensiv an und steckte eine Haarsträhne hinter ihr Ohr. »Für dich würde ich doch alles tun.«

Isabel schluckte. »Ja?«

Statt mit Worten zu antworten, ließ er seine Lippen über ihren Hals wandern. Genussvoll atmete Isabel seinen Duft ein und schloss die Augen.

»Ich möchte gerne die Nacht mit dir verbringen«, flüsterte er in ihr Ohr und küsste dann ihre Fingerspitzen.

»Ja«, hauchte sie und gab sich den überwältigenden Gefühlen hin, die er in ihr weckte.

* * *

Es war weit nach Mitternacht, als Nils sie am Schipperhus absetzte. In der Küche brannte noch Licht.

»Ein Glück, Herr Frerich ist tatsächlich noch wach«, sagte Isabel.

Nils nahm ihre Hand und küsste sie. »Bereust du etwa unseren gemeinsamen Abend?«

»Natürlich nicht.« Sie schüttelte den Kopf. »Wie könnte ich? Es war einfach fantastisch. Das köstliche Essen in dem schönen Haubarg, das Knistern des Feuers … Du …«

Er lächelte und küsste wieder ihre Hand. »Ich würde ja sagen, ich komme noch mit hoch auf einen Kaffee. Aber dann komme ich morgen nicht in die Gänge, und am Ende wird die Überraschung für Frau Frerich doch nicht pünktlich fertig.«

»Das wäre in der Tat eine Katastrophe. Wir sehen uns.« Sie gab ihm einen sanften Abschiedskuss und stieg dann aus dem Wagen. Bevor er losfuhr, warf sie ihm noch einen Handkuss zu.

Dann eilte Isabel zur Haustür des Schipperhus' und klopfte leise an, um niemanden zu wecken.

Herr Frerich erschien kurz darauf in der Tür. In seinem Mundwinkel hing eine dampfende Pfeife, neben ihm stand Mari.

»Danke, dass Sie auf meinen Hund aufgepasst haben.«

»Wir haben zusammen einen Abendspaziergang gemacht, Radio gehört und Kreuzworträtsel gelöst. Und Schweineöhrchen gab es auch.« Er strich über Maris Kopf, die sich dabei an sein Bein lehnte.

Isabel lächelte. »So langsam verstehe ich, warum mein

Hund so gerne bei Ihnen ist. Das ist ja ein All-inclusive-Service.«

»Und ich gewöhne mich wieder an einen Hund. Bei meiner Frau scheint auch nicht mehr viel zu fehlen«, verkündete er vergnügt.

»Das sind gute Neuigkeiten«, erwiderte Isabel leise. »Dann nochmals vielen Dank und später eine gute Nacht.«

Leise schloss sie die Tür zum Nebengebäude auf und betrat kurz darauf die Ferienwohnung.

Sie zog sich aus und schlüpfte in ihren kuscheligen Pyjama. Mit einem Tee machte sie es sich auf der Couch gemütlich und schaltete den Fernseher ein. Sie war viel zu aufgeregt, um gleich ins Bett zu gehen.

Während sie an dem Tee nippte, ließ sie den Abend noch einmal Revue passieren. Eigentlich müsste sie überglücklich sein und auf Wolke sieben schweben, doch allmählich wurde ihr das Herz immer schwerer. Der Countdown lief. Sie konnte das Ticken der Uhr förmlich hören.

Bald musste sie ihren Koffer packen und in ihren Alltag in Rosenheim zurückkehren beziehungsweise die neue Stelle antreten. Vor ein paar Wochen war ihr Leben noch so klar gewesen. Sie hatte sich auf den neuen Job gefreut und auf die Zukunft mit Jens. Dass sie noch vor Weihnachten in einer völlig neuen Situation stecken würde, hätte sie nicht im Traum geglaubt.

Und jetzt? Isabel fühlte einen Anflug von Verzweiflung in sich aufsteigen. Es musste am Ende alles gut werden. Es musste einfach!

14. Kapitel

»Bist du bereit?«, fragte Isabel. Sie stand in gehörigem Sicherheitsabstand von Milo entfernt und hielt Mari am Halsband fest.

Der Junge griff nach der Hand seiner Mutter, als suchte er Halt. Einen Augenblick verharrte er wie erstarrt. In seinen Augen spiegelte sich ein Anflug von Panik, doch dann sammelte er sich und nickte schließlich.

»Okay, Milo. Du wirfst gleich den Ball, ich lasse Mari los, sie wird ihn holen und zurück zu dir bringen. Hast du das verstanden?«

Der Junge nickte. Dabei schaffte er es für einen Moment, Blickkontakt mit Isabel herzustellen.

»Du kannst bis drei zählen, und dann wirfst du den Ball. Ich weiß, dass du das schaffst«, sprach Isabel ihm Mut zu.

Fast unmerklich nickte er zweimal mit dem Kopf. »Drei!«, rief er dann laut und schleuderte den Ball wie ein Katapult durch den Garten.

Isabel ließ Mari los. Die Hündin flitzte hinter dem Ball her, schnappte ihn sich und legte das Spielzeug wenig später brav vor Milos Füßen ab. Dann setzte sie sich vor ihn hin und sah ihn aufmerksam an. Isabel hielt kurz den Atem an, denn sie wusste, dass dies nun ein entscheidender Augenblick war, der die Weiche für den nächsten Schritt stellte. Sie warf einen Blick zu Frau Peters, die genauso gespannt zu sein schien.

Langsam streckte der Junge die Hand aus und ging in die Hocke. Isabel rechnete damit, dass er den Ball aufheben und noch einmal werfen würde, aber das tat er nicht. Stattdessen berührte er mit seinen Fingerspitzen sacht Maris Kopf. Erst leicht, eine sicher fast kaum spürbare Berührung. Dann legte er seine Handfläche auf ihren Kopf, und schließlich streichelte er sie einmal.

Mari ließ die Annäherung geduldig über sich ergehen. Als Therapiehund war sie daran gewöhnt, dass große und kleine Menschen sich ihr langsam annäherten.

Als Nächstes hob Milo den Ball auf, nickte wieder zweimal und rief erneut: »Drei!« Der Ball flog erneut durch die Luft, und Mari lief begeistert hinterher.

Isabel machte Milos Mutter ein Handzeichen, sich ein wenig von ihrem Sohn zurückzuziehen. Frau Peters machte zwei Schritte nach hinten und verfolgte gebannt jede Bewegung ihres Jungen. Isabel merkte, dass sie dem Ganzen noch nicht traute. Das war eine typische Reaktion von betroffenen Angehörigen. Meistens war vor einer Tiertherapie schon eine Vielzahl anderer Therapieversuche erfolgt, die zu keinem nennenswerten Fortschritt geführt hatten. Deswegen waren die meisten Familienmitglieder vorsichtig optimistisch, wenn sie über Umwege bei Mari und ihr landeten.

Die Hündin ließ den Ball wieder vor Milos Füße plumpsen. Es wiederholte sich die Szene. Er streichelte Mari einmal, nahm das Spielzeug, nickte zweimal, rief laut die Zahl drei und warf den Ball. Milo hatte gar nicht gemerkt, dass seine Mutter nicht mehr neben ihm stand.

Isabel ging langsam zu Frau Peters.

»Das ist ja fast wie ein kleines Wunder«, sagte sie atemlos. »So habe ich meinen Sohn noch nie gesehen.«

»Das ist vor allem ein sehr gutes Zeichen. Milo scheint auf die Tiertherapie anzusprechen. Wichtig ist immer, dass der Knoten platzt, und das ist bei Ihrem Kind der Fall. Schauen Sie mal, wie vertieft er in das Spiel mit Mari ist.«

Schweigend beobachteten sie, wie Milo mit dem Hund spielte und den bekannten Ablauf jedes Mal identisch wiederholte. Isabel fühlte eine tiefe Zufriedenheit in sich aufkeimen. Genau das liebte sie an ihrer Arbeit. Den Moment, wo es einen entscheidenden Durchbruch gab und sich das Leben ihres Patienten zum Besseren wendete. Das war ihre und auch Maris Berufung, und darin waren sie verdammt gut.

Der Gedanke, von dem bereits unterzeichneten Arbeitsvertrag zurückzutreten, erschien ihr immer richtiger. Nicht nur ihre Patienten lernten in den Therapien hinzu, auch sie bekam dabei die Gelegenheit, mehr über sich selbst zu erfahren. Es wäre fatal, wenn sie ihre und Maris Mission wegen eines höheren Einkommens aufgeben würde. Das, was sie mit ihrem Hund bewirken konnte, könnte kein Geld der Welt aufwiegen.

Sie lächelte und konnte sich kaum an Milo und Mari sattsehen.

* * *

Mit einem Ruck zog Isabel die Thermostrumpfhose hoch und schlüpfte danach in ihre Jeans. Der Wind war an diesem Tag besonders eisig. Und im Garten von Familie Peters war ihr mächtig kalt geworden. Nichtsdestotrotz hatte Isabel sich vorgenommen, ihren Plan, zum Hundestrand nach Ording zu fahren, endlich in die Tat umzusetzen. Deswegen zog sie ihren wärmsten Pullover über und packte eine Wollmütze in ihre Tasche. Der Ortskarte konnte sie nicht genau entnehmen, wo genau sich der Hundestrand befand. Sie nahm sich vor, bei den Frerichs nachzufragen. Als ehemalige und wahrscheinlich baldige Hundebesitzer wussten sie unter Garantie, wo dieser Strand lag.

Isabel zog ihre dicke Jacke an und schlang einen grob gestrickten Schal um ihren Hals. Bevor sie die Wohnung mit Mari verließ, legte sie noch das Heilsteinarmband um, das sie im *MeerGlück* gekauft hatte. Sie mochte das Schmuckstück sehr und hatte sich mittlerweile daran gewöhnt, die Steine an ihrem linken Handgelenk zu spüren. Früher hatte sie eine Uhr getragen, und es hatte ihr jedes Mal etwas gefehlt, wenn sie vergessen hatte, sie anzulegen. Ähnlich fühlte es sich nun an, wenn sie das Armband nicht trug.

Isabel zog die Tür hinter sich zu und lief mit Mari die

Treppen hinunter. Am Hauseingang des Schipperhus' betätigte sie dieses Mal die Klingel.

Herr Frerich öffnete und warf ihr einen erfreuten Blick zu. »Hallo, brauchen Sie mal wieder einen Hundebetreuer?« Er zwinkerte ihr fröhlich zu, und Mari ließ sich schwanzwedelnd von ihm den Kopf tätscheln. Ihr Hund hatte den Hausherren genauso ins Herz geschlossen wie er sie.

»Ausnahmsweise nicht«, antwortete sie lachend. »Aber keine Sorge, ich werde Sie bestimmt irgendwann wieder fragen.«

Er zog die Tür weiter auf. »Kommen Sie doch bitte rein. Ist heute ziemlich frostig draußen.«

Mari und sie folgten ihm in die geräumige Stube. In einem Kaminofen brannte ein Feuer, das für gemütliche Wärme sorgte. Auf einem Plattenspieler drehte sich eine Schallplatte. Freddy Quinn beschwor singend einen Seemann. Frau Osterfeld und ihre Schwester saßen einträchtig nebeneinander auf einem geblümten Sofa und strahlten pure Harmonie aus. Beide hielten Stickrahmen in Händen und waren in ihre Arbeit vertieft. Erst jetzt fiel Isabel die frappierende Ähnlichkeit zwischen den Schwestern auf. Beide hatten nicht nur die gleiche Körperhaltung, sondern auch exakt die gleiche Mimik bei der Handarbeit.

Frau Osterfeld stach mit der Nadel von links durch den Stoff, wickelte den Faden direkt am Ausstich zweimal um die Nadel, stach daneben wieder ein und zog den Faden an.

»Ich habe Besuch mitgebracht«, verkündete Herr Frerich.

»Guten Tag. Ich möchte gar nicht lange stören«, sagte Isabel.

»Hallo.« Frau Osterfeld blickte überrascht von ihrer Stickarbeit auf.

»Guten Tag«, grüßte Frau Frerich und warf einen Blick auf die Handarbeit ihrer Schwester. »Helma, deine Knötchen sind viel zu unregelmäßig. Das sieht hinterher wie Kraut und Rüben aus.«

Frau Osterfeld zuckte entschuldigend mit den Schultern. »Ich bin wohl mit der Zeit ein bisschen aus der Übung gekommen.«

»So geht das nicht. Die Nadel muss auf dich zeigen beim Wickeln und nicht weg in Richtung Stickerei. Und du darfst die Umwicklung auf der Nadel nicht mit Daumen und Zeigefinger festhalten. Dann bildet sich nämlich der Knoten viel zu weit oben im Faden, und schon hast du den Salat. Gib doch mal her.« Sie legte ihren Rahmen an die Seite und nahm dafür den ihrer Schwester. »Man sticht die Nadel mitsamt der Umwicklung erst in den Stoff, dann die Umwicklung schön fest um die Nadel ziehen. Und erst dann stichst du durch den Stoff. Siehst du?«

Frau Osterfeld nahm ihren Stickrahmen wieder entgegen und betrachtete ihn. »Tatsächlich. Nun ist es gleichmäßig.«

Herr Frerich räusperte sich. »Könntet ihr eure Expertengespräche einen Moment unterbrechen?«

Die Schwestern blickten zu ihnen.

»Ich habe eigentlich nur eine kurze Frage.« Isabel holte die Ortskarte aus ihrer Tasche. »Wo finde ich den Hundestrand in Ording? Von dort aus soll man einen schönen Blick auf den Westerhever Leuchtturm haben, habe ich gehört.«

»Oh ja. Das stimmt allerdings«, bestätigte Frau Frerich. »Besonders bei klarer Sicht, so wie heute.«

»Zeigen Sie mal.« Herr Frerich nahm Isabel den Ortsplan ab. »Den Zugang zum Strand erreichen Sie über den Norderdeich.« Er deutete auf die nördlichste Straße von ganz St. Peter-Ording.

Frau Osterfeld ließ ihre Handarbeit sinken und seufzte. »Am Norderdeich war ich auch schon lange nicht mehr.«

»Du warst fast überall in St. Peter schon lange nicht mehr«, konterte Frau Frerich trocken.

»Wohnen Berta und ihre Schwester eigentlich noch da?«

Frau Frerich schüttelte den Kopf. »Nur noch Berta. Alleine.«

»Ach. Die arme Berta!« Frau Osterfeld senkte betroffen den Blick. »Ich muss sie unbedingt mal besuchen.«

»Da begleite ich dich dann.« Frau Frerich nickte ihr aufmunternd zu.

»Eine Frage hätte ich noch«, schaltete sich Isabel wieder in das Gespräch. »Bis zu welcher Haltestelle fahre ich am besten mit dem Ortsbus?« Seit ihrer Ankunft in St. Peter-Ording hatte sie bewusst auf ihren Wagen verzichtet. Es schonte die Umwelt, und das Radfahren und die vielen Spaziergänge taten ihr gut. Durch die Fahrten mit dem Bus lernte sie zudem die wichtigsten Ecken von St. Peter-Ording kennen.

»Steigen Sie am besten an der Utholm aus. Die ist näher dran als Ordinger Deich«, riet Frau Frerich und konzentrierte sich wieder aufs Sticken.

* * *

Vor einem rot geklinkerten Haus mit einem farblich passenden Dach stieg Isabel mit Mari aus dem Bus. Sie stellte sich in das Haltestellenhäuschen und schaute sich auf dem Display ihres Handys ihren aktuellen Standort an. Sie mussten ja nur die nächste Straße rechts gehen, und schon waren sie am Norderdeich. Wie praktisch, und tatsächlich nah.

Ihr Weg führte sie an einem Campingplatz und einigen Häusern vorbei. Links von ihr erstreckte sich hoch der Deich. Während sie einen Fuß vor den anderen setzte, erschien ihr der Weg zum Strand nun doch immer weiter. Unschlüssig sah Isabel sich um und entdeckte eine Frau, die gerade aus einem weiß gestrichenen Reetdachhaus kam.

»Entschuldigung«, sprach Isabel sie an. »Ich möchte mit meiner Hündin zum Hundestrand. Er muss hier ganz in der Nähe sein. Können Sie mir vielleicht sagen, wie ich am besten dort hinkomme?«

»Aber na klar!« Die Frau stutzte und legte den Kopf schräg. »Ich kenne Sie doch.«

»Mich?«, fragte Isabel verwundert.

»Sie waren zusammen mit Ihrem Hund kürzlich in meinem Laden. Ich meine, Sie haben zwei Armbänder gekauft. Stimmt's?«

»Ja, natürlich! Jetzt erkenne ich Sie auch. Was für ein Zufall, dass ich Sie hier treffe.« Isabel lächelte.

»An Zufälle glaube ich nicht. Eine Freundin von mir wohnt hier.« Sie deutete auf das reetgedeckte Haus. »Wenn Sie möchten, zeige ich Ihnen den Weg zum Strand.«

»Sehr gerne. Das ist wirklich sehr nett von Ihnen.«

»Ich bin Jana.« Sie streckte Isabel eine Hand entgegen.

»Isabel. Freut mich.«

Jana rieb die Handflächen aneinander. »Dann lass uns mal gehen, bevor uns hier noch alle Glieder einfrieren.«

Sie führte Isabel und Mari über eine Treppe den Deich hinauf, die auf der anderen Seite gleich wieder hinunterführte. »Wir müssen da lang.« Jana zeigte auf einen Weg, der über einen Steg und durch Dünen führte.

Isabel freute sich über ihr Glück, Jana getroffen zu haben und von ihr den Weg gezeigt zu bekommen. Lächelnd folgte sie ihr, und als sie aus den Dünen heraustrat, lag ein weiter weißer Strand vor ihr. Auf der rechten Seite erhob sich der rot-weiße Leuchtturm mit seinen zwei baugleichen Häuschen. Und auf der anderen Seite blickte sie hinaus auf das weite Meer.

»Wow!«, entfuhr es Isabel beeindruckt. »Was für ein cooler Strand, und der Leuchtturm scheint so nah zu sein. Kann man da hinlaufen?«

»Besser nicht. Die Entfernung täuscht, besonders bei so klarer Sicht. Der Turm ist weiter weg, als es aussieht. Es haben schon einige Leute versucht, dort hinzulaufen. Das hat meistens zu Einsätzen der Küstenwache geführt.«

»Oha!«

»Dann lieber mal auf dem Landweg zum Leuchtturm fahren. Das ist sicherer.«

»Danke für den Tipp!«

»Da nicht für. Kann ich sonst noch was für dich tun?«, fragte sie freundlich.

»Nein, eigentlich nicht. Oder … Doch.« Isabel schob ihren linken Ärmel ein wenig nach oben und zeigte auf das Armband. »Wie hießen die Steine doch gleich?«

Jana lächelte. »Das sind Fluorite.«

»Ach ja, genau. Ich versuche mir den Namen zu merken, damit ich meiner Freundin sagen kann, wie die Steine heißen.«

»Warum hast du dir eigentlich genau dieses Armband ausgesucht?«, wollte Jana wissen.

»Warum?« Sie überlegte einen Moment und zuckte dann die Achseln. »Mir hat die violette Farbe so gut gefallen, denke ich.«

»Aha. Also die Farbe …« Jana kniff die Augen zusammen.

»Ich denke schon. Es sieht auch sehr hübsch aus.«

Jana verschränkte die Arme vor der Brust. »Meine Theorie ist da eine andere.«

»Wie lautet die?«, fragte Isabel interessiert.

»Ich bin zutiefst davon überzeugt, dass die Steine sich ihren Besitzer aussuchen. Sie ziehen die Menschen an, die ihre heilenden Kräfte benötigen.«

»Das hört sich aber ziemlich mystisch an.«

»Ist es auch, und vor allem höchst spannend. Das beobachte ich immer wieder bei meinen Kunden. Bestimmt kannst auch du einige Heilenergien der Fluorite gut in deiner jetzigen Situation gebrauchen.« Aufmerksam sah Jana sie an.

»Vielleicht.« Isabel lächelte verlegen. »Kannst du sie mir noch einmal nennen?«

»Aber sicher. Die meisten Heilsteine haben eine Fülle von Wirkungsweisen. Fluorite verleihen zum Beispiel geistige Freiheit. Sie sorgen für Vitalität und Veränderungen im Leben. Außerdem helfen sie ihrem Träger dabei, das Leben neu zu gestalten, Ängste zu lindern, unterdrückte Gefühle zu leben und mehr Sensibilität in der Liebe zuzulassen.«

Mit den Fingerspitzen strich Isabel verwundert über das Armband. »Das kommt mir bekannt vor.«

»Siehst du. Es gibt keine Zufälle.« Sie lächelte Isabel an. »Sei mir nicht böse, aber ich muss mich leider auf den Rückweg machen. Mein Laden ruft.«

»Kein Problem. Vielen Dank noch mal, dass du dir die Zeit genommen und mich hierherbegleitet hast. Natürlich auch für den Exkurs ins Reich der Fluorite.«

»Aber sehr gerne. Wenn noch was sein sollte, komm ruhig jederzeit im Laden vorbei. Ich würde mich freuen!«

»Das werde ich tun. Danke.« Fröhlich winkte sie Jana

nach, bevor sie sich umwandte und zwischen den Dünen verschwand.

Sie schob sich eine Haarsträhne unter die Mütze und ging mit Mari weiter hinaus auf den Strand, wo sie sie von der Leine ließ. Mari schnüffelte erst ein wenig die sandige Umgebung ab, bevor sie begann, wild umherzutoben, und Richtung Spülsaum lief. Außer ihnen waren nur ein paar Möwen auf dem weiten Strand, über den Windböen fegten und dabei Sand aufwirbelten. Isabel genoss die Stimmung und spürte die Kräfte der Natur.

Versonnen lächelte sie, während sie Mari beobachtete, und dachte nach. Konnte es wirklich sein, dass Steine sich ihre Besitzer aussuchten? Das klang für sie nach einer Geschichte aus einem *Harry Potter*-Buch. Sehr geheimnisvoll und gleichzeitig ein wenig unheimlich. Und doch traf es ja auf sie zu. All die beschriebenen Wirkungen passten erschreckend genau zu ihrer Lebenssituation. Isabel suchte nach einer logischen Erklärung dafür, konnte sich jedoch keinen Reim darauf machen. Letztlich beschloss sie, es einfach als gegeben hinzunehmen. Bestimmte Dinge waren vermutlich nicht rational erklärbar.

Über den pfeifenden Wind hinweg hörte sie plötzlich ein Geräusch, das gar nicht in diese Umgebung zu passen schien. Ihr Handy. Katis Gesicht lachte ihr auf dem Display entgegen, als sie es aus der Tasche zog. »Hallo!«, sagte sie zur Begrüßung.

»Wie hörst du dich denn an?«, fragte Kati etwas atemlos.

Isabel lachte. »Jetzt fängst du wieder damit an.«

»Womit?«

»Wie sich jemand am Telefon anhört.« Sie drehte sich vom Wind weg und versuchte das Handy mit einer Hand abzuschirmen. »Ich bin am Strand, und der Wind pfeift mir um die Ohren.«

»Ach so. Dann pass gut auf, dass du nicht wegfliegst.« Kati kicherte.

»Na, du bist ja gut gelaunt.«

»Und ob! Denn stell dir vor, ich hatte den richtigen Riecher!«

»Kati, du sprichst in Rätseln. Was hast du denn gerochen?«

»Den Braten natürlich. Und er heißt Jens.«

Isabel verzog den Mund. »Na, du hast ja nette Bezeichnungen für deinen Bruder.«

»Stell dir vor, Jens hat den Urlaub abgebrochen. Er ist auf dem Rückflug nach Deutschland«, erzählte Kati triumphierend.

»Hör auf, du willst mich doch veräppeln!« Isabel traute ihren Ohren nicht.

»Ganz und gar nicht. Er hat mir vorhin eine Sprachnachricht geschickt, nachdem er am Kahului Airport eingecheckt hat, um mich zu bitten, ihn morgen vom Münchener Flughafen abzuholen.«

Isabel blieb abrupt stehen. »Das gibt es doch nicht!«

»Ich habe doch gleich gesagt, dass Jens merkwürdig war. Mein Bruder kann mir nichts vormachen.«

»Scheint so. Aber wieso hat er seinen Urlaub denn abgebrochen? Und was ist mit seiner neuen Flamme? Holst du sie auch vom Flughafen ab?«

»Nö. Die neue Flamme hat sich als Stichflamme entpuppt, die verlöscht ist. Sie bleibt auf Hawaii und fliegt mit dem regulären Flug zurück.«

»Damit habe ich überhaupt nicht gerechnet«, gab Isabel zu.

»Ich schon. Mein Gefühl hat mir gesagt, dass die Sache nicht halten wird. Dafür kam das viel zu Hals über Kopf. Das passt einfach nicht zu meinem Bruder. Aber dafür passt du zu ihm.« Kati lachte.

»Wann landet er denn?«, fragte Isabel, um nicht näher auf eine mögliche Fortsetzung ihrer Beziehung mit Jens eingehen zu müssen. Sie hatte bislang ja nichts von Nils erzählt. Was würde es für einen Eindruck auf Kati machen, wenn sie ihr nun erzählte, dass sie sich gleich nach ein paar Tagen in St. Peter-Ording mit einem Einheimischen eingelassen hatte? Vermutlich hielt Kati sie dann für genauso eine treulose Tomate wie Jens.

»Morgen Mittag. Sein Flug hat einen Zwischenstopp. Soll ich ihn von dir grüßen?«

»Ähm … Ja, klar.« Isabel wusste nicht, was sie sagen sollte.

In dem Moment bellte Mari. Als Isabel in dieselbe Richtung blickte wie ihr Hund, sah sie eine Frau, die sich ihr mit ihrem Schäferhund näherte. »Kati, ich muss leider auflegen. Hier ist ein anderer Hund auf dem Strandabschnitt. Mari hat ihn gerade schon lautstark begrüßt.«

»Kein Problem«, erwiderte Kati fröhlich. »Ich halte dich wegen Jens auf dem Laufenden.«

Isabel beendete das Gespräch und ging zu Mari, die ein Stück Treibholz im Maul hielt. »Ja, fein! Hast du Strandgut gefunden, meine Liebe?« Sie nahm ihr das Holzstück ab und warf es im hohen Bogen von sich. Ihre Hündin preschte hinterher.

Nein, dachte Isabel. Ihr Bauch sagte eindeutig Nein. Sie konnte es sich beim besten Willen nicht vorstellen, mit Jens einen erneuten Versuch zu starten. Vor ihrer Ankunft in St. Peter-Ording hätte sie höchstwahrscheinlich darüber nachgedacht, ihm zu verzeihen. Doch die Dinge hatten sich geändert, und nun sah sie klarer. Schließlich hatte er sie fallen lassen, nachdem er heimlich die Weichen mit einer anderen gestellt hatte. So leid es ihr tat, sie konnte ihm nicht mehr vertrauen. Außerdem gehörte ihr Herz längst Nils.

15. Kapitel

»Haben wir auch wirklich alles?« Frau Osterfeld blickte prüfend auf die Ausbeute im Kofferraum, die sie bei *Crantz Floristik* erworben hatte. Das Blumengeschäft lag unweit vom Schipperhus auf der Dorfstraße. Isabel hatte ihrer Nachbarin dabei geholfen, die noch fehlenden Pflanzen und Dekoartikel zu besorgen, und Nils hatte sein Auto mit dem geräumigen Kofferraum für den Transport zur Verfügung gestellt. Es war der Tag vor Heiligabend, und allmählich wurde Frau Osterfeld aufgeregt.

»Aber sicher«, beruhigte Isabel sie. »Es ist alles da. Nils und ich verpassen dem Haubarg gleich den letzten weihnachtlichen Dekoschliff. Morgen wird alles perfekt sein. Machen Sie sich keine Sorgen!«

»Ganz genau.« Nils drückte die Kofferraumklappe hinunter. »Ihre Schwester wird von den Socken sein, wenn sie sieht, was wir für ein schmuckes Anwesen aus dem alten Bauernhaus gemacht haben.«

»Vor allem darf sie vor morgen Abend keine Lunte riechen. Sonst ist die ganze Überraschung im Eimer.« Frau Osterfeld lächelte. »Ich musste mich gerade mit einer Notlüge davonstehlen. Vanillezucker und gemahlene Haselnüsse muss ich jetzt im Supermarkt kaufen. Meine

Schwester möchte nämlich Spritzgebäck für morgen backen. Zum Glück fehlen die Zutaten, sonst hätte ich mir wer weiß was ausdenken müssen. Sie rechnet ja damit, dass der ganze Weihnachtszauber wie jedes Jahr im Schipperhus stattfindet. Ihre Töchter hat Harms eingeweiht. Deswegen bereitet sie kein aufwendiges Weihnachtsmenü vor. Ihre Kinder haben ihr weisgemacht, dass sie sich dieses Mal um das Essen kümmern.« Sie schmunzelte.

Isabel öffnete die Beifahrertür. »Wird schon schiefgehen. Gehen Sie ruhig die Zutaten besorgen und backen mit Ihrer Schwester das Spritzgebäck. Überlassen Sie den Rest einfach uns.«

»Schade, ich hätte gerne noch ein bisschen bei der Vorbereitung geholfen. Geschmückt habe ich schon als kleines Mädchen gerne. Aber wenn ich mich vor dem Backen drücke, riecht meine Schwester den Braten gleich. Früher hat sie mir an der Nasenspitze angesehen, wenn ich versucht habe, ihr etwas zu verheimlichen. In der Zwischenzeit bin ich darin wohl besser geworden.« Sie lachte verschmitzt. »Dann werde ich mal zum Supermarkt gehen.«

»Viel Spaß beim Backen. Und richten Sie bitte Ihrem Schwager noch einmal ein herzliches Dankeschön aus, dass er sich um Mari kümmert.«

»Das werde ich machen. Meine Schwester ist ja der festen Überzeugung, dass Harms Ihnen Mari jedes Mal abschwatzt. Er scheint ganz vernarrt in die Hündin zu sein.«

Isabel grinste. »Ich glaube, das beruht auf Gegenseitigkeit. Mari scheint ihn auch sehr zu mögen.«

»Na dann. Also, bis später!«

»Bis später.« Isabel stieg in den Wagen, und Nils startete den Motor.

* * *

Der alte Haubarg war nur wenige Fahrminuten vom Blumengeschäft entfernt. Nachdem sie alle Besorgungen ins Haus gebracht hatten, begannen sie mit den letzten Vorbereitungen. Nils kümmerte sich um die Elektrik in der provisorisch eingerichteten Küche, während Isabel in der Diele und im Wohnraum weihnachtliche Akzente setzte.

Sie legte eine silberne Schale mit Frischsteckmasse aus und stellte vier verschieden große cremefarbene Stumpenkerzen dazu, die sie mit Draht befestigte. Abschließend dekorierte sie Tannengrün, Olivenzweige, Datteln und Echeverien um die Kerzen. Die Schale bekam einen Platz auf der großen Fensterbank eines Sprossenfensters, auf dem Isabel zuvor eine Girlande aus Ilexblättern, Tannenzapfen und einer zarten Lichterkette platziert hatte.

Als Nächstes wickelte sie einen Strohrömer mit Moos ab. Danach verzierte sie ihn mit verschiedenen Zweigen und befestigte als besonderen Hingucker eine goldene Schleife in dem Grün. An einer naturfarbenen Kordel hängte sie ihn an die rote Eingangstür des Haubargs.

Isabel ging die Treppe hinunter und trat einen Schritt

zurück. Zufrieden begutachtete sie ihr Werk. Richtig festlich sah der Eingang nun aus. So schön weihnachtlich, dass einige es vermutlich als kitschig empfunden hätten. Doch ihr bedeutete es etwas Besonderes: Sie richtete zum ersten Mal ein Weihnachtsfest für jemand anderen aus. Mit Jens hatte sie sich vergleichsweise wenig Mühe beim Dekorieren gegeben, das musste sie zugeben. Und jetzt war sie außerdem Teil eines Ganzen, weil sie nicht allein an der Überraschung mitwirkte.

Neben der Auffahrt zum Bauernhaus stand eine hohe Tanne. Isabel ging zu dem Baum und blickte an ihm empor. Wie schön wäre es doch, wenn der Nadelbaum am Abend weihnachtlich leuchten und die ankommenden Gäste gleich mit einem gewissen Feiertagsglanz in Empfang nehmen würde … Sie lief zurück zum Haus und lugte in die Küche. Nils war immer noch mit dem Herd beschäftigt.

»Haben wir eigentlich noch Lichterketten übrig?«, fragte sie.

»In meinem Wagen sind noch zwei Kartons voll vom Weihnachtsmarkt. Damit haben wir die Holzhütte geschmückt.«

Erfreut klatschte sie in die Hände. »Prima! Kann ich die haben?«

»Klar.« Er warf ihr den Autoschlüssel zu. »Was hast du denn vor?«

»Ich möchte den Tannenbaum in der Auffahrt zum Leuchten bringen.«

»Gute Idee!« Er überlegte einen Moment. »Die Ketten dürften dafür reichen. Im Kofferraum liegen auch noch zwei Vierfachkabelboxen und eine Kabeltrommel. Damit kriegen wir den Baum hell.«

»Dann hole ich mal die Kartons aus dem Auto.«

Isabel hielt eine Lichterkerze in der Hand und streckte ihren Arm weit nach vorne aus. Dabei lehnte sie sich gegen die Äste des Baums, um Halt zu finden.

Nils stand unten und hielt die wackelige Leiter fest. »Sei bloß vorsichtig!«, rief er besorgt.

»Bin ich!«

»Ich kann gar nicht hingucken.«

»Nur noch die eine Kerze«, erklärte sie und ging auf die Zehenspitzen, um eine bestimmte Stelle in der oberen Verästelung des Baums zu erreichen, die ideal wäre.

»Hätte ich das gewusst, hätte ich vorher ein Sprungpolster aufgeblasen.«

Nur noch wenige Zentimeter … »Übertreib mal nicht.«

»Du hast gut reden.«

»Schon geschafft!« Sie steckte die Kerze fest und kletterte anschließend langsam die Leiter hinunter. Überschwänglich umarmte Nils sie, als sie unten ankam.

»Ich habe schon den Aufschlag gehört. Das war ganz schön wackelig.« Er ließ sie los und gab ihr einen sanften Kuss.

»Ach was.« Nachdem sich ihre Lippen voneinander gelöst hatten, schauten sie beide zum Baum hoch. »Die Lichter scheinen jedenfalls gut verteilt zu sein.«

»Das werden wir gleich sehen.« Er trat einige Schritte zur Seite, drückte die Stecker in die Buchsen und legte mit der Kabeltrommel eine Leitung ins Haus.

Isabel ließ die Tanne nicht aus den Augen. Gespannt wartete sie auf den Moment, in dem die Lichter angingen. Es war erst später Mittag, aber durch die zugezogene Wolkendecke dämmriger als am Tag zuvor, an dem die Sonne von einem strahlend blauen Himmel geschienen hatte.

Als die elektrischen Kerzen hell aufleuchteten, breitete sich ein Lächeln auf ihrem Gesicht aus. Sie konnte es kaum erwarten, die kleinen Lichter in der Dunkelheit leuchten zu sehen.

»Brennt der Baum?«, rief Nils.

»Gott sei Dank nicht!«

»Du weißt schon, was ich meine.«

»Er leuchtet ganz toll.« Sie wandte sich zu ihm um und hob einen Daumen. »Jetzt kann Heiligabend kommen.« Als Nils wieder neben ihr stand, griff sie nach seiner Hand und gab ihm einen Kuss auf den Mund. »Ich bin so glücklich darüber, wie schön alles geworden ist. Mit niemandem hätte ich das so gut hinbekommen wie mit dir.«

»Oh ja. Vor allem, dass wir rechtzeitig fertig geworden sind, ist erstaunlich«, stimmte er zu.

»Sind wir denn jetzt wirklich mit allem fertig für morgen, oder muss noch etwas gemacht werden?«

»Es ist alles bereit und einsatzfähig für die große Überraschung. Ich bin sogar schneller gewesen, als ich gedacht habe. Sämtliche Lampen hängen, und die Elektrik in der Küche geht auch. Das hatte ich eigentlich für morgen eingeplant, kurz bevor die Weihnachtssause startet.«

Sie genoss es, als er den Arm um ihre Schulter legte und sie sich an ihn schmiegen konnte. »Ich finde, wir können wirklich stolz auf uns sein.«

»Das finde ich auch.« Er drückte kurz ihre Hand. »Und deswegen haben wir uns auch eine Belohnung verdient. Was meinst du?«

Isabel zog die Augenbrauen hoch. »Was für eine Belohnung denn?«

»Ich lade dich zu einem Saunagang in der Dünen-Therme ein«, verkündete er. »Das heißt: natürlich nur, wenn du deinen Hund nicht gleich abholen musst.«

Lächelnd sah sie in seine tiefblauen Augen. »Herr Frerich meinte, ich soll mir ruhig Zeit lassen. Ich wüsste ja, dass er eine Nachteule ist. Bei ihm ist Mari in besten Händen. Und ich war schon seit Ewigkeiten nicht mehr in der Sauna.«

»Dann sollten wir die Gelegenheit unbedingt nutzen.«

Nils setzte sie am Schipperhus ab, damit sie ihre Sachen für die Dünentherme zusammenpacken konnte. Während sie Handtücher und Bademantel zusammensuchte, fuhr er schnell zum Gutshof der Friedrichs, um ebenfalls ein paar Dinge für den Saunagang zu holen. Isabel grinste in sich hinein, als sie den Bikini, den sie ursprünglich für den gemeinsamen Hawaiiurlaub mit Jens gekauft hatte, aus ihrer Reisetasche zog. Ein bisschen töricht war sie sich schon vorgekommen, als sie ihn vor ihrer Abreise ganz unten in die Reisetasche gesteckt hatte. Mehr aus Trotz denn mit der Absicht, ihn in St. Peter-Ording anzuziehen. Doch nun bot sich die Gelegenheit. Zumindest, wenn sie im Anschluss an den Saunagang noch ein paar Bahnen im Schwimmbad der Dünentherme ziehen wollte.

Zu einem Bade- und einem Handtuch packte sie noch Badelatschen und Körperpflegeprodukte ein. Mit Jens war sie nie in der Sauna gewesen. Er mochte die Schwitzbäder nicht sonderlich, obwohl sie einen positiven Effekt auf das Immunsystem hatten und zur allgemeinen Entspannung beitrugen. Ein paarmal hatte sie versucht, Jens zum gemeinsamen Saunen zu motivieren. Am Ende waren sie entweder bei einem Spaziergang im Wald gelandet oder hatten sich ein paar schöne Stunden am See gemacht. Der Punkt ging ganz klar an Nils.

Beschwingt zog sie den Reißverschluss ihrer Tasche zu und verließ die Wohnung.

* * *

Durch das große Panoramafenster genossen sie einen atemberaubenden Blick über die weite Dünenlandschaft, die Salzwiesen und die Seebrücke bis hin zum Strand. In der Ferne konnte Isabel das Meer erahnen. Sie hatten sich für die Pfahlbausauna entschieden, die mit siebzig Grad

Celsius eine entspannende Temperatur bot. Zunächst hatten Nils und sie sich die Sauna mit zwei Frauen und einem Mann geteilt. Nach einer Weile waren sie dann allein in der Saunahütte.

Bei knisterndem Kaminfeuer genossen sie das wechselnde Farbenspiel des Himmels und die romantische Stimmung. Isabel gefiel der Anblick von Nils' durchtrainiertem Oberkörper und seinen Haaren, die mittlerweile schweißnass waren.

Er hob einen Arm hinter seinen Kopf. »Wir sind schon ein tolles Team.«

»Finde ich auch.« Sie lächelte ihn an.

Verstohlen warf er einen Blick zur Saunatür, bevor er ihr mit einer kaum merklichen Berührung eine Haarsträhne aus dem Gesicht strich. Bei der Berührung erschauerte Isabel. Sie spürte, wie sich vom Nacken aus eine Welle gespannter Erregung über ihren ganzen Körper ausbreitete.

Ganz langsam näherte sich sein Gesicht ihrem. Seine Lippen berührten ihre, sanft und gefühlvoll. Seine Finger glitten über ihre Wangen, während ihre über seinen Nacken und durch sein Haar strichen.

Als er sanft den Kuss beendete, fächelte sie sich lächelnd Luft zu. »Ziemlich heiß hier.«

»Allerdings.« In seinem Blick lag tiefe Zärtlichkeit. Er griff nach ihren Händen und küsste ihre Fingerspitzen. »Ich muss dir was sagen.«

Sie wollte eigentlich nur seine Berührungen genießen,

nicht mehr denken, sondern nur fühlen. »Das hört sich aber ernst an«, erwiderte sie.

Er seufzte. »Es ist auch ernst. Sogar sehr. Und ich hoffe, dass ich mich damit nicht gleich zum Horst mache.«

Jetzt hatte er ihre volle Aufmerksamkeit. »Das glaube ich nicht. Raus mit der Sprache.«

»Isabel, ich weiß, dass du bald aus St. Peter-Ording abreisen wirst. Der Gedanke daran liegt mir, ehrlich gesagt, ziemlich schwer im Magen«, gestand er ihr. »Ich finde, es ist viel zu früh, dass wir uns wieder trennen. Es fängt doch gerade erst zwischen uns an.«

Bedauernd verzog sie ihren Mund. »Ich weiß. Mir geht es ähnlich.« Sie löste ihre Hände aus seinen, um das Handtuch ein wenig höher zu ziehen, das ihren Körper bedeckte. »Ich würde wirklich sehr gerne noch länger bleiben. Die Zeit vergeht viel zu schnell.«

Ernst sah er sie an. »Dann bleib doch! Fahr nicht!«

Sie schüttelte den Kopf. »Wie soll das denn gehen?«

Sie konnte in seinem Gesicht sehen, dass er jetzt all seinen Mut zusammennahm. »Isabel … Ich habe mich in dich verliebt. Wirklich verliebt.«

Sie schluckte und spürte, wie sich ihr Herzschlag beschleunigte. »Ja? Das ist schön …«

Er nickte. »Deswegen möchte ich dich bitten, bei mir zu bleiben. Ich weiß, es ist ein bisschen verrückt und kommt plötzlich. Aber wir werden bestimmt einen Weg finden, damit es klappt.«

»Aber ich habe einen Vertrag für den neuen Job ab Januar«, sagte sie gedankenverloren und merkte selbst, wie lahm das klang. Sie hatte sich ja bereits gegen die Leitung des Gesundheitszentrums entschieden.

»Du kannst auch hier anfangen. Der Job in der Kinderklinik ist noch frei.« Er zwinkerte ihr zu. »Ein Wort von dir, und ich lasse meine Beziehung zur Leitung der Personalabteilung spielen.«

»Das ist wirklich ganz lieb von dir …« Sie fühlte einen tiefen Zwiespalt in sich aufflackern. Ein Leben mit Nils in St. Peter-Ording – das erschien ihr irgendwie zu schön, um wahr zu sein. Sie bekäme nicht nur ihn, sondern auch eine Familie, die sie sich ihr ganzes Leben lang gewünscht hatte. All ihre Träume könnten mit einem Schlag in Erfüllung gehen. Doch statt sich zu freuen spürte Isabel, wie sie plötzlich tiefe Angst überkam.

Ihre Gedanken stolperten förmlich übereinander. Hatte sie sich das nicht auch alles mit Jens erhofft und es versucht? Hatte sie für ihn nicht wider besseres Wissen ihr Herz geöffnet und war bitter enttäuscht worden? Er hatte sie endlich seiner ganzen Familie vorstellen wollen, und gemeinsam hatten sie sich die gemeinsame Zukunft in den schönsten Farben ausgemalt. Dann war der Traum so schnell zerbrochen, einfach wie eine Seifenblase zerplatzt. Das konnte sie kein zweites Mal durchstehen.

Sie schnappte nach Luft, hatte das Gefühl, auf einmal nicht mehr atmen zu können. »Entschuldige bitte. Mir ist irgendwie ganz komisch. Ich muss hier raus.« Panisch stand sie auf und ging zur Tür.

»Soll ich dich begleiten?«, fragte Nils besorgt und wollte ebenfalls aufstehen.

»Nein, nein. Schon gut. Bleib ruhig hier. Ich schaffe das alleine.« Sie verließ die Sauna und wusste, dass sie nicht zurückkehren würde.

16. Kapitel

Der Bus hielt am Marktplatz im Ortsteil Dorf. Isabel stieg aus und legte mit großen Schritten den Weg zum Schipperhus zurück. Sie hielt den Gurt ihrer Tasche so fest, dass ihre Knöchel weiß hervortraten.

In Windeseile hatte sie sich angezogen und war an der Haltestelle am Parkhaus in den nächsten Bus gestiegen. Ihr war vollkommen bewusst, dass ihr Verhalten extrem und vermutlich falsch war – aber sie konnte nicht anders. In ihrer Fantasie hatte sie sich ein wunderbares Leben mit Nils in St. Peter-Ording ausgemalt. Doch diesen Schritt jetzt, wo er zum Greifen nah war, wirklich zu gehen auf die Gefahr hin, richtig tief zu fallen – das wagte sie nicht. Dafür fehlte ihr der Mut.

Traurig klingelte sie an der Tür vom Schipperhus, bevor sie für Herrn Frerich ein Lächeln aufsetzte.

»Die Zeit mit Mari ist wieder wie im Flug vergangen. Das passiert wohl immer, wenn man etwas tut, was einem besonders viel Spaß macht.« Er tätschelte Mari zum Abschied wieder einmal den Kopf.

»Nochmals vielen Dank für Ihre Hilfsbereitschaft.« Isabel rang sich ein weiteres Lächeln ab und war bemüht, ihre innere Verfassung so gut es ging vor Herrn Frerich zu verbergen.

»Vor einer Stunde habe ich sie übrigens gefüttert«, merkte er an, bevor sie sich verabschiedete.

Nachdem sie die Ferienwohnung betreten hatte, blieb sie einen Moment ratlos mitten im Wohnraum stehen. Was sollte sie nun tun? Sie stellte die Tasche auf den Boden und warf ihre Jacke achtlos auf die Couch.

Nach ihrem überstürzten Abgang konnte sie Nils unmöglich unter die Augen treten, so viel war klar. Wie sollte sie ihm ihre panische Reaktion auch erklären, ohne dass er sie für komplett durchgeknallt hielt? Im Grunde genommen hatte er nichts falsch gemacht, sondern bloß versucht, mehr Nähe zwischen ihnen aufzubauen. Genau das konnte sie jedoch nicht zulassen. Das Risiko, wieder verlassen zu werden und womöglich komplett den Halt zu verlieren, war zu hoch.

Sie hatte sich unmöglich benommen und konnte unter diesen Umständen nicht länger in St. Peter-Ording bleiben. Betrübt begann sie ihre Sachen zusammenzupacken. Die Autobahn würde auf der Rückfahrt genauso leer sein wie auf der Hinfahrt. Wenn nichts Gravierendes dazwischenkam, konnte sie zum Frühstück zurück in Rosenheim sein. Es würde ihr nichts ausmachen, Heiligabend und die Weihnachtsfeiertage allein zu verbringen. Das hatte sie schon viele Jahre davor gemacht und es schließlich auch überlebt. Außerdem war Mari bei ihr, sie war also in bester Gesellschaft.

Frau Osterfeld müsste sie einen kurzen Brief mit einer Erklärung schreiben, bevor sie fuhr. Für ihre Nachbarin tat es ihr leid, sie würde zweifellos enttäuscht sein. Doch Isabel war sicher, dass sie die Rückfahrt mit dem Zug meistern würde. Frau Osterfeld war in St. Peter-Ording dermaßen aufgeblüht, dass sie ihr jetzt sogar eine Weltreise zutraute.

Aus dem Wohnzimmer erklang der Klingelton ihres Handys. Vielleicht ist es Kati, überlegte sie. Nils würde es nicht sein. Er war vermutlich stinksauer, weil sie ihn in der Dünentherme hatte sitzen lassen – und das zu Recht!

Es würde ihr guttun, mit Kati zu sprechen. Entschlossen ging Isabel ins Wohnzimmer und blieb wie erstarrt stehen, als sie auf dem Handydisplay den Namen des Anrufers las: Nils. Sie spürte das Pochen ihres Herzschlags an ihren Schläfen. Fahrig fuhr sie sich mit einer Hand durchs Haar. Sie fühlte sich nicht imstande, das Gespräch mit ihm zu führen, und legte das Handy auf die Tischplatte des Esstisches.

Als der Klingelton erstarb, war sie erleichtert und enttäuscht zugleich. Sie hatte die Chance vertan, die Situation gleich zu klären. Vermutlich würde sich die Gelegenheit kein zweites Mal bieten, und der Mumm, Nils zurückzurufen, der fehlte ihr.

Sie ging zurück ins Schlafzimmer, wo sie mit dem Packen fortfuhr. Den Bikini stopfte sie unter einen dicken Pulli. Er schien ihr kein Glück zu bringen, sie hatte ihn immer noch nicht benutzen können.

Isabel hielt inne und setzte sich auf das Bett und wunderte sich über sich selbst. So weit war es nun, dass sie einem Stück Stoff die Verantwortung für Ereignisse in ihrem Leben übertrug. Plötzlich musste sie laut lachen. Und mit jedem Lacher fiel ein Stück der inneren Anspannung von ihr ab, bis sie wieder klarer denken konnte.

Sie hatte sich in eine ganz schön verzwickte Lage hineinmanövriert. Was konnte sie Nils als Entschuldigung anbieten? Im Zweifel konnte sie einfach dabei bleiben, dass es ihr nicht gut gegangen war, sie die Hitze in der Sauna nicht vertragen und eine Weile gebraucht hatte, sich zu erholen. Überstürzt wegzulaufen und direkt nach Rosenheim zu fliehen, das erschien ihr jetzt wenig erwachsen.

Sie beschloss, eine Nacht darüber zu schlafen und ihn am nächsten Morgen anzurufen. Über seinen Wunsch, dass sie bei ihm in St. Peter-Ording bleiben sollte, musste sie dann ganz sachlich mit ihm reden. Mit Diplomatie kommt man meistens am weitesten, und bestimmt finden wir gemeinsam eine Lösung, sagte sie sich optimistisch.

Isabel entspannte sich zusehends und zog ihren Pyjama wieder zurück aus der Tasche. Als ihr Telefon erneut klingelte, musste sie über Nils' Hartnäckigkeit lächeln. Er schien zu wissen, was er wollte, und war nicht gewillt, so leicht aufzugeben. Das schmeichelte ihr.

Sie nahm das Gespräch an, ohne vorher aufs Display zu schauen. »Hallo?«

»Hi«, erklang eine ihr wohlbekannte Stimme.

Isabel stutzte einen Moment. »Jens?«

»Ja … Ich dachte schon, du gehst nicht ans Telefon.« Er klang ein wenig zerknirscht.

Isabel fühlte sich völlig überrumpelt, sie musste sich auf einen Stuhl setzen. »Doch, ich bin dran«, sagte sie wenig einfallsreich.

»Ich bin seit heute wieder zurück von Hawaii.«

Im Hintergrund hörte sie ein Rauschen. Bestimmt war Jens mit dem Auto unterwegs. »Ja, stimmt. Kati hat mir erzählt, dass sie dich vom Flughafen abholen wollte.« Sie konnte nicht fassen, dass er nach allem einfach so anrief. Am liebsten hätte sie ihn gefragt, was er denn wolle. Aber so leicht wollte sie es ihm dann doch nicht machen.

»Das hat sie auch. Ich habe vorhin ein paar Stunden geschlafen. Der Flug war ziemlich anstrengend. Es gab Verspätungen, und wir hatten auch einige Turbulenzen. Ich war froh, als ich in München aussteigen konnte.«

»Hauptsache, du bist sicher gelandet«, erwiderte sie, ohne sich besondere Mühe zu geben. Sie hätten sich genauso gut über das Wetter oder die letzten Fußballergebnisse unterhalten können. Isabel fühlte sich, als wären Jens und alles, was sie je für ihn empfunden hatte, einfach ganz weit weg.

»Das stimmt.« Er machte eine kurze Pause. »Wahrscheinlich fragst du dich, warum ich dich anrufe.«

»Ja.«

»Isabel, ich möchte mich wieder mit dir versöhnen«, sagte er direkt.

»Ach …«

»Das kommt jetzt sicherlich ein bisschen überraschend für dich.«

»Hm, das stimmt.« *Ein bisschen überraschend* war ziemlich untertrieben. Isabel traute ihren Ohren nicht!

»Ich gebe zu, dass es die größte Schnapsidee meines Lebens war, mit der anderen in den Urlaub zu fliegen und deswegen unsere Beziehung zu beenden. Ich kann mir nicht erklären, was mich da geritten hat, und kann dir gar nicht sagen, wie sehr ich mein Verhalten bereue. Deswegen möchte ich mich bei dir aus tiefsten Herzen dafür entschuldigen.«

Er klang aufrichtig. Und fast tat er ihr sogar ein bisschen leid. »Ich nehme deine Entschuldigung an«, erklärte sie deswegen und merkte, dass es ihr wirklich nichts ausmachte, die Worte auszusprechen. Es war für sie tatsächlich in Ordnung.

»Wirklich?«

Sie nickte, auch wenn er es nicht sehen konnte. »Ja.«

In der Leitung erklang ein Seufzer. »Du glaubst gar nicht, wie erleichtert ich bin.«

»Es ändert ja nichts, wenn ich bis ans Ende meines Lebens auf dich wütend bin.«

»Mir ist auch klar, dass es mit einem Anruf nicht getan ist. Deswegen möchte ich mich mit dir aussprechen. Noch vor Weihnachten. Wann können wir uns sehen?«

Isabel runzelte die Stirn. Jens hatte es ja mit einem Mal sehr eilig … Das war ihr alles zu viel. »Dein Vorhaben in allen Ehren, aber das wird nicht gehen. Auf ein persönliches Treffen wirst du bis nach Weihnachten warten müssen. Ich bin nämlich nicht in Rosenheim, sondern an der nordfriesischen Küste, in St. Peter-Ording.« Sie hörte selbst den Stolz, der in ihrer Stimme schwang. Gut so. Wenn er geglaubt hatte, sie würde in Bayern Trübsal blasen und sich die Augen nach ihm ausweinen, dann hatte er sich getäuscht.

»Das weiß ich doch längst von Kati«, erwiderte er zuversichtlich.

»Ach so?«

»Ja, deshalb bin ich bereits mit dem Auto auf dem Weg zu dir. Ich lege heute Abend einen Zwischenstopp in Hamburg ein und fahre dann morgen früh weiter nach St. Peter-Ording. Ich werde pünktlich zum Weihnachtsfest bei dir sein. Was sagst du?«, fragte er mit triumphalem Unterton. Er schien keinerlei Zweifel zu haben und seine Idee für genial zu halten.

Isabel war sprachlos, rang die aufwallende Wut nieder und fing sich wieder. »Wo bist du denn?«

»Irgendwo hinter Bremen.«

»Dann bist du ja förmlich geflogen.« So weit war er schon? Sie seufzte schwer. Ihn zurück nach Rosenheim zu schicken war jedenfalls nicht mehr richtig drin.

»Ich habe ein schnelles Auto und stand bloß kurz im Stau. Ich werde dich morgen früh anrufen, wenn ich da bin. Dann können wir uns zum Frühstück treffen. Okay?«

»Okay«, murmelte Isabel und ergab sich in dieses Schicksal. Die unvermeidliche Begegnung hinauszuzögern wäre eh zwecklos. Denn wenn sie ehrlich war, brauchte sie selbst auch eine Aussprache mit ihm. Sie musste das Chaos zwischen ihnen klären. Schon allein, weil sie weiterhin mit seiner Schwester befreundet bleiben wollte, nachdem sie ihm klargemacht hätte, dass es keine Chance mehr für sie beide gab.

»Dann bis morgen«, sagte er gut gelaunt. »Ich freue mich schon auf dich.«

»Bis morgen«, antwortete sie knapp und drückte dann das Gespräch weg.

Mari kam auf sie zu und legte ihren Kopf auf ihre Oberschenkel. Sie legte das Handy auf die Tischplatte und begann, ihre Hündin zu streicheln. Was war das doch für ein verrückter Tag! Ihre Wangen glühten, und sie hatte das Gefühl, dass in ihrem Kopf und in ihrem Herzen ein heilloses Durcheinander herrschte.

Am besten ging sie noch mal eine Weile mit Mari spazieren. Sie würde frische Seeluft tanken und die Ereignisse des Tages ordnen.

Isabel verließ mit ihrer Leonbergerin die Ferienwohnung und lief wenig später mit ihr die Straße Zum Südstrand entlang, bis sie den Deich erreicht hatten. Dort empfing eine steife Brise sie. Isabel zog ihren Jackenkragen höher und schlug den Weg Richtung Süden ein. Je weiter sie gingen, umso mehr sortierten sich ihre Gedanken. Sie konnte sich und ihr Leben wieder klar sehen. Und statt sich von einer dumpfen Angst gesteuert zu fühlen, spürte Isabel nun Entschlossenheit.

Sie war sicher, dass sie mit Jens keine Zukunft hatte. Denn sie hatten eigentlich gar nicht so perfekt harmoniert, wie sie immer geglaubt hatte. Vielmehr hatte sie sich auf seine Vorlieben eingerichtet und sich arrangiert. Die Reise nach Hawaii war ein gutes Beispiel dafür. Denn sie selbst wäre nie auf die Idee gekommen, dort hinzureisen. Jens hatte sie mit seiner Begeisterung angesteckt, während bei ihr der gemeinsame Urlaub im Vordergrund gestanden hatte, weniger das Ziel. Sie wäre auch gerne mit ihm zum Skifahren in die Berge gefahren. Oder nach St. Peter-Ording. Das wurde ihr erst jetzt klar.

Auf der Höhe des Böhler Leuchtturms verließen sie den Deich und betraten einen Weg, der durch die Salzwiesen führte. Nachdem sie eine Weile dem Pfad gefolgt waren, schlug Mari plötzlich an.

»Was ist denn los mit dir?« Isabel schaute sich suchend um, erkannte aber nichts Ungewöhnliches. Vermutlich hatte Mari ein paar Wattvögel entdeckt. Herr Frerich hatte ihr kürzlich davon erzählt, dass ein verstorbener Hund von ihm ganz wild nach diesen Vögeln gewesen war und sie sogar im Winter in den Salzwiesen zu finden waren.

Isabel streichelte Mari beruhigend und redete ruhig mit ihr, doch die Hündin bellte weiter.

Angestrengt blickte sie über die Salzwiesen und machte in der aufziehenden Dämmerung jäh eine Entdeckung. Nur etwa dreißig Meter von ihr entfernt stand ein Pferd. Isabel war gleich klar, dass das Tier nicht dort hingehörte. Es musste irgendwo weggelaufen sein. Vorsichtig näherte sie sich dem Pferd und staunte nicht schlecht, als es sich ohne Scheu anfassen ließ.

»Nanu? Dich kenne ich doch.« Sie schaute genau hin und traute dann ihren Augen kaum. »Noorder! Was machst du denn hier?«

Das Pferd stieß mit einem Mal ein Wiehern aus und galoppierte dann über die Salzwiese, wobei es buckelte und wilde Haken schlug. Isabel hielt Mari an der Leine fest und überlegte fieberhaft, wie sie das Pferd am besten zum Gutshof der Friedrichs zurückbringen konnte. Sie hatte keinen Strick dabei. Außerdem bezweifelte sie, dass es ihr allein gelingen würde, den Friesen einzufangen.

Sie öffnete ihre Tasche, um das Handy herauszuholen, und fand es nicht. »Mist!« In der ganzen Aufregung hatte sie es in der Ferienwohnung liegen lassen.

Ihr musste etwas anderes einfallen, bevor Noorder sonst wohin lief. Außerdem wurde es zunehmend ungemütlich. Der Wind frischte auf und trug eine beißende Kälte mit sich.

In ihrer Tasche fand Isabel einen Apfel, den hatte sie am Morgen eingepackt, aber nicht gegessen. Vielleicht schaffte sie es damit, das Pferd zu sich zu locken. Behutsam näherte sie sich ihm wieder.

Noorder stand unbeweglich in der Salzwiese. Isabel sprach leise mit ihm und machte einen Schritt nach dem nächsten auf ihn zu. Mari hatte nun aufgehört zu bellen. Sie schien instinktiv zu spüren, dass sie sich ruhig verhalten musste.

Als Isabel bei dem Pferd angekommen war, bot sie ihm auf der flachen Hand den Apfel an. Erst streckte der Wallach neugierig den Kopf nach dem Obst aus, und schließlich nahm er ihn mit seinen Lippen aus ihrer Hand. Isabel nutzte die Gelegenheit, trat an Noorders Seite und schwang sich kühn auf seinen Rücken. Trotz ihrer langen Pause war sie eine gute Reiterin.

Sie hielt sich an Noorders Mähne fest und trat mit dem Tier den Ritt zurück zum Hof der Friedrichs an. Mari trottete neben ihnen her, als wäre es das Normalste von der Welt, Pferde in Salzwiesen einzufangen.

* * *

In der Hofauffahrt der Friedrichs brannte Licht. Von Weitem sah Isabel jemanden an der Straße stehen, erkannte jedoch nicht, wer es war. Noorders Verschwinden schien nicht unbemerkt geblieben zu sein. Die Person kam auf sie zu, und bald erkannte sie Hanna. Sie trug ein Halfter um ihre Schulter.

»Ja, woher kommt ihr denn?«, fragte sie entgeistert.

»Aus den Salzwiesen am Böhler Leuchtturm.«

Hanna legte Noorder kopfschüttelnd das Halfter an. »Das darf doch nicht wahr sein! Es ist schon das dritte Mal innerhalb von zwei Monaten, dass er von der Weide ausbüxt.«

Isabel schwang sich vom Pferderücken. »Mari hat ihn entdeckt.« Sie kraulte der Hündin ein Ohr. »Sie hat so laut gebellt, dass ich zuerst dachte, es wären Wattvögel, die sie so aufregen. Doch dann habe ich Noorder bemerkt.« Sie gingen die Hofeinfahrt entlang. »Zu allem Überfluss habe ich mein Handy in der Ferienwohnung liegen lassen und konnte dich nicht anrufen.«

»Ein Glück, ist nichts passiert. Ich habe ihn schon angefahren in einem Straßengraben liegen sehen.« Hanna schüttelte wieder den Kopf und öffnete die Stalltür. »Ich habe sofort eine Suchaktion organisiert. Nils und unser Vater sind noch mit den Rädern auf der Suche, und Opa Erk fährt die Straßen ab. Meine Mutter macht Telefondienst.«

Inzwischen waren sie bei den Stallungen, und Hanna verfrachtete den Friesen in eine Box.

»Dann wird es höchste Zeit, dass du Entwarnung gibst.«

»Was eine Aufregung!« Hanna kam auf sie zu und umarmte sie. »Danke, dass du mein Pferd zurückgebracht hast.«

»Ich hatte schon ein bisschen Angst, dass ich es alleine nicht schaffe«, gab Isabel zu.

»Ich bin so froh, das kannst du dir gar nicht vorstellen!« Hanna legte eine Hand auf ihr Herz. »Nicht auszudenken, was das morgen für ein Weihnachtsfest geworden wäre, wenn Noorder etwas passiert wäre.«

»Darüber musst du dir ja keine Gedanken machen.« Sie lächelte Hanna an. »Mari und ich laufen dann mal zurück zum Schipperhus. Das war jedenfalls ein aufregender Abendspaziergang.«

Isabel war erleichtert darüber, dass sie Nils nicht auf dem Hof angetroffen hatte. Wie hätte sie ihm auch nach ihrer Flucht aus der Sauna verständlich machen sollen, dass Jens sein Kommen angekündigt hatte und sie ihn treffen würde?

17. Kapitel

Es war noch dunkel am nächsten Wintermorgen, als Isabel und Mari die Ferienwohnung verließen. In der kalten Luft lag der Geruch von Kaminfeuer. Über dem Ort hatte sich über Nacht Nebel gebildet, durch den die Lichter der Straßenlaternen nur unscharf leuchteten. Isabel war aus dem Schlaf aufgeschreckt und hatte dann vergeblich versucht, ihr Gedankenkarussell abzuschalten und wieder einzuschlafen. Schließlich hatte sie es aufgegeben, war wieder aufgestanden und hatte sich angezogen.

Leise schloss sie die Gartenpforte hinter sich, um niemanden zu wecken, und schlug den Weg zum Bäcker ein. Zur Abwechslung wollte sie mal den Frerichs eine Brötchentüte und eine Tageszeitung mitbringen. Das schien ihr längst überfällig zu sein. Und bevor sie zurück nach Rosenheim fuhr, wollte sie für Frau Frerich einen schönen Blumenstrauß und für Herrn Frerich einen guten Pfeifentabak besorgen. Als Abschiedsgeschenk und Dankeschön für ihre besondere Gastfreundschaft.

In der Stille der Nacht waren ihr die Ereignisse des Vortags fast unwirklich vorgekommen. Mehrmals hatte sie sich gefragt, ob das wirklich alles passiert oder bloß ihrer Fantasie entsprungen war. Doch natürlich wusste sie, was geschehen war. Sie hatte Nils vor den Kopf gestoßen und Jens eingeladen, ein Gespräch mit ihr zu führen. Die ganze Situation war ihr mehr als unangenehm.

In der Dorfbäckerei kaufte sie Brötchen und eine Tageszeitung für die Frerichs und für sich ein Croissant und ein Franzbrötchen. Auf nüchternen Magen konnte sie Jens nicht treffen. Sie brauchte Nervenstärke, und Hunger wäre da nicht hilfreich.

Als sie wieder zurück zum Schipperhus kam, brannte in der Küche Licht. Isabel entdeckte Herrn Frerich hinter der Fensterscheibe, der bereits fertig angezogen war. Deswegen klingelte sie und übergab ihm die Brötchen sowie die Tageszeitung.

Er wirkte überrascht und erfreut über den frühen Besuch. »Das ist aber schon lange her, dass man mir Brötchen und die Zeitung mitgebracht hat. Vielen Dank!« Er klemmte das Blatt unter seine Achsel und blickte in die Papiertüte.

»Ich dachte, dass ich den Brötchenservice zur Abwechslung mal für Sie übernehmen kann.«

»Haben Sie denn auch an den Knochen gedacht?«, fragte er amüsiert.

Sie lachte. »Nein. Darauf muss Mari dann heute mal verzichten. Aber ich wollte Sie noch fragen, ob Sie nachher vielleicht für ein halbes Stündchen Zeit für sie hätten? Ich weiß, es ist Weihnachten, und Sie haben bestimmt viel zu tun …«

»Viel zu tun?« Herr Frerich machte eine wegwerfende Bewegung. »Meine Frau ist froh, wenn ich ihr und ihrer

Schwester nicht im Weg stehe. Und ich freue mich, eine Beschäftigung zu haben. Dann besorge ich nämlich doch noch einen Knochen für Mari.« Er blickte sie vergnügt an. »Wann soll denn dieses halbe Stündchen sein?«

»Irgendwann am Vormittag.« Sie schätzte, dass Jens etwa zwei Stunden von Hamburg bis nach St. Peter-Ording brauchen würde. »Zwischen neun und zehn, denke ich.«

Herr Frerich nickte. »Klingeln Sie einfach an. Ich werde da sein.«

* * *

Gegen Viertel nach zehn stieg Isabel im Ortsteil Bad aus dem Bus. Eine halbe Stunde vorher hatte Jens angerufen und hörbar gut gelaunt verkündet, dass er in St. Peter-Ording angekommen sei und seinen Wagen in der Nähe der Dünentherme abgestellt habe. Er hatte angeboten, sie abzuholen, doch darauf war Isabel nicht eingegangen. Sie wollte vermeiden, dass sie mit ihm gesehen wurde.

Der Ortsteil Bad lag ein Stück von St. Peter Dorf entfernt, das erschien ihr sicherer. Sie hatte sich an das Hotel *StrandGut Resort* erinnert, das unweit von der Seebrücke lag und in dem sich das Restaurant *Deichkind* befand. Dort wollte sie ihn treffen.

Kaum hatte sie die Tür zum Lokal geöffnet, sah sie ihn. Jens lehnte an der Bar und trank einen Espresso. Vermutlich einen doppelten, um seines Jetlags Herr zu werden. Er wirkte entspannt, so wie immer.

Im Restaurant war nicht viel los, was vermutlich mit der Uhrzeit und der Tatsache zu tun hatte, dass es Heiligabend war. Die meisten Leute waren sicherlich mit Vorbereitungen für das Weihnachtsfest beschäftigt und hatten kaum Zeit für ein Weihnachtsfrühstück im Restaurant. Eigentlich müsste sie auch eine dringende Erledigung machen, fiel Isabel siedend heiß ein. Sie hatte noch nicht mal eine Kleinigkeit für Nils besorgt, das würde sie unbedingt gleich nach dem Gespräch mit Jens erledigen.

Sie ging auf ihn zu. Als Jens sie sah, breitete sich ein Lächeln auf seinem Gesicht aus. »Isabel«, sagte er strahlend und schloss sie zur Begrüßung in die Arme. Isabel drehte wohlweislich den Kopf von ihm weg, sodass sein Kuss seitlich auf ihrer Stirn landete. »Gut siehst du aus!«

Sie nickte und trat einen Schritt zurück. »Und du hast Farbe bekommen.«

Er berührte seine gerötete Wange. »Du meinst wohl meinen Sonnenbrand. Obwohl ich wasserfeste Creme benutzt habe, war ich gleich am ersten Abend krebsrot.«

Sie setzten sich an einen Tisch, von dem aus sie einen beeindruckenden Ausblick auf die Promenade hatten.

»Da vorne ist ein Frühstücksbüfett aufgebaut. Ich habe einen Mordshunger. Wie sieht es mit dir aus?«, fragte Jens.

Sie zuckte die Schultern. »Ein Kaffee wäre nicht schlecht.«

»Nur Kaffee? Komm, du brauchst doch auch eine Grundlage. Das geht auf mich.«

Sie wusste, dass alles andere nur zu unnötigen Diskussionen geführt hätte, deswegen nahm sie seine Einladung an. Nachdem Isabel eine Tasse Kaffee bestellt hatte, bediente sie sich am Büfett. Viel Hunger hatte sie nach dem Croissant nicht. Rührei mit ein paar Kirschtomaten und dazu ein Glas Orangensaft schienen ihr ein ideales zweites Frühstück zu sein.

Jens dagegen griff ordentlich zu. Neben einer Schale Birchermüsli landeten zwei Vollkornbrötchen, reichlich Butter, Käse und Schinken auf seinem Teller. »Ach, wie habe ich das auf Hawaii vermisst«, sagte er und seufzte zufrieden, nachdem er in sein Schinkenbrötchen gebissen hatte. »Es geht doch nichts über deutsches Backhandwerk. Wusstest du eigentlich, dass es über dreitausend unterschiedliche Brotspezialitäten in Deutschland gibt?«

Sie musste lächeln. »Bis gerade eben nicht. Das ist ja eine Menge.«

»Jeden Tag nur Weißbrot, das könnte ich nicht«, sagte er und biss abermals genüsslich in sein Brötchen.

»Ich auch nicht«, stimmte sie ihm zu und spießte mit der Gabel eine Kirschtomate auf.

»Jedenfalls ist mir auf Hawaii vieles klar geworden. Ich war so ein Volltrottel!« Er schüttelte den Kopf und trank von seinem Gemüsesaft.

»Ja.« Isabel nickte. »Das warst du.«

»Es ist mir wirklich unerklärlich, wie das alles passieren konnte«, fuhr er fort. »Rückblickend kommt es mir fast so vor, als wenn das gar nicht ich gewesen bin, der diesen

Unsinn angestellt hat.« Er senkte schuldbewusst den Blick. »Ich wünschte, ich könnte es rückgängig machen.«

Isabel verzog den Mund. »Die Vergangenheit kann man nicht ändern.«

»Das nicht, aber man kann aus ihr lernen. Und das habe ich. Diesen Fehler werde ich nicht noch einmal machen.« Er legte seine Hand auf ihre und schaute Isabel eindringlich an. »Isabel, ich liebe dich. Und ich schwöre, dass ich niemals wieder so ein Idiot sein werde, wenn du mir noch eine Chance gibst, dir das zu beweisen.«

Isabel holte Luft, um etwas zu sagen.

Aber Jens hob die Hand. »Nein, lass mich bitte ausreden«, erstickte er ihren Redeversuch im Keim. »Ich habe wirklich viel nachgedacht. Über uns. Mir ist dabei klar geworden, dass ich mit dir das große Ganze möchte. Eine gemeinsame Wohnung und auch eine Familie, all das kann ich mir vorstellen. Deswegen bin ich hergekommen und bitte dich: Lass uns Nägel mit Köpfen machen und ganz bald zu meinen Eltern nach Starnberg fahren, so wie wir es geplant hatten, damit sie dich endlich kennenlernen.«

Isabel wusste nicht, wie ihr geschah. Die Worte waren aus Jens regelrecht herausgesprudelt. Und sie fühlte sich ähnlich überrollt wie am Vortag von Nils. Bei beiden schien der Weihnachtskoller ausgebrochen zu sein, anders konnte sie sich die emotionalen Reden nicht erklären. »Puh«, sagte sie nur und trank einen großen Schluck Orangensaft und lehnte sich zurück.

»Und was noch, außer puh?«, fragte er erwartungsvoll.

Langsam schüttelte sie den Kopf. »Das ist alles ein bisschen viel für mich. Es ist noch gar nicht so lange her, dass du wegen einer anderen mit mir Schluss gemacht hast. Dann bist du mit *ihr* in *unseren* Urlaub geflogen. Und jetzt hast du es dir plötzlich anders überlegt und sprichst von Zusammenziehen und Kindern?«

Er hob den Zeigefinger. »Hochzeit nicht vergessen. Ich meine es wirklich ernst, Isabel.«

Vor einigen Wochen noch wäre sie außer sich vor Freude gewesen über diese Worte. Doch es hatte sich viel geändert in der Zwischenzeit. »Daran zweifle ich nicht«, erwiderte sie beschwichtigend. »Aber findest du das nicht viel Hin und Her? Du jagst den Motor von null auf hundert in einer Sekunde. Das ist ein bisschen schnell, oder?«

»Wenn du Bedenkzeit brauchst, dann verstehe ich das natürlich«, sagte er verständnisvoll, doch ihr entging nicht der enttäuschte Unterton in seiner Stimme.

Hatte er ernsthaft erwartet, dass sie ihm um den Hals fallen und zu allem Ja und Amen sagen würde? Sie wollte das Gespräch so schnell wie möglich beenden. »Ich muss mir das in Ruhe durch den Kopf gehen lassen, um eine Entscheidung zu treffen, Jens. Sei mir nicht böse, aber ich habe noch allerhand vorzubereiten für die Weihnachtsfeier von Frau Osterfelds Familie heute Abend. Danach werde ich mir Gedanken machen.«

»Schade.« Er verzog den Mund.

Schweigend wartete sie darauf, dass er weitersprach.

»Wenn ich ehrlich bin, habe ich schon gehofft, dass wir

vielleicht Heiligabend zusammen verbringen können. Ist ja schließlich das Fest der Liebe«, fügte er leiser hinzu.

»Das ist unmöglich, ich bin fest eingeplant. Deswegen muss ich auch gleich wieder los.«

»Okay, dafür habe ich natürlich Verständnis.« Er legte den Löffel in die Müslischale. »Das Hotel scheint nicht schlecht zu sein. Ich werde hier einchecken, dann weißt du, wo du mich findest.«

Fürs Erste hatte Isabel genug. Weil ihr aber klar war, dass sie noch nicht fertig waren, verabredete sie sich mit ihm für den nächsten Tag zum Weihnachtsbrunch im *Deichkind*.

Auf dem Rückweg zur Bushaltestelle kam sie an einem Buchladen vorbei. Ohne zu zögern, betrat Isabel das Geschäft und kaufte ein Buch als Weihnachtsgeschenk für Nils, das sie hübsch verpacken ließ. *Abenteuer Panamericana – Mit dem Fahrrad von Alaska bis Feuerland* lautete der vielversprechende Titel. Damit würde sie ihm bestimmt eine kleine Freude machen.

Außerdem wurde es höchste Zeit, dass sie sich bei ihm meldete, um das Durcheinander, das sie verursacht hatte, zu bereinigen. Sie beschloss, keine große Dramatik in den Vorfall zu legen, um ihren überstürzten Abgang nicht noch weiter aufzubauschen. Während sie auf den Bus wartete, schrieb sie ihm eine Nachricht.

Hi, Nils!

Sorry wegen gestern.

Mich hat es total umgehauen.

Nun bin ich aber wieder fit.
Sehen wir uns heute Abend im Haubarg?
Liebe Grüße
Isabel

Seine Antwort kam prompt.

Moin Isabel!
Ich habe mir schon Sorgen um dich gemacht und wollte später im Schipperhus nach dir sehen.
Ja, du sahst gestern auch ziemlich fertig aus.
Beim nächsten Mal gehen wir in die Anfängersauna.
Ich bin gerade im Haubarg mit Frau Frerichs Töchtern.
Sie haben das Essen mitgebracht und besonderes Geschirr.
Das wird heute Abend eine Knallerüberraschung.
Wir kommen natürlich später auch vorbei.
Bis dann!
Nils

Erleichtert nahm sie zur Kenntnis, dass er ihr den Vorfall offensichtlich nicht nachtrug. Sie lächelte und freute sich darauf, ihn zu sehen.

18. Kapitel

Am Nachmittag wartete Isabel in der Diele des Schipperhus'. Frau Osterfeld hatte gefragt, ob sie sie und ihre Schwester zum Weihnachtsgottesdienst in die St. Peter-Kirche begleiten wolle. Herr Frerich schien heilfroh darüber zu sein, denn so konnte er nicht nur Zeit mit Mari verbringen, sondern hatte auch eine gute Ausrede, um dem Gottesdienst fernzubleiben.

»Es reicht, wenn meine Frau und unsere Töchter an den da oben glauben.« Er wies mit einem Finger zur Decke. »Da fällt es nicht so ins Gewicht, wenn hier ein Ungläubiger dabei ist.«

»Glauben Sie denn an gar nichts?«, fragte Isabel erstaunt.

Er lachte. »Ich glaube sogar an eine ganze Menge. An die Natur zum Beispiel und daran, dass jede Tat etwas Gutes oder Böses nach sich zieht. Karma nennen das die Inder.«

»Ah, verstehe«, erwiderte sie schlicht, um das Gespräch nicht zu vertiefen.

In diesem Augenblick kamen Frau Osterfeld und ihre Schwester die Treppe hinunter. Beide hatten sich für den Gottesdienst schick gemacht. Frau Osterfeld trug einen marineblauen Steppmantel und dazu einen beigefarbenen

Wollschal. Ihre Schwester hatte ein ähnliches Mantelmodell in Silbergrau an und einen hellblauen Schal umgelegt.

Dann klingelten auch schon die Töchter der Frerichs an der Tür, sodass sie bald alle im Hausflur standen.

Isabel schätzte beide Frauen auf Anfang vierzig. Sie hatten eine frappierende Ähnlichkeit mit ihrem Vater und stellten sich als Antje und Claudia vor.

»Wo habt ihr denn das Essen?«, fragte Frau Frerich.

»Im Auto«, antwortete Claudia schnell und warf ihrem Vater einen vielsagenden Blick zu.

»Am besten bringt ihr das gleich in die Küche, bevor wir losgehen.«

»Das kann ich ja übernehmen. Geht ihr ruhig zum Gottesdienst«, sagte Herr Frerich.

»Marcel und Armin kommen mit den Kindern nach«, meinte Antje. »Ist ja nicht jeder für Gottesdienst.«

Herr Frerich nickte, verkniff sich aber einen Kommentar. Er hielt ihnen die Tür beim Verlassen des Hauses auf. »Bis später dann.« Mari saß neben ihm und blickte ihn treuherzig an.

»Es riecht nach Schnee«, bemerkte Frau Osterfeld auf dem kurzen Fußweg zur Kirche.

»Was du alles riechst.« Ihre Schwester reichte ihr ein Taschentuch. »Putz dir mal lieber die Nase, dann riechst du auch keinen Schnee mehr, sondern die Nordsee.«

Kopfschüttelnd nahm sie das Taschentuch entgegen und steckte es in ihre Manteltasche. »Ich weiß, wie Schnee riecht, Jule. Der Geruch ist überall gleich, ob in Rosenheim oder St. Peter-Ording.«

»Stimmt. Ich kann es auch riechen«, pflichtete Isabel ihr bei, nachdem sie sich auf den Duft draußen konzentriert hatte.

»Kann man Schnee denn überhaupt riechen?«, fragte Claudia. »Immerhin ist er aus Wasser, das ist doch geruchlos.«

»Wenn Schnee in der Luft hängt, dann riecht es besonders klar. Viel frischer als sonst«, versuchte Frau Osterfeld das Phänomen zu beschreiben.

»Es riecht ungefähr so, als hätte man die Luft frisch gewaschen«, ergänzte Isabel und nickte ihrer alten Nachbarin zu.

»Das wäre ja ein Ding. Schnee in St. Peter, und das auch noch an Weihnachten«, sagte Antje und atmete nun ebenfalls tief ein. »Ich glaube, ich rieche es auch.«

Claudia lachte. »Dann musst du ab jetzt jedes Jahr zu Weihnachten kommen, Tante Helma.«

Die Plätze in der kleinen St. Peter-Kirche waren restlos besetzt. Einige mussten sogar während des Gottesdienstes stehen. Isabel war ganz und gar erfasst von der besonderen weihnachtlichen Stimmung, die während des Singens und dem Auftritt des Kinderchors allgegenwärtig war. Es roch nach Kerzenwachs und frischen Tannenzweigen in dem Gotteshaus.

Wie gebannt lauschte sie der Predigt der Pastorin und sog jedes Wort in sich auf. Isabel konnte sich gar nicht daran erinnern, wann sie das letzte Mal an Weihnachten in der Kirche gewesen war. Es musste sehr lange her sein. Da sie keine Angehörigen hatte und Weihnachten früher meist allein und zu Hause verbracht hatte, gehörte sie nicht unbedingt zu den Menschen, die die Tradition des Kirchgangs pflegten. Für Isabel war es bisher immer ein Fest für die anderen gewesen, das sie nur am Rande berührte. In Rosenheim besuchte sie im Winter immer den Weihnachtsmarkt, das war allerdings fast die einzige Adventsaktivität, die sie pflegte. Dieses Jahr schien alles anders zu sein. Die Frerichs und Frau Osterfeld mit ihrer Familie hatten sie so nett in ihren Kreis aufgenommen, dass Isabel eine Ahnung davon bekam, wie es sich für die anderen anfühlen musste.

Nach dem Gottesdienst wurde am Ausgang in kleinen Körbchen die Kollekte gesammelt. Isabel legte einen Zwanzigeuroschein hinein und wünschte der Frau, die das Körbchen hielt, frohe Weihnachten.

Frau Osterfeld, die ein paar Meter vor ihr ging und das Kirchengebäude bereits verlassen hatte, juchzte plötzlich auf. »Was habe ich euch gesagt? Ich habe es doch gewusst!«

Als Isabel ebenfalls ins Freie trat, staunte sie nicht schlecht. Denn eine dichte Schneedecke hatte sich auf das Kirchdach und den umgebenden Friedhof gelegt, vom Himmel segelten wunderschöne dicke Flocken.

Frau Osterfeld hatte ihre Hände ausgestreckt und blickte in den Himmel. »Ich weiß doch, wie Schnee riecht«, sagte sie triumphierend und zerrieb einige Flocken in der Hand.

Frau Frerich zuckte mit den Achseln. »Das muss man ja wahrscheinlich auch, wenn man in Bayern wohnt.«

»Tante Helma, du bist ja ein wahres Schneeorakel«, fand Antje.

»Sieht das schön aus!«, freute sich Claudia. »Wie mit Puderzucker bestreut. Ein richtiges Winterwunderland haben wir hier jetzt. Die Kinder werden sich freuen!«

»Dann kann Weihnachten jetzt kommen«, bemerkte Isabel gut gelaunt und dachte voll Vorfreude an die große Überraschung des Tages.

Herr Frerich und Mari warteten schon am Auto vor dem Schipperhus. Seine Frau protestierte zunächst, als er sie schlicht bat einzusteigen. »Harms, was soll denn das? In der Küche stehen die ganzen Torten und Kekse, die Helma und ich gebacken haben. Und wo sind eigentlich Armin, Marcel und die Kinder? Die müssten doch schon längst da sein!« Empört stützte sie die Hände in die Hüfte.

»Frag nicht so viel, steig ein«, antwortete ihr Mann bestimmt. »Sonst siehst du gleich aus wie ein Schneemann.«

Als alle nickten, fügte sie sich schließlich in ihr Schicksal. Mit zwei Autos fuhr die kleine Gesellschaft dann zum Haubarg. Noch bevor sie parkten, stockte Isabel vor Begeisterung der Atem. Der Schnee hatte den Tannenzweigen ein weißes Kleid übergezogen, unter dem die Lichterketten leuchteten wie Sterne. Neben dem Eingang flackerte der Kerzenschein in den Windlichtern und zauberte ein wildes Lichtspiel auf die rote Friesentür. Aus dem Schornstein drangen Rauchwolken, und hinter den Fenstern brannte gemütliches Licht. Es war perfekt.

»Was ist denn hier los? Seit wann wohnt hier jemand?«, fragte Frau Frerich erstaunt, als ihr Mann neben einem anderen Wagen vor dem Haubarg parkte. »Und wieso steht Marcels Auto vor dem Haus?«

Isabel und Frau Osterfeld, die zusammen mit Mari auf der Rückbank saßen, warfen einander amüsierte Blicke zu.

Herr Frerich zog schließlich die Handbremse an und schaltete den Motor aus. »Frag nicht so viel, sondern steig aus«, sagte er mit nordfriesischer Herzlichkeit zu seiner Frau.

Nachdem Antje und Claudia auch angekommen waren, gingen sie alle gemeinsam auf die Eingangstür des Haubargs zu.

»Ich weiß immer noch nicht, was das Ganze soll«, sagte Frau Frerich, als sie vor der Haustür standen. »Aber ich scheine ja hier die Einzige zu sein, die sich darüber Gedanken macht, was?«

»Klingel mal«, schlug Frau Osterfeld vor.

»Also, Helma, wirklich! Ich kann doch nicht einfach bei wildfremden Leuten bimmeln«, protestierte sie. »Es ist auch nirgendwo ein Namensschild angebracht ... Könnte mich jetzt bitte mal jemand aufklären und mir sagen, was hier vorgeht?«

Bevor sie weiter diskutieren konnten, drückte Herr Frerich auf den Klingelknopf.

»Harms!« Frau Frerich starrte ihn an.

Er zwinkerte ihr zu. »Mir wird langsam kalt.«

Ein großer braunhaariger Mann öffnete die Tür, und sofort stürmten zwei Kinder auf Frau Frerich zu.

»Omiiii!« Sie umringten sie und zogen sie ins Haus.

»Was macht ihr denn hier?«, wollte sie perplex wissen. »Ihr solltet doch zu uns nach Hause kommen …«

»Komm mit!« Der kleine Junge zog seine Oma in den festlichen Wohnraum, wo ein behagliches Kaminfeuer brannte und bereits ein weiterer Mann auf sie wartete.

Frau Frerichs Augen wurden immer größer. »Ich glaub, ich träume!« Sie ließ sich von ihrem Mann aus dem Mantel helfen.

»Keineswegs.« Frau Osterfeld ging zu ihrer Schwester und drückte ihr einen Kuss auf die Wange. »Das ist meine ganz besondere Weihnachtsüberraschung für dich. Ich weiß noch, wie schön das Weihnachtsfest damals war, das wir hier gefeiert haben.«

»Ach, Helma …«, sagte Frau Frerich gerührt und schlug sich die Hand vor den Mund. »Dass du daran gedacht hast!«

Sie drückte ihrer Schwester die Hand. »Jedes Jahr an Weihnachten habe ich daran gedacht.«

»Da habt ihr mich aber alle schön an der Nase herumgeführt. Normalerweise rieche ich Heimlichkeiten aus hundert Metern Entfernung.«

»So wie ich den Schnee.« Frau Osterfeld lachte glücklich.

»Ich finde, darauf sollten wir ein Stück Weihnachtskuchen essen«, verkündete Antje.

»Die Kuchen und Kekse sind doch noch in der Küche vom Schipperhus«, merkte Frau Frerich bedauernd an.

Schon kam Claudia mit einem Kuchen auf einer Tortenplatte in den Wohnraum und stellte sie auf den festlich gedeckten Esstisch. »Na, längst nicht mehr. Während wir im Gottesdienst waren, sind unsere Männer doch fleißig gewesen.«

»Das ist so ein abgekartetes Spiel. Ihr wusstet alle Bescheid, nur ich nicht«, beschwerte Frau Frerich sich noch einmal zaghaft.

»Das haben Überraschungen so an sich«, kommentierte Herr Frerich ungerührt.

Eine halbe Stunde später stand Isabel vom Tisch auf, holte eine Schale Wasser für Mari und platzierte sie neben einem Läufer in der Nähe des Kamins. Glücklich blickte sie auf die Menschen, die am Esstisch vergnügt Kuchen aßen und die sie inzwischen so sehr in ihr Herz geschlossen hatte. Die Überraschung war gelungen. Frau Frerich war völlig überwältigt von dem dekorierten Haubarg und wiederholte im Laufe des Abends mehrmals, dass dies ihr schönstes Weihnachtsfest seit Jahren sei, bevor sie und Frau Osterfeld von früher zu erzählen begannen.

Der einzige Wermutstropfen für Isabel war die geplante Abreise. Sie konnte sich gar nicht vorstellen, wieder in ihr altes Leben zurückzukehren. Zu viel war während ihres Aufenthalts in St. Peter-Ording passiert, das ihren Blick verändert hatte. Insgeheim wünschte sie sich, dass das Fest nie vorüberging.

Später am Abend kamen Nils und Opa Erk in den Haubarg. Inzwischen hatte Frau Osterfeld ihre Schwester darüber in Kenntnis gesetzt, dass Nils den Löwenanteil zu der gelungenen Überraschung beigetragen hatte, sodass sie ihn sofort in Beschlag nahm, um sich ausgiebig bei ihm zu bedanken. Derweil plagten Isabel Gewissensbisse, weil sie sich mit Jens getroffen hatte, ohne Nils überhaupt von ihrem Ex erzählt zu haben. Als Frau Frerich Nils endlich freigab, zog er sich kurz zurück und kam dann mit zwei vollen Weingläsern auf Isabel zu.

»Hi.« Er reichte ihr ein Glas.

Lächelnd nahm sie es entgegen und sah ihn an. »Danke schön.«

»Frohe Weihnachten sagt man ja erst morgen.«

»Das stimmt.« Sie lehnte an einer Wand und trank einen Schluck Wein. Weil sie abseits der anderen standen, konnten sie ungestört reden. »Wo ist Hanna denn?«

»Sie war müde und ist deswegen bei meinen Eltern geblieben.« Er schaute sie an und strich ihr eine blonde Haarsträhne hinters Ohr. »Du siehst heute viel besser aus. Richtig weiß ist dein Gesicht gestern in der Sauna geworden. Aber es ist gut, dass du gleich rausgegangen bist. Bei Übelkeit soll man ja den Saunagang abbrechen.«

Unangenehm berührt räusperte sie sich. »Es war wohl etwas zu viel. Mein Körper hat stark auf die Hitze reagiert.«

»Und dann haue ich dir noch ein Liebesgeständnis um die Ohren.« Er grinste sie schief an.

»Die Kombination hat mich wohl ein wenig überfordert«, gab Isabel zu.

»Es ist bestimmt auch keine leichte Entscheidung, die ich von dir eingefordert habe. Zwischen Rosenheim und St. Peter-Ording liegen immerhin ein paar Meter. Und ein Ortswechsel wäre für dich vermutlich ein genauso großer Einschnitt. Das würde mir ja nicht anders gehen.«

»Stimmt.« Isabel blickte zu den Kindern, die nun ihre Geschenke bekamen.

Nils' verständnisvolle Art machte es ihr noch schwerer zu gestehen, dass Jens in St. Peter-Ording war und sie sich getroffen hatten. Isabel wollte das Thema jetzt auch nicht anschneiden, weil es schlecht passte und die Weihnachtsstimmung garantiert zerstört hätte.

Als sie ihre Nachbarin beim Erzählen gestikulieren sah, lächelte Isabel. »Schau mal, Frau Osterfeld ist obenauf. Sie hat mit ihrer Schwester eine Menge Torten und Kekse für Weihnachten gebacken, und nun ist noch die Überraschung geglückt. Ich glaube, sie sind wieder ein Herz und eine Seele.«

»Nicht nur die beiden.« Nils nickte wissend. »Mein Opa weicht deiner Nachbarin schon den ganzen Abend nicht mehr von der Seite. Guck dir an, wie beide strahlen.«

»Dass man mit Menschen zusammen ist, die man liebt, ist sicherlich das größte Geschenk überhaupt.« Sie stellte das Weinglas auf einer Anrichte ab. »Trotzdem habe ich eine Kleinigkeit für dich.« Behutsam zog Isabel ihn aus dem Wohnraum in die Diele, wo sie ihre Tasche abgestellt hatte, und zog das weihnachtlich eingepackte Buch heraus. »Frohe Weihnachten! Auch wenn man das erst ab morgen sagt.«

»Danke.« Er nahm das Geschenk an und stellte sein Glas auf einer Treppenstufe ab. »Das trifft sich gut. Ich habe nämlich auch etwas für dich.« Aus seiner Hosentasche zauberte er ein kleines Päckchen hervor und überreichte es ihr. »Merry Christmas.«

Sie setzten sich gemeinsam auf eine Stufe und packten aus.

»Oh, was für ein cooles Buch. Danke«, sagte Nils erfreut und blätterte durch die Seiten.

Isabel hielt eine kleine Schatulle in der Hand und sah ihn fragend an.

»Es ist kein Verlobungsring, keine Sorge.« Er lachte sie an.

»Na gut.« Nachdem sie das kleine Kästchen geöffnet hatte, kam ein silberner Schlüsselanhänger in der Form eines Pfahlbaus zum Vorschein. »Oh, ist der niedlich!«

»Ich dachte, damit du St. Peter-Ording nicht vergisst … und mich auch nicht.«

Tief berührt neigte sie sich ihm zu und flüsterte an seinen Lippen: »Wie könnte ich dich vergessen?« Dabei schlang sie ihre Hand in seine und küsste ihn.

19. Kapitel

Obwohl sie todmüde gewesen war, hatte Isabel sich die gesamte Nacht im Bett unruhig von einer Seite auf die andere geworfen.

Nach der Weihnachtsfeier war sie beschwingt mit den Frerichs und Frau Osterfeld zurück zum Schipperhus gefahren. Sie hatte Nils versprochen, vor ihrer Abreise auf dem Gutshof vorbeizukommen. Mehrmals hatte sie beteuert, dass es bestimmt kein Abschied für immer bedeuten und sie wiederkommen würde. Dabei hatte sie mit Mühe und Not die Tränen zurückgehalten, denn sie wusste, egal welchen Job sie antreten würde, ein neuer Vertrag bedeutete ein halbes Jahr Urlaubssperre. Sechs Monate, in denen sie nur aus der Ferne mit Nils Kontakt halten könnte. Wer wusste schon, was in einem halben Jahr alles passieren würde und ob sie danach dort weitermachen konnten, wo sie sich gerade befanden?

Außerdem machte sie sich ernsthaft Gedanken darüber, wie sie zu Jens stand. Egal wie oft sie es probiert hatte, sie konnte keinen Zugang mehr zu ihren alten Gefühlen für ihn finden. Zwangsläufig verglich sie die beiden Männer. Beide packten zwar ihr Leben an und waren jeder auf seine Weise besonders. Doch bei Nils hatte sie ein Gefühl gefunden, von dem sie zuvor nicht gewusst hatte, dass es überhaupt existierte. Es war eine Kombination aus Liebe, Geborgenheit und Zuhausesein. Bei Jens hatte sie das nie richtig gespürt, sondern eher den Wunsch, dass es mal so sein könnte. Sie nahm sich vor, ehrlich zu ihm zu sein. Und auch zu Kati. Sie musste jetzt mit offenen Karten spielen, wenn es noch die Chance auf eine Freundschaft zwischen Kati, Jens und ihr geben sollte.

Isabel stand aus dem Bett auf und ging zum Fenster. Im Schein der Straßenlaternen sah sie, dass immer noch dicke Flocken fielen. Mittlerweile war die Schneedecke so hoch, dass Bürgersteig und Straße eine Einheit zu bilden schienen. Die Dorfstraße wirkte wie ein verwunschener Ort, nicht von dieser Welt. In den Fenstern der gegenüberliegenden Häuser brannte noch kein Licht, und es war draußen niemand unterwegs. Wäre die Schneekönigin aus dem Märchen von Hans Christian Andersen in einem Schlitten am Fenster vorbeigeschwebt, hätte Isabel es vermutlich nicht besonders überrascht.

Sie ging ins Wohnzimmer, Mari trottete verschlafen hinter ihr her. Dort schaltete sie den Fernseher ein, setzte sich auf die Couch und zog die kuschelige Decke bis zum Kinn hoch. Mari machte es sich auf dem Teppich vor dem Sofa bequem und schlief dort weiter. Im Fernsehen lief der Filmklassiker *Der kleine Lord*, der jedes Jahr zur Weihnachtszeit gezeigt wurde. Isabels Blick fiel auf ihr Handy, das sie vor dem Gottesdienst auf dem Esstisch liegen gelassen hatte. Sie stand von der Couch auf und sah nach.

Drei Nachrichten hatte sie bekommen. Eine von einer ehemaligen Arbeitskollegin, die ihr Weihnachtsgrüße sandte. Die anderen waren von Jens und Kati.

Hi, Isabel!
Ich hoffe, du hast eine schöne Weihnachtsfeier.
Freue mich schon auf morgen.
LG
Jens

Liebe Isabel,
ich schicke dir fröhliche Weihnachten aus Rosenheim.
Wir haben sogar weiße Weihnacht, und das Christkind hat ein Geschenk für dich dagelassen.
Ich freue mich schon darauf, dich bald zu sehen.
Weißt du schon, wann du wieder im Lande bist?
Liebste Grüße
Kati

* * *

Isabel seufzte. Es war gerade mal kurz nach fünf. Um diese Uhrzeit musste sie ihrer Freundin noch nicht antworten. Sie beschloss, Kati nach dem Treffen mit Jens eine Nachricht zu schicken.

Sie musste wieder einen klareren Kopf bekommen. Deshalb nahm sie einen kleinen Notizblock und einen Kugelschreiber aus ihrer Tasche und setzte sich im Schneidersitz auf die Couch. *Was spricht dafür, nach Rosenheim zurückzukehren* schrieb sie auf die eine und *Was spricht dafür, in St. Peter-Ording zu bleiben* auf die andere Seite.

* * *

Von draußen erklang das typische kratzende Geräusch, wenn ein Schneeschieber über den Asphalt schabte. Isabel spähte aus dem Fenster und erblickte Frau Osterfeld, die sich gerade mit einer Schaufel auf den Gehwegfliesen des Vorgartens abmühte. Es schneite noch immer, trotzdem wollte die alte Dame offenbar um jeden Preis den Weg frei machen. Isabel schüttelte den Kopf und zog sich flott an.

»Hallo, Frau Osterfeld! Das ist doch viel zu schwer für Sie«, sagte sie, als sie in ihrer Winterkleidung mit Mari draußen ankam.

»Ah, frohe Weihnachten.« Frau Osterfeld lächelte sie an. Ihre Wangen waren gerötet, und sie strahlte solch eine Lebensenergie aus, dass Isabel immer wieder aufs Neue staunte. Sie kannte ihre Nachbarin eigentlich als alte und gebrechliche Dame. Nun machte es fast den Eindruck, als stünde eine andere Frau vor ihr.

»Ich wünsche Ihnen auch frohe Weihnachten! Lassen Sie mich das doch machen«, bot sie ihr an und wollte ihr die Schippe aus der Hand nehmen.

»Auf gar keinen Fall!« Hastig zog Frau Osterfeld die Hand zurück. »Da vorne ist aber noch ein zweiter Schieber.« Sie zeigte zur Eingangstür, neben der tatsächlich eine breite Schaufel an der Hausmauer lehnte. »Sie können gerne mithelfen.«

Isabel zuckte die Schultern, holte die Schippe und begann mit dem Schneeschaufeln. »Kein Wunder, dass Sie gestern Schnee gerochen haben. Es hört ja gar nicht mehr auf.«

»Antje und Claudia sind mit den Kindern zum Dünenrodeln gegangen. Stellen Sie sich das mal vor«, erzählte Frau Osterfeld vergnügt.

»Wie schön! Das macht den Kindern bestimmt Spaß. Schade, dass sie erst gestern gekommen sind. Bestimmt hätten sie gerne länger Zeit mit Ihnen verbracht.«

Frau Osterfeld unterbrach die Schaufelarbeit und stützte sich auf dem Stiel des Schiebers ab. »Gut, dass Sie es ansprechen. Darüber wollte ich nämlich mit Ihnen reden.«

Isabel hielt ebenfalls inne und betrachtete ihre Nachbarin gespannt. »Ich bin ganz Ohr.«

»Also, es ist folgendermaßen: Eigentlich hatten wir ja für heute die gemeinsame Rückreise nach Rosenheim geplant.« Sie lachte verschmitzt. »Ich muss Sie jetzt allerdings bitten, ohne mich zu fahren.«

»Oh! Was ist passiert?«, wollte Isabel wissen.

Glücklich bekannte sie: »Meine Schwester und ich haben uns versöhnt. Und ich habe beschlossen, bei meiner Familie im Schipperhus zu bleiben und in St. Peter-Ording meinen Lebensabend zu verbringen. Hier komme ich her, und hier gehöre ich hin, wie man so schön sagt. Das stimmt in meinem Fall auch. Und in Rosenheim würde ich nur alleine in meiner Wohnung hocken.«

»Na, das sind ja mal tolle Neuigkeiten«, fand Isabel. »Bestimmt ist es die beste Entscheidung, die Sie treffen konnten.«

Sie nickte. »Endlich hat meine Einsamkeit ein Ende, und ich kann den Rest meines Lebens genießen.« Sie schob weiter Schnee von dem Gehweg. »Meine Wohnung in Rosenheim werde ich später auflösen. Antje und Claudia haben mir schon ihre Hilfe dafür zugesagt.«

»Das ist doch super!« Isabel lächelte und warf einen versonnenen Blick zu Mari, die sich hingebungsvoll im Schnee wälzte. »Am Ende scheint sich alles so zu fügen, wie es sein soll.« Sie freute sich mit der alten Dame. Nachdem sie selbst alles aufgelistet hatte, was ihr in den Sinn gekommen war, hatte sie sich ebenfalls dazu entschieden, in Nordfriesland zu bleiben. Das behielt sie für den Moment noch für sich.

Die Zeit in St. Peter-Ording war für sie bisher wie ein Traum gewesen, und diesen wollte sie unter keinen Umständen mehr aufgeben. Zwar wusste sie noch nicht im Detail, wie sie ihren kühnen Plan in die Tat umsetzen konnte, doch es war eine echte Herzensentscheidung gewesen. Seit sie den Entschluss gefasst hatte, empfand sie wieder mehr Ruhe und Sicherheit, die Zeit des Zögerns und Wankens war vorbei.

* * *

Isabel hatte Jens eine Nachricht geschrieben und ihn darum gebeten, einen Spaziergang mit ihr und Mari zu machen, statt wie geplant im *Deichkind* zu essen. Als Isabel mit Mari am *StrandGut Resort* im Ortsteil Bad ankam, wartete Jens schon vor dem Eingang. Er blickte ihr mit zuversichtlichem Gesichtsausdruck entgegen und begrüßte Mari fröhlich, die schwanzwedelnd an ihm hochsprang.

»Hattest du eine schöne Weihnachtsfeier?«, erkundigte er sich.

»Sehr schön sogar. Ich hoffe, du hast den Abend auch gut rumgekriegt.«

»Ach, ich habe auf meinem Laptop eine Serie geguckt. Damit ist die Zeit relativ schnell verflogen.« Er blickte zum Himmel. »Das schneit hier ja fast so wie bei uns in Rosenheim. Dabei dachte ich bis jetzt, an der Nordsee gäbe es kaum Schnee, sondern vor allem Regen.«

»Normalerweise ist das wohl auch so.«

Sie gingen über den eingeschneiten Platz der Erlebnispromenade. Ein paar Möwen trotzten dem Schneegestöber auf den seitlich aufgestellten Fahrradständern, an denen bloß wenige Räder befestigt waren. Ein Mann und eine Frau drängten sich dicht unter einem roten Regenschirm aneinander, auf dem sich eine Schneehaube gebildet hatte. Einige der wenigen Passanten hatten sich die Kapuzen ihrer Jacken tief ins Gesicht gezogen.

»Schau mal, da drüben hängen Liebesschlösser.« Jens zeigte auf eine Art Gitter, das am Weg zur Seebrücke aufgestellt war und an dem bereits etliche dieser Liebesbekundungen hingen.

»Hm«, machte Isabel, wandte ihren Blick aber schnell wieder ab.

»Das könnten wir eigentlich auch machen. Was meinst du? Wäre das nicht das perfekte Symbol für unseren Neuanfang?«, fragte er optimistisch.

Sie waren bald hinter dem Kurkartenhäuschen angekommen, und Isabel blieb stehen. »Jens«, setzte sie an. Sie suchte nach den passenden Worten, doch sie fand sie nicht.

»Ja?« Er lächelte ihr erwartungsvoll zu.

Ihr lag es fern, ihn zu verletzen, aber wie sollte sie es ihm dann klarmachen? Wahrscheinlich war es das Beste, die Dinge einfach beim Namen zu nennen. Schließlich wurde das Ende der Beziehung nicht schöner, wenn man mit milden Worten eine schicke Schleife drum herum band. »Es tut mir leid, Jens. Wirklich leid! Aber es wird keinen Neustart für uns geben.«

»Was?«, fragte er ungläubig.

Isabel schüttelte den Kopf. »Ich bin eigentlich nur gekommen, um es dir persönlich zu sagen und einen Schlussstrich zu ziehen.«

»Das kann doch nicht dein Ernst sein!«, rief er erschüttert. Er fiel offenbar aus allen Wolken. »Ich meine, ja, natürlich habe ich einen großen Fehler gemacht. Und es tut mir auch unendlich leid, aber bitte gib mir die Chance, es wiedergutzumachen! Es wird bestimmt wieder so wie früher zwischen uns werden. Wahrscheinlich sogar noch besser! Daran glaube ich ganz fest«, beteuerte er. »Meinen Eltern habe ich auch schon gesagt, dass wir vorbeikommen.«

Isabel wollte ihm ihre Freundschaft anbieten, doch dafür

schien nicht der richtige Moment zu sein. Sie atmete tief durch und sah ihm ins Gesicht. »Ich habe jemand anders kennengelernt. Und ich gehe nicht zurück nach Rosenheim. Ich bleibe hier«, sagte sie mit fester Stimme.

Ihre Worte nahmen ihm sichtlich den Wind aus den Segeln. Schweigend musterte er sie. Nach einer Weile senkte er dann betrübt den Kopf. Er schien allmählich zu begreifen, dass es unwiderruflich zu Ende war. Isabel war erleichtert.

* * *

Nachdem Isabel die Fronten zwischen sich und Jens geklärt hatte, war kein richtiges Gespräch mehr zwischen ihnen entstanden. Sie waren bis zum Hotel spaziert und hatten sich dort mit wenigen Worten verabschiedet. Auf dem Weg zur Bushaltestelle überlegte Isabel, ob es wohl ein Abschied für immer gewesen war. Doch das würde nur die Zeit zeigen können.

Und wie würde Kati reagieren? Sie hatte gewusst, dass die Unterredung nicht schön werden würde, trotzdem hatte Jens' Reaktion sie betroffen zurückgelassen. Dass er so fest damit gerechnet hatte, wieder von vorn beginnen zu können … Es schien wie vor den entscheidenden Wochen zu sein: Sie schwebten einfach immer in unterschiedlichen Sphären. Nur dass sie da diejenige gewesen war, die keinen Zweifel an der Beständigkeit ihrer Beziehung hatte zulassen wollen.

So traurig der Abschied sie machte, andererseits fühlte sie sich befreit, weil sie reinen Tisch gemacht hatte.

* * *

Sie fuhr mit dem Bus bis zum Westküstenpark und ging dann mit Mari die Wittendüner Allee entlang, bis sie am Hof der Friedrichs angekommen waren. Isabel musste Nils unbedingt sehen und ihm die frohe Botschaft verkünden, dass sie in St. Peter-Ording und bei ihm bleiben würde.

Kurz nachdem sie an der Haustür geklingelt hatte, öffnete Nils' Mutter ihr die Tür. »Ah, frohe Weihnachten, Isabel. Komm doch rein! Mari, du natürlich auch.«

»Frohe Weihnachten wünsche ich Ihnen ebenfalls.« Ihre Leonbergerin an der Seite, betrat sie die Diele.

»Du möchtest bestimmt zu Hanna.«

Isabel lächelte. »Eigentlich möchte ich zu Nils.«

»Tja, da hast du Pech. Nils ist gar nicht zu Hause. Er wollte ein Fahrrad abholen, das ein Tourist irgendwo draußen hat stehen lassen, und dann in den Laden bringen. Mehr weiß ich allerdings auch nicht.« Ratlos hob sie die Hände.

»Wie schade! Ich hätte ja auch vorher anrufen können. Ich dachte bloß, dass er bestimmt sowieso hier ist.«

»Das werden wir gleich haben. Opa Erk ist bestimmt noch im Fahrradladen.« Sie ging zu ihrem Festnetztelefon und rief im Geschäft an, doch dort war Nils nicht. »Tut mir leid. Er hat das Fahrrad zwar vorbeigebracht, ist dann aber gleich wieder aufgebrochen, wie es scheint.«

Enttäuscht verzog Isabel den Mund. »Und er hat nicht gesagt, wohin er wollte?«

»Kein Wort.«

Jetzt versuchte Isabel, ihn auf seinem Handy zu erreichen. Nach dem siebten Klingeln sprang die Mailbox an. Sie brach den Anruf ab. »Nur die Mailbox.«

»Wenn du möchtest, kannst du hier auf ihn warten«, bot Frau Friedrich an. »Weit kann er ja nicht sein.«

»Das Angebot nehme ich gerne an.« Sie folgte Frau Friedrich in die gemütliche Wohnküche.

»Du tust mir damit sogar einen Gefallen, denn außer mir ist der Rest der Familie ausgeflogen.« Sie füllte eine Schüssel mit Wasser und stellte sie vor Maris Nase hin. »Mein Mann besucht einen Cousin in Tönning, und Hanna ist bei einer Freundin. Vor dem späten Nachmittag wird hier keiner aufkreuzen. Möchtest du einen Kaffee?«

»Ja, gerne.« Isabel setzte sich auf einen Stuhl. Auf dem Küchentisch lag eine Menge alter Fotos. »Oh, habe ich Sie wirklich nicht gestört?«

»Wie? Ach, du meinst wegen der Fotos?« Sie füllte mit einem Löffel Kaffeepulver in einen Filter. »Nein, nein, bestimmt nicht. Am Ende des Jahres werde ich immer nostalgisch und krame die alten Aufnahmen raus.«

Isabel nahm ein Foto in die Hand und betrachtete es interessiert. »Ist das Nils?«

Frau Friedrich drückte auf den Knopf der Kaffeemaschine und kam zu ihr. »Ja, genau. Bei seiner Einschulung. Damals war er ein richtiger Wonneproppen. Das kann man sich heute gar nicht mehr vorstellen.«

Sie nickte. »Er hat mir davon erzählt und auch, dass er durch einen Sporttherapeuten seine Liebe zum Fahrradfahren entdeckt hat.«

»In der Tat. Ein Glück, dass es so gelaufen ist. Besonders für seinen Opa. Einen besseren Assistenten als Nils hätte er sich für den Laden nicht wünschen können.«

»Ach, da fällt mir was ein!« Isabel kramte in ihrer Tasche und holte ihre Geldbörse hervor. »Ich schulde Nils' Opa noch Geld für die Fahrradmiete. Können Sie ihm das Geld vielleicht geben?«

»Behalte mal dein Geld. Freunde der Familie zahlen keine Fahrradmiete. Außerdem hast du genug im Haubarg mitgearbeitet, das reicht für mindestens ein halbes Jahr mietfreie Fahrradleihe.«

»Das ist aber nett. Danke schön.« Isabel steckte ihr Portemonnaie zurück in die Tasche.

Frau Friedrich stand vom Tisch auf und servierte den Kaffee in großen Tassen. »Apropos Haubarg. Bestimmt steckt Nils dort und hat deswegen das Handy nicht gehört. Geh doch nachher vorbei und schau nach«, schlug sie vor.

»Das mache ich.«

Lächelnd stellte Frau Friedrich die Zuckerdose und ein Milchkännchen auf den Tisch. »Alles zu seiner Zeit. Jetzt wird erst einmal Kaffee getrunken.«

20. Kapitel

Als Isabel mit Mari am Haubarg ankam, hatte es aufgehört zu schneien. An einigen Stellen rissen die Wolken auf und gaben die Sicht auf den blauen Himmel frei. Nils' Auto parkte tatsächlich vor dem alten Bauernhaus. Durch die dichte Schneedecke zogen sich die Reifenabdrücke seines Wagens, allzu lange konnte er also nicht hier sein.

Auf dem Weg entdeckte Isabel einige Vogelspuren. Der Schnee knirschte unter ihren Stiefeln, während sie auf die rote Friesentür zuging. Aus dem Haus drang ein gleichmäßiges Surren, und die Eingangstür war wieder nur angelehnt. Isabel drückte sie auf und folgte dem Geräusch.

Nils werkelte an der Treppe, die in den ersten Stock führte. Er bearbeitete gerade eine Stufe mit einer Schleifmaschine. Konzentriert führte er die Maschine über das Holz, ohne Isabels Anwesenheit zu bemerken.

»Nils«, rief sie über den Lärm hinweg. »Niiiiils!«

Er blickte von seiner Arbeit auf und stellte die Maschine ab. »Isabel«, sagte er nur.

»Frohe Weihnachten.« Sie lächelte ihn an.

»Ebenfalls«, antwortete er knapp.

Sie wunderte sich über seine kurz angebundene Art. »Ich muss unbedingt mit dir reden. Hast du kurz Zeit?«

»Du bist doch hier, um dich zu verabschieden, oder?«, fragte er.

»Nein, eigentlich nicht. Ich wollte dir nur mal eben sagen, dass ich bleibe.« Sie strahlte ihn an und wartete auf eine erfreute Reaktion.

»Aha.« Er zog die Stirn in Falten. »Mit ihm?«

Irritiert blinzelte sie. »Mit wem?«

»Na, mit deinem Freund. Seit wann ist er eigentlich da?«

»Welcher Freund denn?«

Enttäuscht winkte er ab. »Du kannst dir das Theater sparen. Ich habe euch vorhin zusammen auf der Erlebnispromenade gesehen.«

Isabel fuhr ein Schrecken durch die Glieder. Verdammt! Genau das hatte sie eigentlich verhindern wollen.

»Wahrscheinlich war er auch der Grund, warum es dir in der Sauna auf einmal schlecht ging. Nur schade, dass du mir nicht einfach die Wahrheit gesagt hast«, erklärte er und schaltete das Gerät wieder an, um seine Arbeit fortzusetzen, als wäre sie nicht anwesend.

»Nils!«, rief Isabel. »Es ist nicht so, wie du denkst!«

Bitter lachte er auf und schüttelte den Kopf, bevor er die Maschine wieder abschaltete. »Ach so, genau! Isabel, ich hätte wirklich nicht gedacht, dass ich mich so in dir täuschen könnte. Normalerweise habe ich eine ganz gute Menschenkenntnis, bei dir hat sie leider versagt.«

»Aber du hast dich doch gar nicht in mir getäuscht«, entgegnete Isabel verzweifelt. »Okay, das mit der Sauna stimmt schon ein bisschen. Er hatte etwas damit zu tun, aber nicht so, wie du glaubst.«

Er warf ihr einen verletzten Blick zu. »So, was glaub ich denn?«

Isabel wollte gerade zu einer Erklärung ansetzen, als er weitersprach:

»Du brauchst gar nichts weiter zu sagen, mir ist inzwischen einiges klar geworden.« Damit schaltete er die Schleifmaschine wieder an.

»Stell das Ding doch bitte aus und lass es mich erklären! Du bist ja völlig überreizt.«

»Im Gegenteil. Das Surren meiner Schleifmaschine entspannt mich!« Verbissen bearbeitete er die Stufe weiter.

»Jens ist nicht mein Freund!«, schrie Isabel gegen das laute Surren an.

Abermals stellte er die Maschine aus. »Isabel, ich habe doch Augen und Ohren im Kopf. Als ich euch vorhin gesehen habe, warst du so mit ihm beschäftigt, dass du gar nicht gemerkt hast, dass ich fast neben euch an einem Fahrrad gearbeitet habe.«

»Du hast da was völlig in den falschen Hals gekriegt. Jens ist mein Exfreund.«

»Ach so!« Nils lachte auf. »Ein Ex, der extra nach St. Peter-Ording kommt, um dich zu sehen und für euch ein Liebesschloss aufhängen will. Verstehe!« Er griff zu einer Wasserflasche, die auf einer Stufe über ihm stand, und trank einen Schluck.

Verzweifelt rief sie: »Nein, so ist es doch gar nicht!«

Er sah sie verschlossen an. »Es ist besser, wenn du jetzt gehst.« Mit ruhigen Bewegungen schraubte er den Verschluss auf die Flasche.

»Es stimmt aber nicht. Ich habe unter meine alte Beziehung einen Schlussstrich gezogen«, beteuerte sie unter Tränen. »Zu dem Treffen ist es bloß gekommen, weil Jens einfach nach St. Peter-Ording gekommen ist, ohne es mir vorher zu sagen. Sonst hätte ich mich gar nicht mit ihm verabredet.«

»Du hast dich aber mit ihm verabredet«, stellte Nils fest.

»Ich schwöre, dass ich dir die Wahrheit sage. Ich habe mein Herz nicht nur an St. Peter-Ording und die lieben Leute, die ich hier kennenlernen durfte, verloren, sondern besonders an dich. Bitte, du musst mir glauben, Nils!«

Er legte das Schleifgerät auf der Stufe ab und sah sie immer noch zweifelnd an. »Und das ist wirklich die Wahrheit?«

Sie nickte. Heiße Tränen liefen ihr die Wangen hinab. »Ich weiß, dass nicht nur ich dich liebe, sondern meine Liebe auch von dir erwidert wird. Ich möchte, dass wir uns eine Chance geben, etwas gemeinsam aufzubauen. Dafür bin ich sogar bereit, meinen neuen Arbeitsvertrag aufzulösen und bei dir in St. Peter-Ording zu bleiben.« Sie wischte sich mit dem Handrücken die Tränen von der Wange. »Bitte glaube mir.«

»Im Ernst? Du lässt deinen neuen Job sausen?«, fragte er ungläubig. »Wegen mir?«

Schluchzend nickte sie. »Ja. Ich habe darüber nachgedacht und brauchte etwas Zeit. Aber jetzt weiß ich es. Ich würde alles tun, damit wir zusammen sein können.«

Eine Weile sah er sie schweigend an. Dann ging er langsam die Treppenstufen zu ihr hinab und blieb dicht vor ihr stehen. Sein Gesichtsausdruck war unergründlich. Er schaute ihr fest in die Augen, und dann bildete sich ein leicht schiefes Lächeln um seinen Mund. »Ich glaube dir«, flüsterte er, bevor er ihr die Tränen aus dem Gesicht küsste und sie fest in den Arm nahm. »Und ich lasse dich nie wieder los.«

Im selben Augenblick stimmte Mari ein Bellkonzert an.

»Dich lasse ich natürlich auch nicht mehr los«, versprach Nils amüsiert.

»Gleiches Recht für alle«, fand Isabel und kraulte ihre Hündin hinter den Ohren.

* * *

Am Nachmittag fuhren Isabel, Mari und Nils zum Hof zurück. Isabel hatte beim Schleifen der Treppe geholfen, sodass sie ein gutes Stück vorangekommen waren. Es fehlten lediglich noch vier Stufen, die vor dem Lackieren behandelt werden mussten.

Sie gingen in die gemütliche Küche seiner Eltern. Nils hängte seine Jacke über einen Stuhl.

»Und? Hatte ich recht?«, fragte Frau Friedrich, die am Küchentisch saß und noch immer mit ihren Fotos beschäftigt war.

»Ja, er war tatsächlich im Haubarg«, bestätigte Isabel lächelnd.

»Gut, dass du jetzt da bist, Nils. Hanna und dein Vater holen die Pferde gerade von der Koppel. Wir sollten da mal eben helfen. Opa Erk ist noch bei den Frerichs. Da kann es ja dauern, bis er zurückkommt.«

»Okay.« Nils zog seine Jacke wieder an. »Ist es für dich in Ordnung, wenn wir dich einen Moment allein lassen? Es dauert wirklich nicht lange«, fragte er Isabel.

»Natürlich.« Sie zog ihre Jacke aus und setzte sich an den Küchentisch. »Ich kann mir in der Zwischenzeit Kinderfotos von dir ansehen.« Sie zwinkerte ihm zu.

»Dann bis gleich.« Nils und seine Mutter verließen die Küche.

Indessen betrachtete Isabel die Fotos. Neben Kinderfotos von Hanna und Nils waren auch alte Aufnahmen der anderen Familienmitglieder dabei. Auf einem Foto lachte Opa Erk von einem Fahrrad in die Kamera, auf einem anderen trug er eine Kapitänsmütze. Wie jung er auf den Aufnahmen aussieht, trotzdem ist dieses Grinsen unverkennbar, dachte Isabel und drehte die Aufnahme um. Auf der Rückseite war das Datum der Aufnahme vermerkt: 7. August 1988. Andere Fotos zeigten Frau und Herrn Friedrich als junge Eltern mit Hanna und Nils. Zu dem Zeitpunkt mussten sie jünger als Isabel heute gewesen sein. Hanna mit ihrer verstorbenen Oma bei einer Reitstunde, Nils auf einem Dreirad und an Karneval als Matrose verkleidet.

Isabel hatte Freude daran, die Fotos zu betrachten. Es war, als erlebte sie so ein Stück der Familiengeschichte der Friedrichs. Wie gerne hätte sie solche Aufnahmen auch von sich und ihrer unbekannten Familie. Eine Aufnahme ließ ihren Puls dann schneller werden. Sie fand ein Foto von Nils' Mutter. Sie saß auf einer Bank, und vermutlich war damals jemand neben ihr gewesen. Die andere Hälfte der Aufnahme fehlte. Isabel nahm das Foto in die Hand, um es näher zu betrachten. Ein Schrecken schoss ihr durch den Körper.

Mit zitternden Händen öffnete sie hastig ihr Portemonnaie und legte die Fotohälfte, die ihre Mutter zeigte, an das Bild. Es passte!

Wie betäubt starrte sie auf die beiden Fotohälften, die zusammen ein Ganzes ergaben. Frau Friedrich und ihre Mutter lachten von einer Parkbank zusammen in die Kamera. Das konnte doch nicht sein! Oder? Kannte Frau Friedrich ihre Mutter? Isabel spürte, wie ihr schwindelig wurde. Sie hielt sich mit beiden Händen an der Tischkante fest.

Mari spürte ihren Aufruhr und legte ihren Kopf auf ihr Bein. Isabel war unfähig, sich zu rühren. Sie konnte nur die beiden Fotohälften anstarren.

»Meine Güte, was ist denn mit dir los?«, fragte Frau Friedrich, als sie zurück in die Küche kam.

Isabel blickte sie nur sprachlos an. Sie hatte nicht mitbekommen, dass Nils und seine Mutter den Raum betreten hatten. Sie fühlte sich wie in Watte eingehüllt. Ihr Atem ging schneller, und mit einem Mal wurde ihr kalt. Sie hatte die Suche nach ihrer Mutter schon vor Jahren aufgegeben, weil sie an einem bestimmten Punkt nie weitergekommen war.

»Du siehst ja aus, als hättest du ein Gespenst gesehen.« Fürsorglich legte Nils einen Arm um sie.

»Das muss der Kreislauf sein«, vermutete Frau Friedrich. Sie öffnete eine Flasche Cola, schenkte das Getränk in ein Glas ein und reichte es Isabel. »Hier. Trink das mal.«

Isabel gehorchte und spürte die Wirkung der koffeinhaltigen Flüssigkeit bald. »Ich muss mich kurz sammeln«, sagte sie mit brüchiger Stimme und strich Mari langsam über den Kopf.

»Tut dir was weh?«, fragte Nils besorgt.

»Nein.« Isabel räusperte sich. »Frau Friedrich?«

»Ja?«

»Darf ich Sie mal unter vier Augen sprechen? Bitte.«

»Selbstverständlich.«

»Habt ihr etwa Geheimnisse vor mir?«, fragte Nils, zog sich jedoch bereits zurück.

»Scheint so. Du kannst deiner Schwester noch bei der Fütterung helfen.«

»Niemand wirft die Leute mit so viel Stil aus dem Haus wie du.« Er gab seiner Mutter einen Kuss auf die Wange. »Bis später.«

Als Nils das Haus verlassen hatte, nahm Isabel ihren ganzen Mut zusammen und fragte Frau Friedrich: »Kannten Sie meine Mutter?«

Sie setzte sich neben Isabel. »Wieso sollte ich denn deine Mutter kennen?«, fragte sie irritiert.

Isabel deutete auf die zwei Fotohälften, die vor ihr auf dem Tisch lagen. »Das sind Sie, und das ist meine Mutter. Das ist eine Aufnahme.«

»Wie ist das möglich?« Frau Friedrich schlug sich schockiert eine Hand vor den Mund und schaute Isabel ungläubig an. »Du bist Ulrikes Tochter? Ich hatte ja keine Ahnung ...«

Isabel stockte der Atem. »Meine Mutter heißt Ulrike?«, fragte sie tief bewegt.

Frau Friedrich nickte bloß.

Isabel merkte, dass die ältere Frau innerlich genauso aufgewühlt war. »Also ist es wahr? Sie kennen meine Mutter?«

»Ja. Ich kann es selbst kaum glauben. Nach so vielen Jahren sitzt du nun neben mir ... Das ist ... wie ein Wunder!«

»Aber wieso? Ich meine, was ist denn damals passiert? Warum wollte meine Mutter mich nicht?«, stellte sie eine der drängendsten Fragen, nach deren Beantwortung sie schon ihr ganzes Leben suchte.

Frau Friedrich seufzte und lächelte traurig. »Deine Mutter wollte dich. Sogar sehr. Sie war so glücklich über die Nachricht, schwanger zu sein ... Doch es waren andere Zeiten und Umstände, die das nicht möglich gemacht haben.«

»Ist sie ... ist sie tot?«, traute Isabel sich, eine ihrer größten Befürchtungen zum ersten Mal auszusprechen.

»Nein. Keine Sorge. Ulrike lebt, und sie erfreut sich bester Gesundheit.« Frau Friedrich berührte Isabel mit einer Hand am Arm. »Ich kann immer noch nicht glauben, dass du tatsächlich neben mir sitzt.«

»Was ist damals passiert? Wieso ist alles so gekommen?« Isabel dürstete nach noch mehr Antworten. Sie hatte so viele Fragen und wollte die Wahrheit aufsaugen wie ein Schwamm. Endlich war der Tag gekommen, von dem sie immer geträumt hatte.

»Ich kenne deine Mutter schon sehr lange. Genauer gesagt seit den Achtzigerjahren. Wir haben uns während unserer gemeinsamen Ausbildung in einem Hotel in St. Peter-Ording kennengelernt«, erzählte Frau Friedrich.

»Sie kommt auch aus St. Peter-Ording?« Isabel traute ihren Ohren nicht.

»Ursprünglich ja.«

Sie runzelte die Stirn. »Aber wie bin ich denn dann nach Rosenheim gekommen?«

»Deine Mutter und ich haben nach unserer Ausbildung zusammen in einem Münchener Hotel gearbeitet. Dort hat sie einen Rechtsanwalt kennengelernt und ist von ihm schwanger geworden. Der Haken an der Sache war jedoch, dass er bereits eine Familie hatte. Das hat deine Mutter erst erfahren, als sie mit dir schwanger war.« Frau Friedrich seufzte. »Sie hatte damals keine Wahl. Sie musste arbeiten und hatte keine Möglichkeit, dich alleine großzuziehen. Deswegen hat sie dich nach der Geburt in ein Münchener Kinderheim gegeben. Ich habe damals ohne ihr Wissen die eine Hälfte des Fotos einer Schwester gegeben, die in dem Kinderheim arbeitete. Du solltest sie bekommen. Ich wollte, dass du später wenigstens weißt, wie deine Mutter aussieht.«

»Danke«, sagte Isabel, die erst jetzt merkte, dass ihr Tränen die Wangen hinunterrannen. Mari rieb ihre nasse Schnauze an ihrer Hand.

Frau Friedrich schimmerten ebenfalls Tränen in den Augen. Sie nahm ein Paket Taschentücher aus einer Schublade, dann hielten beide sich weinend in den Armen.

Für Isabel schien eine lebenslange Odyssee mit einem Mal zu enden. Die ganze Last, die sie all die Jahre auf ihren Schultern getragen hatte, fiel plötzlich von ihr ab. Ihre Mutter hieß Ulrike! Sie lebte! Sie kam aus St. Peter-Ording! Und Frau Friedrich kannte sie! Isabel putzte sich geräuschvoll die Nase. »Sie sagten, dass meine Mutter lebt. Haben Sie denn noch Kontakt zu ihr?«

»Oh ja. Sogar regelmäßig. Vor zwei Wochen haben wir uns erst zu Kaffee und Kuchen getroffen. Ein paar Jahre nachdem sie aus München zurückgekehrt war, hat sie einen lieben Mann kennengelernt und ihn geheiratet. Seitdem lebt sie in einem kleinen Häuschen in Tönning, also gar nicht weit von St. Peter-Ording entfernt. Mittlerweile allerdings alleine. Ihr Mann ist vor sechs Jahren bei einer Operation gestorben.«

»Oh! Das ist ja traurig.«

»Das war auch sehr traurig«, bestätigte Frau Friedrich. »Umso schöner, dass du jetzt da bist und ihr euch bestimmt ganz bald sehen werdet.«

»Meinen Sie denn, sie möchte mich treffen?«, fragte Isabel unsicher. »Vielleicht denkt sie ja nie an mich …«

Frau Friedrich schüttelte heftig den Kopf. »Aber natürlich! Wahrscheinlich möchte sie nichts mehr auf der Welt, als dich zu treffen!«

»Das ist gut.« Isabel knetete das Taschentuch in ihren Händen. »Habe ich denn noch Geschwister?«

»Nein. Deine Mutter hat sehr darunter gelitten, dass sie dich damals abgeben musste, und nie wieder ein Kind bekommen.«

Aus der Diele drangen Geräusche in die Küche. Frau Friedrich erhob sich.

»Das wird Opa Erk sein. Langsam sollte ich mal das Abendessen vorbereiten.« Sie drückte Isabel die Fotohälfte, die ihre Mutter zeigte, in die Hand. Die restlichen Schnappschüsse verstaute sie in einem großen Karton.

»Frau Friedrich?«

Warm sah sie sie an. »Ja?«

»Ich möchte das mit meiner Mutter erst einmal für mich behalten, bis ich die neue Situation verarbeitet habe.« Um Verständnis bittend erwiderte Isabel ihren Blick.

»Das ist doch selbstverständlich. Von mir erfährt niemand etwas«, versprach sie.

»Danke.«

»Möchtest du denn gleich mit uns essen? Es ist genug da.«

»Danke für die Einladung, aber ich muss langsam mal zurück zum Schipperhus. Frau Osterfeld und die Frerichs wissen noch gar nicht, dass ich die Ferienwohnung noch etwas länger brauche.« Sie lächelte Frau Friedrich an und drückte sie zum Abschied fest. »Danke. Das ist das schönste Weihnachtsgeschenk, was ich jemals bekommen habe.«

* * *

Bevor sie sich auf den Rückweg machte, schaute Isabel noch im Stall vorbei, um sich von Nils zu verabschieden.

»Du willst tatsächlich mit Mari durch den Schnee laufen?«, fragte er entsetzt. »Kommt gar nicht in die Tüte. Ich fahre euch das Stück.«

Isabel nahm sein Fahrangebot gerne an. Zum einen war es bitterkalt draußen, und zum anderen fühlte sie sich ziemlich erschlagen nach all den schönen Informationen über ihre Mutter. Nachdem Nils sie am Schipperhus abgesetzt und sich mit einem zärtlichen Kuss verabschiedet hatte, klingelte sie bei den Frerichs. Dort war die Weihnachtsfeier in vollem Gange. Frau Osterfeld bestand darauf, dass Isabel mit ihnen aß, und die Frerichs sicherten ihr zu, dass sie die Ferienwohnung so lange bewohnen konnte, wie sie wollte. Herr Frerich kümmerte sich um Mari und servierte ihr ein gekochtes Hühnerbrustfilet.

Zwei Stunden und drei Gläser Rotwein später schloss Isabel die Tür zur Ferienwohnung auf. Sie streifte die Stiefel ab und hängte ihre Jacke am Kleiderhaken auf. Gut gelaunt stellte sie sich zunächst unter die heiße Dusche und machte es sich danach in einem flauschigen Bademantel auf dem Sofa gemütlich. Mari hatte sich zufrieden auf dem Läufer ausgestreckt. Das Hühnerbrustfilet war zweifellos genau nach ihrem Geschmack gewesen.

Im Fernsehen lief eine Komödie mit Doris Day und Rock Hudson. Alles war gut. Ein Lächeln breitete sich auf Isabels Gesicht aus. Sie hatte ihre Mutter gefunden!

21. Kapitel

Zwei Tage vor dem Jahreswechsel saß Isabel auf der Couch in der Ferienwohnung und telefonierte mit Kati. Sie hatte ihrer Freundin endlich alles erzählt, was sich ereignet hatte. Vor ihr stand eine dampfende Tasse Tee auf dem Tisch, daneben lag eine Dose mit selbst gebackenen Weihnachtskeksen, die ihr Frau Frerich geschenkt hatte.

»Das sind ja mal Nachrichten!« Isabel konnte das Kopfschütteln ihrer Freundin förmlich durch das Handy hören.

»Jetzt weißt du, warum ich dich erst heute angerufen habe. Ich musste das erst einmal selbst alles sortieren.«

»Na klar, das verstehe ich. Wer hätte das nicht gemusst? Trotzdem muss ich zugeben, dass ich ziemlich sauer auf dich war. Nachdem mein Bruder mir erzählt hatte, dass er ganz umsonst den weiten Weg nach St. Peter-Ording gefahren ist und du längst einen neuen Freund hast, kam ich mir schon etwas verschaukelt vor. Zumal du mir nichts davon erzählt und dich auch nicht zurückgemeldet hattest.«

Isabel seufzte. »Ich weiß, und es tut mir auch wirklich leid. Ich musste die Dinge zuerst mit mir ausmachen, bevor ich mit anderen darüber reden konnte. Nils habe ich auch erst gestern erzählt, dass seine Mutter mit meiner befreundet ist.«

»Das ist wirklich eine unglaubliche Geschichte. Fast wie in einem Hollywoodstreifen.« Kati klang noch zögerlich, aber Isabel wusste, dass ihre Freundin ihr verzeihen würde. Sonst hätte sie sich jetzt schon anders verhalten.

»Ich kann es auch noch nicht glauben und zwicke mich mehrmals täglich, weil ich Angst habe, das alles nur zu träumen.« Sie stand auf und griff nach der Tasse. »Die Reise nach St. Peter-Ording hat mein Leben komplett auf den Kopf gestellt. Nichts ist mehr so wie vorher!«

»Hört sich ganz danach an. Und dann hätte es wohl auch ohne die Begegnung mit Nils keine zweite Chance für meinen Bruder gegeben«, vermutete Kati.

Isabel überlegte kurz und horchte in sich hinein. »Wahrscheinlich nicht. Die Sache mit der anderen hätte ich nicht einfach vergessen können, und jetzt gibt es ja auch meine Mutter hier. Schon alleine wegen ihr wäre ich in St. Peter-Ording geblieben. Und was solch eine Entfernung für die meisten Beziehungen bedeutet, ist ja auch bekannt.«

»Stimmt! Jens hätte jedenfalls nicht seine Koffer gepackt und wäre nach Norddeutschland gezogen. Dafür kenne ich meinen Bruder leider zu gut.« Sie lachte.

»Das denke ich mir. Und was den großen braunen Umschlag angeht, den du aus meinem Briefkasten genommen hast, das ist wohl der gegengezeichnete Arbeitsvertrag. Von dem werde ich offiziell zurücktreten. Ich habe schon etwas formuliert.«

»Ich kann es immer noch nicht glauben.«

»Frag mich mal!« Isabel lachte auf.

Kati kaute plötzlich hörbar. »Hm, diese Plätzchen sind einfach zu köstlich … Sag mal, was wird denn nun aus deiner Wohnung?«

»Die werde ich demnächst zusammen mit der von Frau Osterfeld auflösen. Wir haben besprochen, zusammen ein Umzugsunternehmen zu beauftragen. Das ist dann ein Abwasch. Aber zuerst muss ich die Kündigung an meinen Vermieter schreiben.«

»Der wird Augen machen.« Kati seufzte. »Es scheint alles sehr konkret zu sein. Ich finde es so schade, dass du weggehst. Aber natürlich verstehe ich, warum du es tust.«

Wieder einmal spürte Isabel, wie das pure Glück sie bei dem Gedanken an ihre Mutter durchströmte. Aber sie war auch unsicher. »Ich habe so lange darauf gehofft, meine Mutter zu finden.«

»Das weiß ich doch. Wann siehst du sie denn?«

»Heute am Nachmittag«, platzte Isabel heraus.

Kati schnappte nach Luft. »Wow! Und? Bist du aufgeregt?«

»Und wie! Ich hoffe, ich bringe überhaupt einen Ton heraus, wenn ich sie sehe.«

»Das wird schon. Keine Sorge! Ich werde fest an dich denken.«

Isabel war froh, so eine liebe Freundin wie sie zu haben. »Kati?«

»Ja?«

»Darf ich dich noch um etwas bitten?«

»Natürlich.«

»Kannst du meine Pflanzen noch eine Weile gießen, bis ich sie abholen komme?«

Lachend erwiderte sie: »Aber ja. Mittlerweile sind die grünen Dinger und ich sogar Freunde geworden. Sie haben mir jedenfalls versprochen, nicht einzugehen.«

* * *

Am Nachmittag fuhr Isabel mit Mari in ihrem Auto zum Haubarg. Nils hatte versprochen, während des Treffens mit ihrer Mutter auf die Hündin aufzupassen. Nachdem sie den Motor neben dem alten Bauernhaus abgestellt hatte, stieg Isabel aus und ließ Mari auf der Beifahrerseite hinausspringen.

Inzwischen hatte Tauwetter eingesetzt und die schöne Schneelandschaft in ein matschiges Grau verwandelt. An einigen Stellen schauten die ersten Grashalme heraus, und vom Dach tropfte der noch schmelzende Schnee. Nachdem Isabel die rote Friesentür aufgestoßen und dann den Wohnraum betreten hatte, staunte sie nicht schlecht. Denn neben Nils stand ein Mann, der ungefähr in ihrem Alter war. Er trug offenkundig teure Designermode und gehörte vom Äußeren her zum Typ Manager.

»Hallo«, grüßte sie und wusste nicht, ob sie störte.

»Hi.« Nils kam zu ihr und gab ihr einen Kuss. Danach begrüßte er Mari. »Isabel, das ist mein alter Schulfreund Erik. Ihm gehört der Haubarg.«

Sie schüttelten einander die Hände. »Schön, dich kennenzulernen«, sagte Isabel. »Nils hat schon einiges über dich erzählt.«

»Hoffentlich hat er die schlimmen Sachen weggelassen.« Er grinste sie vergnügt an. »Meine Eltern wohnen ein paar Meter weiter, und da habe ich mir gedacht, ich lauf mal vorbei und gucke, was Nils aus dem alten Kasten macht.«

»So alt sieht das Haus gar nicht mehr aus«, korrigierte Isabel ihn.

»In der Tat. Es ist kein Vergleich zu dem Zustand, in dem ich den Haubarg beim letzten Mal gesehen habe«, stimmte er anerkennend zu.

»Stell dir vor, Erik möchte mir den Haubarg überlassen«, verkündete Nils mit glänzenden Augen.

»Wirklich?«, fragte Isabel überrascht.

»Wirklich!« Erik nickte. »Ich habe für das Haus meiner Tante keinerlei Verwertung. Weder bin ich handwerklich begabt, um die nötigen Renovierungen vorzunehmen, noch bin ich oft in St. Peter. Ich habe bereits Eigentum, und es wäre schade, wenn das Haus nicht mehr bewohnt würde und allmählich verfiele. Außerdem glaube ich, meine Tante hätte es so gewollt, dass ich den Haubarg an dich weitergebe.« Er nickte Nils zu. »Du hast ihr ja damals schon geholfen, als sie hier den großen Wasserschaden hatte. Und ich glaube, du bist der perfekte Eigentümer für dieses schützenswerte Bauwerk.«

»Das ist ja Wahnsinn. Dann können wir hier tatsächlich einziehen?« Isabel konnte ihr Glück kaum fassen. »Erst gestern haben Nils und ich darüber gesprochen, nach einer passenden Wohnung zu suchen. Und jetzt das! Das ist ja wie ein Sechser im Lotto!«

»Manche Dinge sollen so sein.« Erik holte einen Schlüsselbund aus seiner Hosentasche und übergab ihn Nils. »Die noch ausstehenden Formalitäten kläre ich mit dem Notar und gebe dir dann Bescheid.«

»Danke!« Isabel fiel Erik spontan um den Hals. »Mein Hund wird es hier lieben. Sie hat sich gleich pudelwohl in dem Haus gefühlt.«

»Ich freue mich, wenn ihr euch freut.« Erik schaute auf die Uhr an seinem Handgelenk. »Falls noch Fragen auftreten, ruf mich jederzeit auf dem Handy an. Ich muss leider zurück zu meinen Eltern. Kaffee und Kuchen … Ihr kennt das ja.« Er verabschiedete sich und ließ sie allein im Wohnzimmer.

Isabel schaute durch ein Fenster und sah, wie Erik sich auf den Weg machte. »Was für ein Wahnsinnstyp!«

»War Erik immer, seit ich ihn kenne. Als Teenager hat er bereits in Aktien investiert. Ich glaube, mit Anfang zwanzig hatte er seine erste Million.«

»Unfassbar! Dann kann er es sich offenbar leisten, das Haus einfach zu verschenken.«

»Kann er«, bestätigte Nils. »Und damit hat er auch eine uralte Schuld beglichen.«

»Was für eine Schuld denn?«

»Bei der Abiprüfung habe ich für ihn die Lösungen der Bioklausur in Stichpunkten auf der Toilette hinter einer

Fliese deponiert, nachdem ich fertig war. Das hat ihm den Schulabschluss gesichert.«

Isabel fasste sich an den Kopf. »Auweia! Dann seid ihr jetzt wohl bis an euer Lebensende quitt.«

»Und wir beide können voll durchstarten.« Nils packte sie lachend und wirbelte sie im Kreis herum.

»Hilfe! Mir wird schwindelig.«

Behutsam stellte er sie wieder ab. »Du bringst mir Glück«, sagte er zärtlich.

»Nein.« Isabel schüttelte den Kopf. »Du bringst mir Glück.« Sie stellte sich auf die Zehenspitzen und küsste ihn, bevor er protestieren konnte.

* * *

Bis Tönning war es nicht weit gewesen. Isabel parkte ihr Auto in der Nähe der Kirche. Sie war mit ihrer Mutter auf dem *De lütte Weihnachtsmarkt* verabredet, der an diesem Tag ein letztes Mal im ausklingenden Jahr stattfand.

De lütte Weihnachtsmarkt, direkt gegenüber vom Kirchturm, las Isabel auf einem Schild. Sie folgte der Ausschilderung und merkte, wie ihre Nervosität bei jedem Schritt zunahm.

Auf ihrem Handy rief sie das aktuelle Foto ihrer Mutter auf, das Frau Friedrich ihr geschickt hatte. Sie war eine schlanke Frau mit hellblondem Haar, das bis zur Schulter reichte.

Bisher hatte sie nicht mit ihrer Mutter gesprochen.

Das erste Gespräch sollte persönlich sein. Und davon war sie jetzt nur noch wenige Schritte entfernt. Ihr Herz klopfte wie verrückt, als sie den Hinterhof gleich neben der Kirche betrat, in dem der kleine Weihnachtsmarkt stattfand.

Zwischen den Häusern waren weiße Zelte aufgebaut, die festlich geschmückt waren. Davor standen ein paar Stehtische, an denen sich einige Leute bei einem Grog aufwärmten. Zwischen zwei Häusern war eine beleuchtete Tannengirlande gespannt, und etwas abseits drängten sich Menschen um die Räucherecke, wo es »Lachs frisch aus dem Rauch« gab. Isabel wusste, dass ihre Mutter einen kleinen Stand auf dem Weihnachtsmarkt hatte, wo sie zusammen mit einer Freundin handgearbeitete Taschen verkaufte.

Sie schaute noch einmal auf das Foto und ging dann in das Zelt, in dem sich der kleine Handwerkermarkt befand. Sie sah ihre Mutter sofort, und auch sie blickte gerade in dem Moment in Isabels Richtung. Ihre Blicke trafen sich. Isabel war wie erstarrt. Ihre Mutter ließ eine Tasche achtlos fallen und rannte auf sie zu. Einen Meter vor ihr blieb sie stehen. »Isabel?«

Sie nickte. »Mama!«, sagte sie zum ersten Mal in ihrem Leben. Die Tränen kamen mit solch einer Wucht, als hätte sie sie die ganzen fünfunddreißig Jahre bis zu diesem Augenblick zurückgehalten.

Ihre Mutter hielt sie fest in ihren Armen und küsste sie. »Mein Kind!«

Die umstehenden Leute schienen zu verstehen, was sich gerade vor ihren Augen abspielte, und begannen spontan zu applaudieren.

»Ich bin so froh, dass du mich gefunden hast!«, brachte ihre Mutter unter Tränen hervor. »Ich habe jeden Tag gebetet, dass es mal so kommt.«

Als sie sich voneinander gelöst hatten, trat ein Mann mit weißem Rauschebart auf sie zu. »Wenn ihr wollt, könnt ihr ins Haus gehen«, bot er an.

Isabels Mutter nahm seinen Schlüssel an. »Danke, Rasmus.«

Sie gingen in ein Gebäude, in dem es eine Art Vorbereitungszimmer gab. Dort konnten sie ungestört reden.

Während des Gesprächs ließ Isabels Mutter nicht eine Sekunde ihre Hände los, als hätte sie Angst, jemand könnte ihr ihre Tochter wieder wegnehmen.

»Endlich haben wir uns wieder. Wenn du wüsstest, wie viele Jahre ich dich in München gesucht habe! Ich bin überall gewesen, aber niemand konnte mir sagen, wo du warst. Das Kinderheim gab es irgendwann nicht mehr, und niemand hatte eine Akte über dich. Angeblich hatte ein Wasserschaden die meisten Aufzeichnungen vernichtet. Damals wurden die Akten ja noch ausschließlich handschriftlich geführt.«

Isabel wischte sich eine Träne von der Wange. »Und ich habe dich in Rosenheim gesucht, weil ich nämlich gar nichts über München gewusst habe. Jedenfalls kann ich mich nicht daran erinnern.«

»Nicht zu fassen.« Isabels Mutter tupfte sich mit einem Taschentuch die Tränen von der Wange. »Meine Freundin hat mir die ganze Geschichte erzählt, wie du zu ihr auf den Hof gekommen bist. Das hat ja schon was Zauberhaftes. Ach, was habe ich all die Jahre bereut, dass ich dich weggegeben habe«, schluchzte sie. »Ich habe mir das nie verziehen, Isabel! Es war der größte Fehler meines Lebens. Bitte verzeih mir!«

»Weine nicht, Mama. Jetzt sind wir ja zusammen. Das ist die Hauptsache. Es ist alles vergeben und vergessen.«

Hoffnungsvoll sah sie sie an. »Und du bleibst wirklich hier?«

Isabel nahm die Hände ihrer Mutter. Sie war so froh, dass sie sich ihr sofort verbunden fühlte. Im Grunde saß sie einer Fremden gegenüber, und doch war sie ihr vertraut. Sie wusste, dass daraus alles erwachsen konnte, wovon sie immer geträumt hatte. »Ich bleibe, und ich lasse dich nie wieder los.«

Ihre Stirnen berührten sich, und sie blickten einander lächelnd in die Augen. Keine von ihnen konnte in dem Augenblick das große Glück fassen, das das Leben ihnen geschenkt hatte. Isabel war sicher, dass das Beste noch vor ihnen lag.

Epilog

Ein halbes Jahr später

Die Sonne schien vom knallblauen Himmel, und im Kirschbaum stritten sich die Vögel um die besten Früchte. Im Garten des Haubargs standen Sträucher und Blumen in voller Blüte. Überall summte und zirpte es. Nils schleppte eine weitere Kiste aus dem Sprinter und trug sie in den Haubarg.

»Meine Güte! Mir ist es gar nicht so viel vorgekommen beim Packen«, sagte Isabels Mutter mit sichtlich schlechtem Gewissen.

Nils stellte den Karton zu den anderen vor die Treppe. »Was meinst du, was wir für eine Schlepperei hatten, als deine Tochter nach St. Peter-Ording gezogen ist. Ich dachte, sie zieht mit einem ganzen Schloss um. Dagegen sind deine Kartons und Möbel harmlos.«

Gespielt empört verschränkte Isabel die Arme vor der Brust. »Stimmt doch gar nicht! Ich habe mich von ganz vielem getrennt und nur das Nötigste mitgenommen. Frag Kati, sie wird dir das bestätigen.«

»Das Nötigste … Frauen«, murmelte er und lief wieder zum Sprinter. Dicht gefolgt von Mari, die auch mithalf und Kleinigkeiten in ihrem Maul tragen durfte.

Isabels Mutter legte einen Arm um die Schulter ihrer Tochter. »Da hast du dir wirklich einen tollen Mann ausgesucht. So einen findest du kein zweites Mal.«

»Ich weiß.« Isabel lächelte. »Und wie fühlst du dich?«

Sie zuckte mit den Achseln. »Eigentlich ganz gut.«

»Kein Trennungsschmerz, weil du dein Häuschen aufgegeben hast?«

Ihre Mutter winkte ab. »Nein, gar nicht. Das Häuschen war ja in die Jahre gekommen und auch viel zu groß für mich. Und dann der riesige Garten … Ich hätte mir wahrscheinlich über kurz oder lang eine kleine Wohnung gesucht.«

»Ich dachte nur, weil da doch bestimmt Erinnerungen an deinen Mann dranhängen.«

Wehmütig lächelte sie. »Die Erinnerungen bleiben, egal wo ich wohne. Und ohne ihn war es schon lange nicht mehr das Zuhause, was es damals gewesen ist. Was könnte mir also Besseres passieren, als diese Traumwohnung in dem Haubarg zu beziehen? Der Strand ist bloß einen Katzensprung entfernt, und ich wohne endlich wieder in meiner alten Heimat St. Peter-Ording. In der Nähe meiner Tochter! Mit so einem Luxus habe ich in diesem Leben gar nicht mehr gerechnet.«

»Hauptsache, dir macht es nichts aus, dass Nils nebenan noch zwei Ferienwohnungen herrichten will.«

»Das stört mich gar nicht. Mit Gästen kenne ich mich ja bestens aus, wie du weißt.« Sie lächelte ihre Tochter an und gab ihr einen Kuss. »Die Touristen können gerne kommen, so wird es uns hier nicht langweilig.«

Isabel schaute auf ihre Armbanduhr. »Kommst du eine Weile ohne mich aus? Mari und ich haben noch einen wichtigen Termin auf dem Reitplatz.«

Ihre Mutter nickte. »Geht nur. Dein Nils hat hier alles fest im Griff. Bis du wiederkommst, sind wir längst fertig«, sagte sie gut gelaunt.

Isabel verabschiedete sich mit einem Kuss von ihrer Mutter und ging zu ihrem Auto, das neben dem Sprinter parkte. »Viel Spaß noch«, sagte sie zu Nils und gab ihm im Vorbeigehen ebenfalls einen Kuss.

»Dafür habe ich später eine Massage bei dir gut«, rief er ihr hinterher.

Lachend schloss sie die Autotür auf und pfiff nach Mari.

* * *

Isabel bog in die Straße Südstrand ein und fuhr bis zu dem Pferdehof, der gleich hinter dem Deich lag. Dort parkte sie. Mari und sie stiegen aus und näherten sich dem Außenreitplatz, der hinter dem Gebäude lag. Ein paar junge Mädchen standen um Sattelböcke herum, die in unmittelbarer Nähe aufgebaut waren. Sie putzten Trensen und Sättel mit Tüchern und Schwämmen. Auf dem Boden standen zwei Eimer mit klarem Wasser. Aus einem Kofferradio erklang ein norddeutscher Radiosender, der Gute-Laune-Hits spielte. Isabel ging mit Mari auf Frau Peters zu, die am Reitplatzzaun stand und den Blick nach vorne gerichtet hielt.

»Schön, dass Sie kommen konnten«, empfing sie Isabel.

Sie lächelte. »Es ist doch Ehrensache, dass ich an Milos großem Tag nicht fehlen darf. Und als Maskottchen Mari selbstverständlich auch nicht.«

Beide blickten auf den Reitplatz, auf dem Hanna mit Noorder stand. Neben ihr stand Milo und schaute aus einem großen Sicherheitsabstand argwöhnisch zu dem Pferd, das neben ihm wie ein Riese wirkte. Hanna redete leise mit dem Jungen, der mit dem Rücken zu seiner Mutter und Isabel stand. Sie erklärte ihm etwas, zeigte auf einige Körperstellen des Pferdes und klopfte Noorder den Hals.

»Ob er das schafft?«, fragte Frau Peters angespannt.

»Aber sicher! Milo hat so tolle Fortschritte in der Therapie mit Mari gemacht, dann schafft er auch den nächsten Schritt.« Sie legte eine Hand auf die von Frau Peters und lächelte ihr ermutigend zu.

Interessiert betrachtete sie ihr Armband. »Was für ein schönes Schmuckstück Sie haben!«

Isabel betrachtete es versonnen. »Ja, es ist wirklich hübsch. Das habe ich letztes Jahr im *MeerGlück* in St. Peter Bad gekauft.«

»Was sind das denn für tolle violette Steine? Solche habe ich ja noch nie gesehen.«

»Das sind Heilsteine. Sogenannte Fluorite.« Isabel strich mit einem Finger über das Armband.

»Heilsteine? Davon habe ich auch noch nie gehört. Was können die denn so?« Frau Peters zwinkerte ihr zu. Sie schien nicht an Heilkräfte von Steinen zu glauben.

Mit einem Mal hatte Isabel Janas Worte wieder im Kopf. »Die meisten Heilsteine haben eine Fülle von Wirkungsweisen«, erklärte sie. »Fluorite verleihen zum Beispiel geistige Freiheit. Sie sorgen für Vitalität und Veränderungen im Leben. Außerdem helfen sie ihrem Träger dabei, das Leben neu zu gestalten, Ängste zu lindern, unterdrückte Gefühle zu leben und mehr Sensibilität in der Liebe zuzulassen.«

Frau Peters lachte auf. »Das klingt ja fast, als hätten die Steine Zauberkräfte.«

Isabel nickte. »Das haben sie. Ganz bestimmt sogar.« Sie wusste, dass sie sich nicht ohne Grund gleich so verbunden mit St. Peter-Ording gefühlt hatte. Hier war sie endlich zu Hause angekommen. In dem Küstenort hatte sie alles gefunden, wovon sie ihr ganzes Leben lang geträumt hatte.

Frau Peters griff plötzlich nach ihrer Hand. »Schauen Sie nur!«

Milo war auf Noorder zugegangen und streichelte jetzt dessen Hals. Hanna redete ihm gut zu. Sie zeigte auf den Sattel. Milo wich zurück, überlegte einen Moment, nickte dann aber und ging wieder auf Noorder zu. Hanna hievte den Jungen in den Sattel. Milo klammerte sich an den Griffen fest, die vorne am Sattel befestigt waren, und sah aus, als würde er sich über seinen eigenen Mut erschrecken. Dann erblickte er Isabel und Mari. Auf seinem Gesicht erschien ein Lächeln. Er winkte ihnen zu.

Isabel winkte zurück. »Super, Milo!«, rief sie ihm zu, und Mari bellte wie zur Bestätigung. »Du machst das ganz klasse!«

Frau Peters hatte Tränen der Rührung in den Augen, als Hanna den Jungen auf Noorders Rücken im Schritt quer über den Platz führte. Dann auf einmal begann Milo zu lachen und konnte gar nicht mehr aufhören.

»Er scheint glücklich zu sein«, sagte Isabel. Wie ich, dachte sie.

Sie blickte über den raschelnden Strandhafer und war erfüllt von tiefer Dankbarkeit. Sie spürte den Wind in ihren Haaren, der die Klänge eines Liedes der *Münchener Freiheit* aus dem Radio zu ihr herübertrug:

Solang' man Träume noch leben kann.

Frau Frerichs
Beschwipster Schneemann

Zutaten für ca. 2 Gläser:

50 g weiße (oder dunkle, je nach Geschmack) Schokolade (für den Rand)
eine Packung Zartbitterschokostreusel oder -raspeln
1 Schale Vanilleeiscreme
480 ml Milch und Pulver für heiße Schokolade
120 ml Baileys
500 g Schlagsahne zum Servieren

Zubereitung

Die weiße Schokolade in einem kleinen Topf erhitzen, bis sie vollständig geschmolzen ist. Die geschmolzene Schokolade und die Schokoladenraspeln in separate flache Schalen füllen. Die Glasränder zunächst in die geschmolzene weiße Schokolade eintauchen und danach sofort in die Schokoladenraspeln. In einem Topf die Milch mit dem Schokoladenpulver erhitzen und die Sahne mit einem Rührgerät schlagen. Mit einem Portionierer jeweils drei Kugeln Vanilleeis in die Gläser geben. Etwas von der heißen Schokolade und dem Baileys hinzufügen. Mit Schlagsahne als Topping bedecken und zum Schluss mit Schokoraspeln verzieren.

Frau Osterfelds Buttermilchwaffeln mit selbst gemachtem Apfelmus

Buttermilchwaffeln

Zutaten für ca. 8 Waffeln:

125 g weiche Weidebutter
50 g Zucker
1 Prise Salz
4 Eier
250 g Mehl
1 TL Backpulver
250 ml Buttermilch
etwas Öl für das Waffeleisen
10 EL Zucker
1 EL gemahlener Zimt

Zubereitung

Die Butter cremig aufschlagen und Zucker und Salz hinzufügen. Danach die Eier unterrühren und das Mehl mit dem Backpulver vermischen. Abwechselnd mit der Buttermilch unterrühren, sodass ein einheitlicher Teig entsteht. Die Backflächen des vorgeheizten Waffeleisens einfetten. Pro Waffel werden ca. 3 EL in das Eisen eingefüllt. Den Zucker und den Zimt miteinander vermengen. Die Waffel ist fertig, wenn sie goldgelb ausgebacken ist. Zum Abkühlen nebeneinander auf ein Kuchengitter legen.

Apfelmus

Zutaten für ca. 8 Portionen:
4 kg Äpfel
4 gestrichene EL Zucker
500 ml Apfelsaft
etwas Zitronensaft
etwas gemahlener Zimt

Zubereitung
Die Äpfel schälen, achteln und die Kerngehäuse entfernen. In einen Kochtopf 2 gestrichene EL Zucker geben. Diese ca. 2 Minuten schmelzen, bis sie karamellisieren. Die Apfelspalten hinzufügen und bei mittlerer Hitze ungefähr 1 bis 2 Minuten umrühren, bis der karamellisierte Zucker sich vom Topfboden löst. Dann 250 ml Apfelsaft hinzufügen, den Topf mit einem Deckel schließen und die Äpfel kochen, bis sie schön weich sind. Danach die Äpfel mit einem Kartoffelstampfer pürieren. Je nach Belieben noch etwas Apfelsaft hinzufügen. Zum Schluss mit Zucker, Zimt und Zitronensaft abschmecken.

Die Waffeln mit Zimt-Zucker bestreuen und mit einer Portion Apfelmus servieren. Je nach Geschmack kann das Apfelmus zum Beispiel auch durch Kirschen mit frischer Schlagsahne ersetzt werden.

Guten Appetit!

Dank

Am Ende eines St.-Peter-Ording-Romans stelle ich mir immer folgende Frage: Was wäre, wenn ich diesen Roman allein geschrieben hätte? Vermutlich wäre er nicht zu dem Buch geworden, das nun in den Buchhandlungen liegt.

Deswegen möchte ich mich bei all denen bedanken, die mir von der Idee bis zum Erscheinen tatkräftig zur Seite gestanden haben.

Dem ganzen Team der Agentur Schlück. Ganz besonders meiner Agentin Kathrin Nehm, die mich in allen geschäftlichen Bereichen des Bücherschreibens wunderbar vertritt und auch stets zur Stelle ist, wenn es mal »brennt«. Liebe Kathrin, dank dir und deiner unerschütterlichen Besonnenheit konnte ich auch in stürmischen Zeiten schreiben – selbst dann, wenn kein Land in Sicht war.

Der Verlagsgruppe HarperCollins für die ungebrochene Begeisterung für meine St.-Peter-Ording-Romane. Nach elf gemeinsamen Romanen ist noch lange kein Ende in Sicht. Wir fangen gerade erst richtig an!

Meiner Lektorin Daniela Peter. Liebe Daniela, danke für dein Vertrauen und deine Unterstützung, dass das Manuskript, was ein bisschen länger brauchte, am Ende doch noch gut und fertig wurde. Ich freue mich schon auf die nächsten Bücher mit dir!

Helena Nedbal vom *Landhaus Dircks* in St. Peter-Ording, die mich bei Recherchen tatkräftig unterstützt, wenn ich mal nicht vor Ort sein kann. Liebe Helena, mit dir kann man wunderbar Pläne aushecken. Schön, dass wir uns kennengelernt haben. Ich freue mich schon auf meinen nächsten Aufenthalt bei dir im Landhaus.

Helga Herbers vom *Hotel Zweite Heimat* in St. Peter-Ording. Liebe Helga, es ist wunderbar, mit dir und deinem Team so schöne Aktionen rund um meine Bücher zu machen. Bis bald mal auf eine Tasse Kaffee bei hoffentlich herrlichem Sonnenschein am Ordinger Deich.

Der *Buchhandlung Tewes* in St. Peter Bad, die einigen auch als *Bookbantje Truels* aus meinem St.-Peter-Ording-Kosmos bekannt ist. Liebe Frau und Herr Tewes, Steffi und der Rest vom Team, danke für die Unterstützung! Wenn ich an die Buchhandlung denke, sehe ich immer »mein« Regal vor mir und meine Romane, die kistenweise geliefert werden. Hoffentlich können wir demnächst mal wieder eine Signierstunde machen.

Meiner Familie und meinen Freunden, die mich immer fragen, was ich gerade schreibe, und mich daran erinnern, dass es höchste Zeit ist, mich an den Schreibtisch zu setzen.

Und: Lieb gewonnene Traditionen sollte man beibehalten, deswegen wie immer zum Schluss … Wir sehen uns. Irgendwo. Aber ganz bestimmt am schönsten Strand der Welt – in St. Peter-Ording.

Tanja Janz im Juli 2021 (mit den Gedanken längst bei der nächsten Reise nach St. Peter-Ording, die heute in vier Wochen beginnt)